O Livro do Cemitério

O Livro do Cemitério

NEIL GAIMAN
COM ILUSTRAÇÕES DE DAVE MCKEAN

Tradução
RYTA VINAGRE

Rocco

Título original
THE GRAVEYARD BOOK

Copyright do texto © 2008 by Neil Gaiman
Copyright das ilustrações © 2008 by Dave McKean

"Graveyard" letra de música, de Tori Amos, *copyright* © 2001,
usado com autorização, cortesia de Sword & Stone, Inc (ASCAP).

Todos os direitos reservados. Nenhuma parte deste livro pode ser usada
ou reproduzida no todo ou em parte sem a autorização do editor.

Direitos para a língua portuguesa reservados
com exclusividade para o Brasil à
EDITORA ROCCO LTDA.
Rua Evaristo da Veiga, 65 – 11º andar
Passeio Corporate – Torre 1
20031-040 – Rio de Janeiro, RJ
Tel.: (21) 3525-2000 – Fax: (21) 3525-2001
rocco@rocco.com.br
www.rocco.com.br

Printed in Brazil/Impresso no Brasil

preparação de originais
RENATA NAKANO

CIP-BRASIL. Catalogação na publicação.
Sindicato Nacional dos Editores de Livros, RJ

G134L   Gaiman, Neil, 1960-
O livro do cemitério / Neil Gaiman; ilustração Dave Mckean;
tradução de Ryta Vinagre. – 1ª ed. – Rio de Janeiro: Rocco, 2020.
Tradução de: The graveyard book
ISBN 978-65-5532-063-3
1. Ficção. 2. Ficção infantojuvenil inglesa.
I. Mckean, Dave. II. Vinagre, Ryta. III. Título.

20-67781   CDD-808.899282   CDU-82-93(410.1)

Leandra Felix da Cruz Candido – Bibliotecária – CRB-7/6135
O texto deste livro obedece às normas do
Acordo Ortográfico da Língua Portuguesa.

Sacuda os ossos
Nas lajes, amigo,
É só um mendigo
Não é dos nossos

CANTIGA INFANTIL TRADICIONAL BRITÂNICA

1
De como ninguém ia ao cemitério 10

2
A nova amiga 43

3
Os sabujos de Deus 71

4
A lápide da bruxa 111

5
Dança Macabra 158

INTERLÚDIO
A convocação 180

6
Os tempos de escola de Ninguém Owens 188

7
Todos os homens chamados Jack 227

8
Partidas e despedidas 315

O Livro do Cemitério

CAPÍTULO UM

De como ninguém ia ao cemitério

A MÃO ESTAVA NO escuro e segurava uma faca.

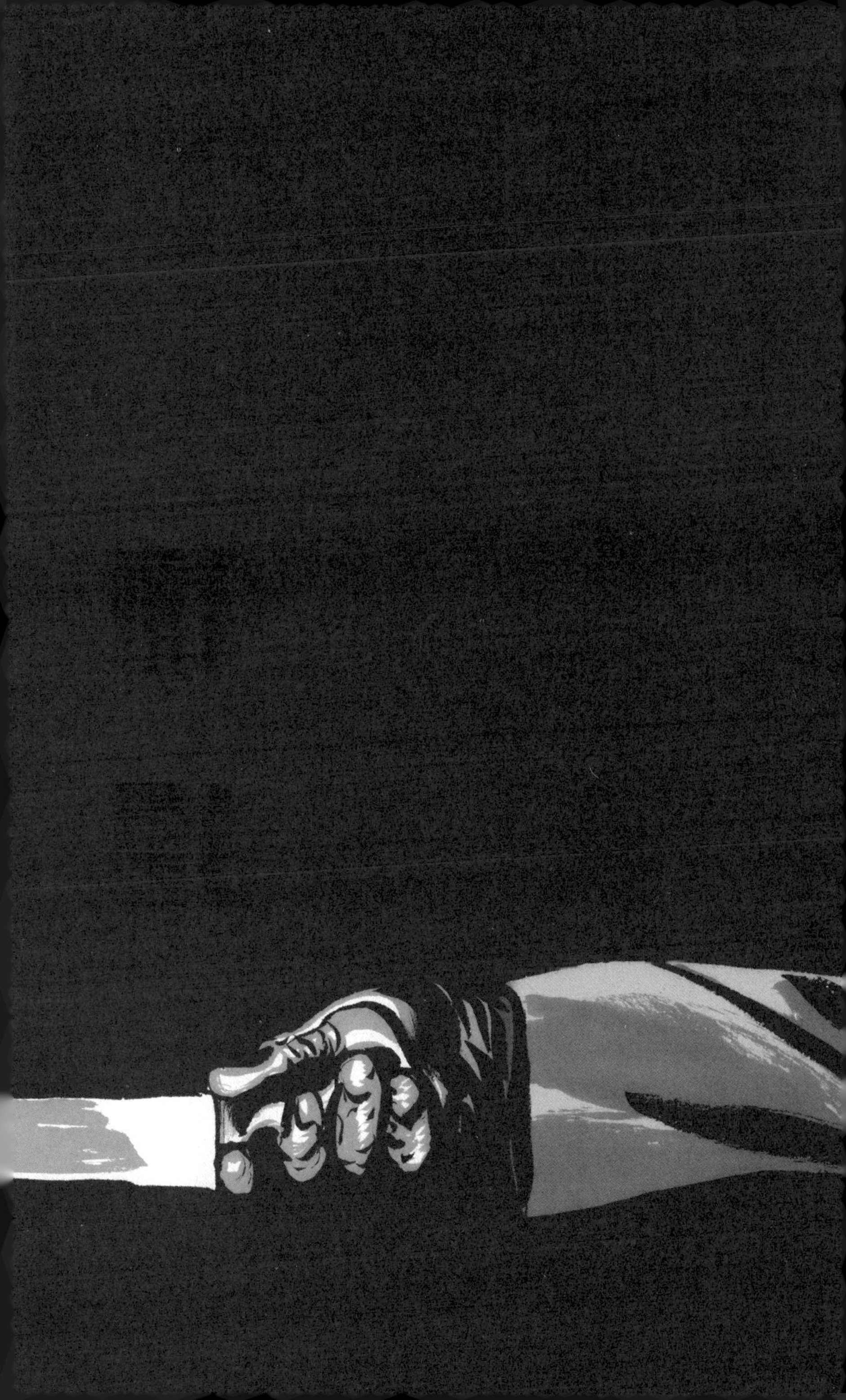

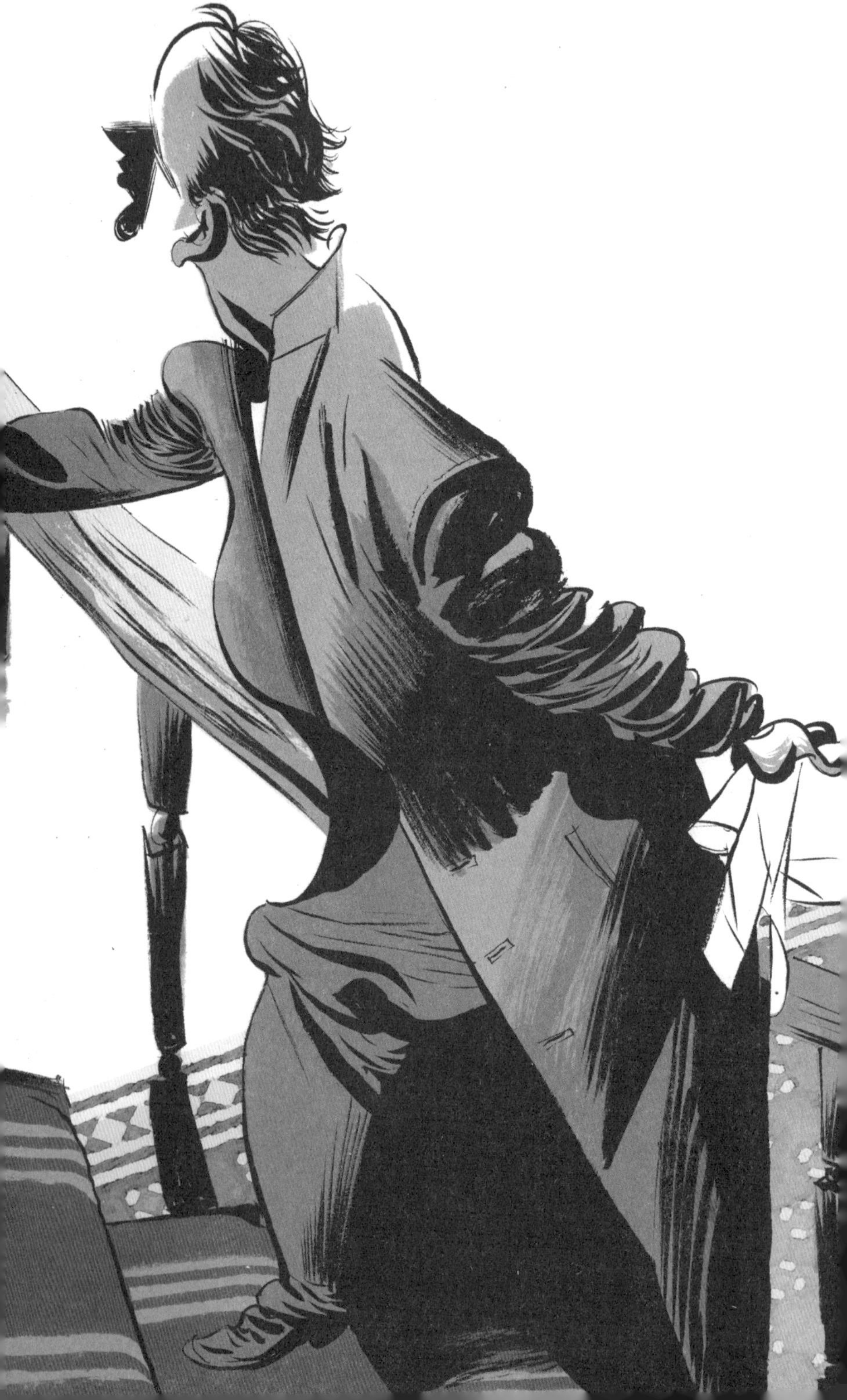

A faca tinha um cabo de osso preto e lustroso, e uma lâmina mais fina e mais afiada do que qualquer navalha. Se ela cortasse você, não daria para saber que foi cortado, não de imediato.

A faca tinha feito quase tudo o que fora fazer naquela casa, e ambos, lâmina e cabo, estavam úmidos.

A porta da rua ainda estava aberta, só um pouco, onde a faca e o homem que a segurava se esgueiraram para dentro,

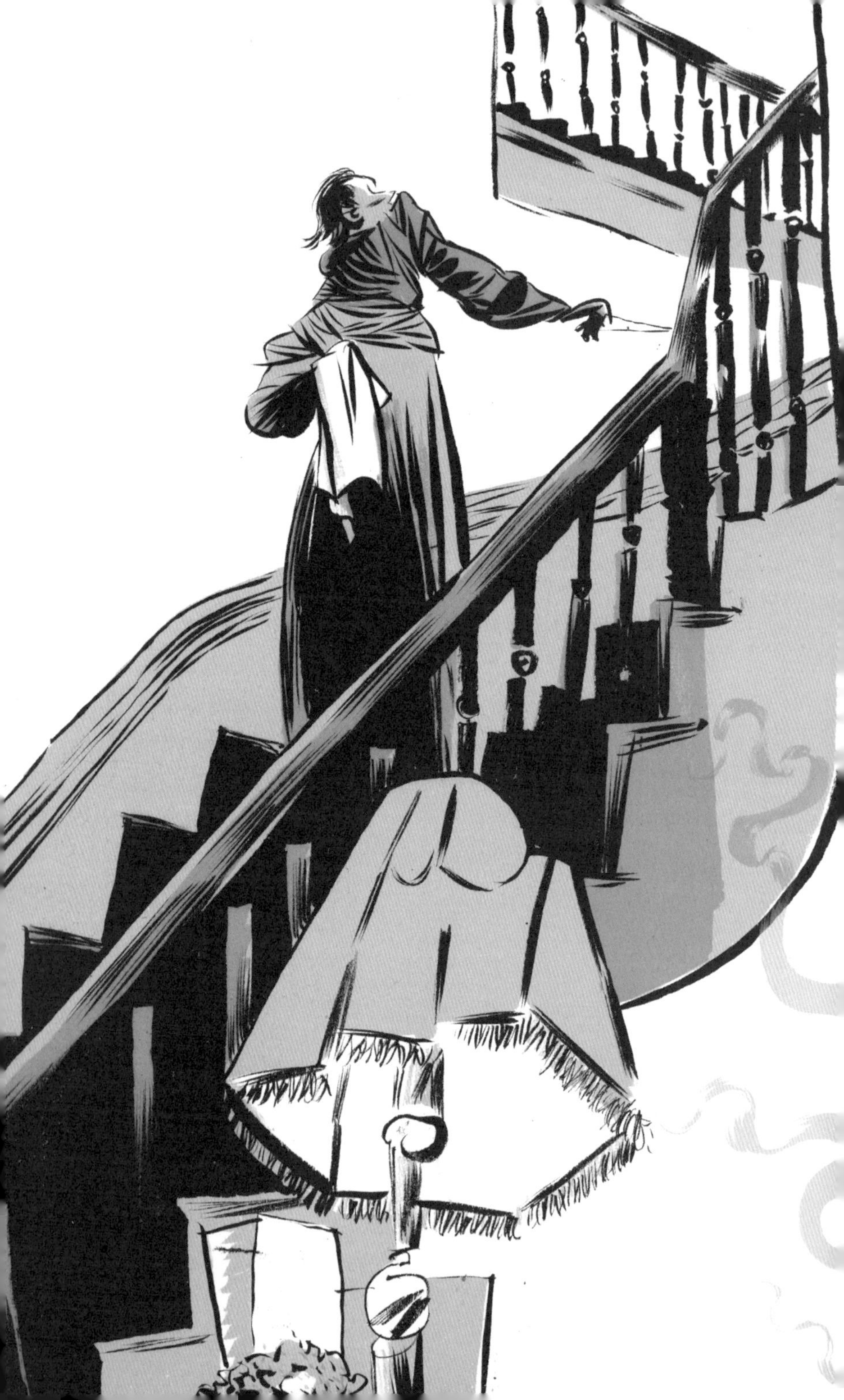

e fiapos da neblina noturna deslizavam e se enroscavam para dentro da casa pela porta aberta.

O homem chamado Jack parou no patamar da escada. Com a mão esquerda, pegou um grande lenço branco no bolso do casaco preto e com ele limpou a faca e a mão direita enluvada que a segurava; depois guardou o lenço. A caçada estava quase chegando ao fim. Tinha deixado a mulher na cama, o homem no chão do quarto, o filho mais velho em seu quarto de cores vivas, cercado de brinquedos e modelos inacabados. Então só restava o menor, um bebê que nem completara dois anos, para cuidar. Mais um e a tarefa estaria terminada.

Ele flexionou os dedos. O homem chamado Jack era, acima de tudo, um profissional, ou assim ele dizia a si mesmo, e não se permitiria sorrir antes de concluir seu trabalho.

Seus cabelos eram escuros, os olhos eram escuros, e ele usava luvas pretas da mais fina pele de cordeiro.

O quarto do bebê ficava na parte mais alta da casa. O homem chamado Jack subiu a escada, os pés abafados pelo carpete. Depois empurrou a porta do sótão e entrou. Seus sapatos eram de couro preto e engraxados com tal brilho que pareciam espelhos escuros: dava para ver a lua refletida neles, uma meia-lua fina.

A lua de verdade brilhava pela janela de caixilho. Sua luz não era forte, a neblina a deixava difusa, mas o homem chamado Jack não precisava de muita luz. O luar era suficiente. Teria de ser.

Ele podia distinguir a forma da criança no berço, a cabeça, os membros e o tronco.

O berço tinha laterais altas e ripadas para evitar que a criança saísse. Jack se curvou, ergueu a mão direita, a que segurava a faca, mirou no peito...

... e, em seguida, baixou a mão. A forma no berço era um ursinho de pelúcia. Não havia criança alguma.

Os olhos do homem chamado Jack estavam acostumados ao luar fraco, por isso não quis acender a luz. E, afinal, a luz não era importante. Ele tinha outras habilidades.

O homem chamado Jack cheirou o ar. Ignorou os odores que tinham entrado no quarto com ele, desprezou os cheiros que podia ignorar com segurança, aprumou o nariz para o cheiro da coisa que viera encontrar. Sentia o cheiro da criança: um cheiro leitoso, de biscoito de chocolate, com o toque azedo de uma fralda descartável molhada. Ele podia sentir o cheiro do xampu do bebê e de algo pequeno, de borracha – um brinquedo, pensou ele; não, alguma coisa para chupar –, que a criança carregava.

A criança estivera ali. Não estava mais. O homem chamado Jack seguiu o que o nariz lhe dizia escada abaixo da casa alta e estreita. Examinou o banheiro, a cozinha, o armário de roupa de cama e, por fim, o corredor do primeiro andar, em que não havia nada para ver, a não ser as bicicletas da família, uma pilha de sacolas de compras vazias, uma fralda caída e as gavinhas errantes de névoa que se insinuavam para o corredor pela porta da rua aberta.

O homem chamado Jack fez um barulhinho, um grunhido que continha ao mesmo tempo frustração e satisfação. Deslizou a faca por sua bainha no bolso interno do casaco comprido e foi para a rua. Havia luar e os postes de rua, mas a neblina a tudo sufocava, obscurecia a luz e abafava os sons, tornando a noite sombria e traiçoeira. Ele desceu a ladeira para a luz das lojas fechadas, depois subiu a rua, onde as últimas casas altas encimavam a ladeira a caminho da escuridão do antigo cemitério.

O homem chamado Jack farejou o ar. Depois, sem pressa, começou a subir a ladeira.

Desde que aprendera a andar, o menino fora o desespero e o prazer da mãe e do pai, porque nunca houvera uma criança que andasse tanto, subisse tanto em tudo, entrasse e saísse tanto das coisas. Naquela noite, ele foi acordado pelo baque de algo atrás dele caindo no chão. Desperto, logo ficou entediado e começou a procurar um jeito de sair do berço. Tinha laterais altas, como as paredes de seu cercadinho no primeiro andar, mas ele estava convencido de que podia escalar. Só precisava de um degrau...

Ele puxou o urso de pelúcia grande e dourado para o canto do berço e depois, segurando na grade com as mãos minúsculas, colocou o pé no colo do urso, o outro na cabeça do brinquedo, pôs-se de pé e meio que escalou, meio que trepou na grade, saindo do berço.

Caiu com um baque abafado em um montinho de brinquedos peludos e felpudos, alguns presentes de parentes por seu aniversário de um ano, há não mais de seis meses, alguns herdados do irmão mais velho. Ficou surpreso quando bateu no chão, mas não gritou: se gritasse, eles viriam e o colocariam de volta no berço.

Ele engatinhou para fora do quarto.

As escadas que levavam ao andar de cima eram complicadas e ele não as dominava inteiramente, mas as escadas que desciam, como ele descobriu, eram muito simples. Ele desceu sentado, batendo o traseiro bem acolchoado de degrau em degrau.

Chupava a *pepeta*, a chupeta de borracha que a mãe começara a dizer que não lhe servia mais, pois ele estava ficando grandinho.

Sua fralda se soltou sozinha em sua jornada de bumbum pela escada e, ao chegar ao último degrau, quando atingiu o pequeno corredor e se levantou, a fralda escapou. Ele desvencilhou-se dela. Só usava uma camisola de criança. A escada que levava de volta a seu quarto e a sua família era íngreme, mas a porta da rua estava aberta e era convidativa...

Meio hesitante, a criança saiu da casa. A névoa o envolvia como um amigo que não se vê há muito tempo. Então, de início inseguro, depois com uma velocidade e uma confiança cada vez maiores, o menino cambaleou ladeira acima.

A neblina ficava mais fina à medida que se aproximava o alto da ladeira. A meia-lua brilhava, não como o dia, de forma alguma, mas o suficiente para ver o cemitério, o suficiente para isso.
Olhe só.
Seria possível ver a capela funerária abandonada, as portas de ferro trancadas a cadeado, hera nas laterais do pináculo, uma arvorezinha crescendo na calha, no nível do telhado.

Daria para ver pedras, túmulos, catacumbas e placas memoriais. Poderia ver o disparar ou escapulir ocasional de um coelho, um arganaz ou uma doninha que saía do subsolo e atravessava o caminho.

Você teria visto essas coisas, à luz da lua, se estivesse ali naquela noite.

Poderia não ver, no entanto, uma mulher pálida e roliça que andava pelo caminho junto aos portões da frente e, se a visse com um olhar mais atento, teria percebido que ela era feita só de luar, névoa e sombras. Mas a mulher pálida e roliça estava ali. Andava pelo caminho que levava a um grupo de lápides meio caídas perto dos portões da frente.

Os portões estavam trancados. Sempre eram trancados às quatro horas da tarde no inverno, às oito da noite no verão. Grades de ferro encimadas por estacas cercavam parte do cemitério e um muro alto contornava o resto. As barras dos portões eram pouco espaçadas: teriam impedido que um homem adulto passasse por elas, até uma criança de dez anos...

– Owens! – gritou a mulher pálida, numa voz que podia ter sido o farfalhar do vento pela relva alta. – Owens! Venha ver isso!

Ela se agachou e espiou alguma coisa no chão, enquanto um rastro de sombra se movia à luz da lua, revelando-se um homem grisalho em meados dos quarenta anos. Ele olhou para a esposa embaixo, depois olhou o que ela olhava e coçou a cabeça.

– Sra. Owens? – disse ele, porque vinha de uma época mais formal do que a nossa. – É o que penso que seja?

E neste momento a coisa que ele examinava pareceu atrair os olhos da sra. Owens, porque a coisa abriu a boca, deixando cair no chão a chupeta que tinha, e estendeu o dedinho gorducho, como se tentasse ao máximo pegar o dedo pálido da sra. Owens.

– Macacos me mordam – disse o sr. Owens – se isto não é um bebê.

– É claro que é um bebê – disse sua mulher. – A questão é: o que vamos fazer com isso?

– Eu diria que esta é uma boa pergunta, sra. Owens – disse o marido. – Entretanto, não é uma pergunta *nossa*. Pois este bebê aqui está inquestionavelmente vivo, e tal coisa nada tem a ver conosco e não faz parte de nosso mundo.

– Veja como ele sorri! – disse a sra. Owens. – Tem um sorriso tão doce! – E com uma das mãos insubstanciais afagou o cabelo louro e ralo da criança. O menininho riu de prazer.

Uma brisa fria soprou pelo cemitério, espalhando a neblina nos declives mais baixos (porque o cemitério cobria todo o alto da colina e seus caminhos subiam e desciam, voltando a si mesmos). Uma sacudida: alguém na entrada principal do cemitério puxava e agitava, chacoalhando os velhos portões, o cadeado pesado e a corrente que os fechavam.

– Mais essa agora – disse Owens. – É a família do bebê, vindo buscá-lo para seu seio de amor. Deixe o homenzinho aí – acrescentou ele, porque a sra. Owens colocava os braços insubstanciais em volta do bebê, acariciando, afagando.

– Ele não parece da família de ninguém, o mocinho aqui – disse a sra. Owens. O homem de casaco escuro desistira de chacoalhar os portões principais e agora examinava o portão lateral menor. Também estava bem trancado. Tinha havido algum vandalismo no cemitério no ano passado e a Câmara de Vereadores tomara as medidas cabíveis.

– Ande, sra. Owens. Deixe-o. Mas é uma pena – disse o sr. Owens, quando então viu um fantasma, sua boca se escancarou e ele se viu incapaz de pensar no que dizer.

Você pode pensar – e se pensar, terá razão – que o sr. Owens não devia reagir assim ao ver um fantasma, uma vez que o sr. e a sra. Owens estavam eles mesmos mortos e isso já fazia centenas de anos, e porque toda a sua vida social, ou quase isso, foi passada entre aqueles que também estavam mortos. Mas havia uma diferença entre o pessoal do cemitério e *isto*: uma forma rude, palpitante e surpreendente na cor cinza da estática de televisão, toda pânico e pura emoção que inundou os Owens como se as emoções fossem deles. Três figuras, duas grandes e uma pequena, mas só uma delas estava em foco, pouco mais do que um contorno ou um vislumbre. E a figura dizia: "Meu bebê! Ele está tentando machucar meu bebê!"

Um barulho. O homem do lado de fora arrastava uma pesada lixeira de metal do beco até o muro alto que cercava parte do cemitério.

— Proteja meu filho! — disse o fantasma, e a sra. Owens pensou que era uma mulher. É claro, era a mãe do bebê.

— O que ele fez com você? — perguntou a sra. Owens, mas não tinha certeza se o fantasma podia ouvi-la. "Morta há pouco tempo, coitadinha", pensou ela. Sempre era mais fácil morrer suavemente, acordar na hora certa no lugar em que foi enterrado, entender-se com sua morte e fazer amizade com os outros habitantes. Esta criatura nada tinha além de alarme e medo pela criança, e seu pânico, que aos Owens parecia um grito estridente, agora chamava atenção, porque outras figuras pálidas vinham de todo o cemitério.

— Quem é você? — perguntou Caio Pompeu à figura. Sua lápide agora era só um amontoado desgastado de pedra, mas dois mil anos antes ele fora colocado em seu repouso no monte ao lado do santuário de mármore, em vez de ter o corpo enviado de volta a Roma, e era um dos cidadãos mais antigos do cemitério. Levava suas responsabilidades muito a sério. — Estão enterrados aqui?

– Claro que ela não está! Morta há pouco, a julgar pela aparência. – A sra. Owens colocou o braço em volta da forma feminina e falou com ela em particular numa voz baixa, calma e racional.

Ouviu-se um baque e um estrondo no muro alto depois da viela. A lixeira tinha caído. Um homem trepava no alto do muro, uma silhueta escura contra as luzes da rua tingidas de névoa. Ele parou por um momento, depois desceu pelo outro lado, segurando-se, com as pernas penduradas e, em seguida, se deixou cair os últimos centímetros até o chão do cemitério.

– Mas, minha cara – disse a sra. Owens à forma, agora só o que restava das três figuras que apareceram no cemitério –, ele está vivo. Nós não estamos. Pode imaginar...

A criança os olhava, confusa. Estendeu uma das mãos, depois a outra, sem achar nada, só o ar. A forma feminina esmaecia rapidamente.

– Sim – disse a sra. Owens, em resposta a alguma coisa que ninguém mais ouviu. – Nós o faremos, se pudermos. – Depois ela se virou para o homem ao lado dela. – E você, Owens? Será um pai para este camaradinha?

– Serei o quê? – disse Owens, a testa se enrugando.

– Nunca tivemos filhos – disse a esposa. – E a mãe dele quer que o protejamos. Você dirá sim?

O homem de casaco preto tinha tropeçado no emaranhado de hera e lápides semidestruídas. Agora estava de pé e andava com mais cautela, assustando uma coruja, que ergueu as asas silenciosas. Ele podia ver o bebê e havia triunfo em seus olhos.

Owens sabia no que a esposa estava pensando quando usava aquele tom de voz. Não era à toa que eram casados, na vida e na morte, por mais de duzentos e cinquenta anos.

– Tem certeza? – perguntou ele. – Tem certeza?

– Mais do que qualquer coisa na vida – disse a sra. Owens.

– Então, sim. Se você for a mãe dele, eu serei o pai.

– Ouviu isso? – perguntou a sra. Owens à forma que bruxuleava no cemitério, agora pouco mais do que um contorno, como um raio distante de verão em forma de mulher. Ela disse alguma coisa à sra. Owens que ninguém mais podia ouvir, depois se foi.

– Ela não voltará aqui – disse o sr. Owens. – Da próxima vez que despertar, estará em seu próprio cemitério ou aonde quer que esteja indo.

A sra. Owens se inclinou para o bebê e estendeu os braços.

– Vamos – disse ela, calorosamente. – Venha com a mamãe.

Para o homem chamado Jack, andando pelo cemitério até eles por um caminho, com a faca já preparada na mão, parecia que um redemoinho de neblina se enroscara em volta da criança, à luz da lua, e que o menino não estava mais ali: só a névoa úmida, o luar e a relva que balançava.

Ele piscou e farejou o ar. Alguma coisa acontecera, mas ele não fazia ideia do que era. Soltou um rosnado do fundo da garganta, como uma fera selvagem, furioso e frustrado.

— Olá? — disse o homem chamado Jack, pensando que talvez a criança tivesse subido atrás de alguma coisa. Sua voz era sombria e áspera e trazia um tom estranho, como se de surpresa ou assombro por se ouvir falar.

O cemitério guardava seus segredos.

— Olá? — chamou ele novamente. Esperava ouvir um choro de bebê ou uma meia palavra, ou ouvi-lo se mexer. Não esperava o que realmente ouviu, uma voz sedosa e suave.

— Posso ajudá-lo?

O homem chamado Jack era alto. Este homem era mais alto. O homem chamado Jack usava roupas escuras. As roupas deste homem eram mais escuras. As pessoas que viam o homem chamado Jack quando ele estava cuidando de sua vida — e ele não gostava de ser visto — ficavam perturbadas, ou pouco à vontade, ou se achavam inexplicavelmente assustadas. O homem chamado Jack olhou o estranho e foi o homem chamado Jack que ficou perturbado.

— Eu estava procurando alguém — disse o homem chamado Jack, metendo a mão direita no bolso do casaco, para que a faca ficasse escondida, mas ali, se precisasse dela.

— Em um cemitério trancado à noite? — disse o estranho.

— Era só um bebê — disse o homem chamado Jack. — Eu estava de passagem quando ouvi um bebê chorar, olhei pelos portões e o vi. Ora, o que qualquer pessoa faria?

— Louvo seu espírito público — disse o estranho. — Entretanto, se conseguisse encontrar esta criança, como pretendia tirá-la daqui? Não pode escalar o muro segurando um bebê.

— Eu teria gritado até que alguém me ouvisse — disse o homem chamado Jack.

Um tilintar pesado de chaves.

— Bem, este seria eu, então — disse o estranho. — Eu teria de deixá-lo sair. — Ele escolheu uma chave no aro, dizendo: — Acompanhe-me.

O homem chamado Jack andou atrás do estranho. Tirou a faca do bolso.

— Então você é o zelador?

— Sou? Certamente, por assim dizer — disse o estranho. Eles andavam na direção dos portões e, o homem chamado Jack tinha certeza, para longe do bebê. Mas o zelador tinha as chaves. Uma faca no escuro, só era preciso isso, e ele procuraria pela criança a noite toda, se fosse necessário.

Ele ergueu a faca.

— Se *havia mesmo* um bebê — disse o estranho, sem olhar para trás — não estaria aqui, no cemitério. Talvez tenha se enganado. Afinal, é improvável que uma criança entre aqui. É muito mais provável que tenha ouvido uma ave noturna ou visto um gato, talvez, ou uma raposa. Há trinta anos, mais ou menos na época do último enterro, este lugar foi declarado reserva natural oficial, sabia? Agora pense bem e me diga se tem *certeza* de que o que viu foi uma criança.

O homem chamado Jack pensou.

O estranho destrancou o portão lateral.

— Uma raposa — disse ele. — Elas fazem os ruídos mais estranhos, não são diferentes de uma pessoa chorando. Não, sua visita a este cemitério foi um equívoco, senhor. A criança que procura espera pelo senhor em algum lugar, mas não aqui. — E por um momento ele deixou a ideia se acomodar ali, na mente do homem chamado Jack, antes de abrir o portão com um floreio. — Foi uma satisfação conhecê-lo — disse ele. — E confio que encontrará tudo o que precisa fora daqui.

O homem chamado Jack ficou parado do lado de fora dos portões do cemitério. O estranho ficou do lado de dentro e o trancou novamente, retirando a chave.

— Aonde vai? — perguntou o homem chamado Jack.

— Há outros portões além deste — disse o estranho. — Meu carro está do outro lado da colina. Não se incomode comigo. O senhor nem se lembrará desta conversa.

— Não — disse o homem chamado Jack, num tom agradável. — Não me lembrarei. — Ele se lembrava de ter subido a colina, que o que pensava ser uma criança por acaso era uma raposa, que um zelador prestativo o acompanhara de volta à rua. Ele colocou a faca na bainha. — Bem — disse ele. — Boa noite.

— Uma boa noite para o senhor — disse o estranho que Jack tomava por zelador.

O homem chamado Jack partiu colina abaixo, à procura do bebê.

Das sombras, o estranho olhava Jack, até que ele ficou fora de vista. Então andou pela noite, subindo, até o local plano abaixo da encosta da colina, um lugar dominado por um obelisco e uma pedra achatada incrustada no chão, dedicada à memória de Josiah Worthington, cervejeiro, político e mais tarde baronete local que quase trezentos anos antes comprara o antigo cemitério e as terras em volta, doando-os à cidade pela eternidade. Reservara para si o melhor lugar da colina – um anfiteatro natural, com vista para toda a cidade e além dela – e garantira que o cemitério permanecesse como cemitério, pelo que seus habitantes eram gratos, embora não tivessem exatamente a gratidão que Josiah Worthington, baronete, achava que deviam ter.

Dito isto, havia cerca de dez mil almas no cemitério, mas a maioria dormia profundamente ou não se interessava pelos constantes assuntos noturnos do lugar, e havia menos de trezentas delas ali, no anfiteatro, à luz da lua.

O estranho as alcançou no mesmo silêncio da neblina e olhou os procedimentos se desenrolarem, das sombras, sem dizer nada.

Josiah Worthington falava.

– Minha cara senhora, sua obstinação é deveras, é... Bem, não pode entender o ridículo disto?

– Não – disse a sra. Owens. – Não posso.

Ela estava sentada de pernas cruzadas no chão e a criança viva dormia em seu colo. Ela aninhava sua cabeça nas mãos pálidas.

– O que a sra. Owens está tentando dizer, senhor, com o perdão de Sua Excelência – disse o sr. Owens, de pé ao lado da mulher –, é que ela não entende a questão dessa maneira. Ela entende que está cumprindo seu dever.

O sr. Owens tinha visto Josiah Worthington em carne e osso quando ambos estavam vivos; na realidade, fizera vários móveis finos para o solar dos Worthington, perto de Inglesham, e ainda tinha medo dele.

— Seu *dever*? — Josiah Worthington, baronete, sacudiu a cabeça, como quem tenta desalojar uma teia de aranha. — O seu *dever*, senhora, é para com o cemitério, e para com a associação dos que formam esta população de espíritos desencarnados, espectros e entidades semelhantes, e seu *dever*, portanto, é devolver esta criatura assim que possível a seu lar natural... Que não é aqui.

— A mãe dele o deu a mim — disse a sra. Owens, como se não precisasse dizer mais.

— Minha cara mulher...

— Eu não sou sua cara mulher — disse a sra. Owens, colocando-se de pé. — Para falar a verdade, nem mesmo sei por que ainda estou aqui falando com o senhor, um velho ruim da cachola, quando este amiguinho vai acordar faminto muito em breve... E onde vou encontrar comida para ele no cemitério, devo perguntar?

— E esta — disse Caio Pompeu, rigidamente — é precisamente a questão. *Como* o alimentará? Como *poderá* cuidar dele?

Os olhos da sra. Owens arderam.

— Posso cuidar dele — disse ela —, assim como a mamãe dele. Ela já o deu a mim. Escute: eu o estou segurando, não estou? Estou tocando nele.

— Ora, raciocine, Betsy — disse Mãe Abate, uma coisinha mínima, com a touca imensa e a capa que ela usara em vida e vestia em seu enterro. — Onde ele moraria?

— Aqui — disse a sra. Owens. — Podemos dar a ele a Liberdade do Cemitério.

A boca de Mãe Abate formou um O minúsculo.

– Mas... – disse ela. Depois disse: – Nunca vi tal coisa.

– Bem, e por que não? Não seria a primeira vez que daríamos a Liberdade do Cemitério a alguém de fora.

– Lá isto é verdade – disse Caio Pompeu. – Mas *ele* não está *vivo*.

E com essa o estranho percebeu que estava sendo atraído para a conversa, mesmo contra a vontade, e saiu relutante das sombras, desligando-se delas como um pedaço de escuridão.

– Não – ele concordou. – Não estou. Mas entendo o argumento da sra. Owens.

– Entende, Silas? – disse Josiah Worthington.

– Sim. Bem ou mal... e creio firmemente que é para o bem... a sra. Owens e seu marido tomaram esta criança sob sua proteção. Precisaremos mais do que algumas almas de bom coração para criar esta criança. Será preciso – disse Silas – todo um cemitério.

– E quanto à comida, e o resto?

– Posso sair do cemitério e voltar. Posso trazer comida para ele – disse Silas.

– Está tudo muito bem que diga isso – disse Mãe Abate. – Mas você entra e sai e ninguém sabe aonde foi. Se sumir por uma semana, o menino poderá morrer.

– É uma mulher sensata – disse Silas. – Entendo por que falam tão bem da senhora. – Ele não pressionaria a mente dos mortos como não o faria com os vivos, mas podia usar todos os instrumentos da lisonja e da persuasão que possuía, uma vez que os mortos também não eram imunes a eles. Depois ele tomou uma decisão. – Muito bem. Se o sr. e a sra. Owens serão os pais dele, eu serei seu guardião. Ficarei aqui e, se precisar sair, garantirei que alguém assuma meu lugar, trazendo comida para a criança e cuidando dela. Podemos usar a cripta da capela – acrescentou ele.

– Mas – advertiu Josiah Worthington. – Mas... Uma criança humana. Uma criança viva. Quero dizer. Quero dizer, *quero dizer*. Isto é um cemitério, e não uma creche, maldição.

– Exatamente – disse Silas, assentindo. – Um argumento muito bom, sr. Josiah. Eu mesmo não teria colocado de forma melhor. E por este motivo, se não por outro, é fundamental que a criança seja criada com a menor perturbação possível à, se me perdoar a expressão, *vida* do cemitério. – E assim ele andou até a sra. Owens, olhando o bebê adormecido em seus braços. Ele ergueu uma sobrancelha. – Ele tem um nome, sra. Owens?

– A mãe dele não me disse – respondeu ela.

– Ora, então – disse Silas. – Seu antigo nome não será de muita valia para ele agora, de qualquer maneira. Há lá fora quem queira seu mal. Devemos então escolher um nome para ele, certo?

Caio Pompeu se aproximou e olhou a criança.

– Ele é um pouco parecido com meu procônsul, Marcos. Vamos chamá-lo de Marcos.

Josiah Worthington disse:

— Ele é mais parecido com meu jardineiro-chefe, Stebbins. Não estou sugerindo que Stebbins seja um bom nome. O homem bebia feito uma esponja.

— Ele parece meu sobrinho Harry — disse Mãe Abate, e parecia então que todo o cemitério estava prestes a se juntar, cada habitante propondo suas comparações entre o bebê e alguém há muito esquecido, quando a sra. Owens interrompeu.

— Ele só se parece consigo mesmo — disse a sra. Owens com firmeza. — Ninguém é parecido com ele.

— Então se chamará *Ninguém* — disse Silas. — Ninguém Owens.

Foi então que, como se respondesse ao nome, a criança abriu os olhos, totalmente desperta. Olhou em volta, apreendendo as faces dos mortos, a neblina e a lua. Depois olhou para Silas. Seu olhar não vacilou. Parecia grave.

— Mas que nome é esse, Ninguém? — perguntou Mãe Abate, escandalizada.

— O nome dele. É um bom nome — disse-lhe Silas. — Vai ajudar a mantê-lo em segurança.

— Eu não quero problemas — disse Josiah Worthington. O bebê olhou para ele e depois, com fome, cansado ou simplesmente com saudades de casa, de sua família, de seu mundo, contorceu a carinha e começou a chorar.

— Deixe-nos — disse Caio Pompeu à sra. Owens. — Discutiremos isto mais detalhadamente sem você.

A sra. Owens esperou do lado de fora da capela funerária. Fora decretado, mais de quarenta anos antes, que a construção, com a aparência de uma pequena igreja com um pináculo, era oficialmente um prédio de interesse histórico. A Câmara de Vereadores da cidade concluiu que custaria muito caro restaurá-la, uma pequena capela em um cemitério tomado de mato que já saíra de moda, então a trancaram com cadeado e esperaram que ruísse. A hera a cobriu, mas sua construção era sólida e ela não ruiu neste século.

A criança tinha dormido nos braços da sra. Owens. Ela a balançava delicadamente, cantando uma antiga cantiga, que sua mãe cantava quando ela própria era um bebê, nos tempos em que os homens começavam a usar perucas empoadas. A música dizia:

> *Dorme meu nenenzinho,*
> *Dorme até acordar.*
> *Quando crescer verá o mundo*
> *Se eu não me enganar.*
> *Beije uma amada,*
> *Dance uma melodia,*
> *Encontre seu nome*
> *E tesouros enterrados...*

E a sra. Owens cantou tudo isso antes de descobrir que tinha se esquecido de como a música terminava. Teve a sensação de que o último verso era alguma coisa parecida com "e um pouco de bacon cabeludo", mas podia ser de uma música totalmente diferente, então ela parou e, em vez disso, cantou aquela sobre o homem da Lua que logo viria e depois cantou, com sua voz campestre calorosa, uma música mais recente sobre um sujeito que meteu o polegar dentro de uma torta e tirou uma ameixa, e ela havia acabado de começar uma longa balada sobre um jovem cavalheiro do campo, cuja namorada o envenenara sem nenhum motivo, com um prato de enguias sarapintadas, quando Silas contornou a lateral da capela, trazendo uma caixa de papelão.

– Lá vamos nós, sra. Owens – disse ele. – Muitas coisas boas para um menino em crescimento. Podemos guardar na cripta, hein?

O cadeado caiu em suas mãos e ele abriu a porta de ferro. A sra. Owens entrou, olhando em dúvida para as prateleiras e para os bancos de madeira antigos encostados numa parede. Havia caixas mofadas de velhos registros paroquiais num canto e uma porta aberta revelava uma latrina vitoriana e uma bacia, com apenas uma válvula para vapores, no outro.

O bebê abriu os olhos e fitou.

– Podemos colocar a comida aqui – disse Silas. – É frio e a comida durará mais tempo. – Ele colocou a mão na caixa, tirando uma banana.

– E o que seria isso? – perguntou a sra. Owens, olhando o objeto amarelo e marrom com desconfiança.

– É uma banana. Uma fruta dos trópicos. Creio que deve retirar a casca por fora – disse Silas –, assim.

A criança – Ninguém – se remexeu nos braços da sra. Owens e ela o colocou nas lajes. Ele engatinhou rapidamente para Silas, agarrando-se à perna de sua calça e segurando-se ali.

Silas lhe passou a banana.

A sra. Owens olhou o menino comer.

– Ba-na-na – disse ela, em dúvida. – Nunca ouvi falar nisso. Nunca. Tem gosto de quê?

– Não faço a menor ideia – disse Silas, que só consumia um alimento e não era banana. – Pode montar uma cama aqui para o menino, sabia?

– Não farei tal coisa, já que Owens e eu temos uma pequenina e adorável tumba no caminho de narcisos. Com muito espaço para o menino. De qualquer modo – acrescentou ela, preocupada que Silas pudesse pensar que ela estava rejeitando sua hospitalidade –, eu não gostaria que o amiguinho o incomodasse.

– Ele não incomodaria.

O menino tinha acabado com a banana. O que não comeu agora estava espalhado por seu corpo. Ele estava radiante, sujo e com maçãs rosadas.

– Na-na – disse ele, feliz.

– Mas que coisinha inteligente ele é – disse a sra. Owens. – E que bagunça fez! Ora, comporte-se, sua minhoquinha... – E ela tirou os nacos de banana de suas roupas e do cabelo. E depois: – O que acha que eles vão decidir?

– Não sei.

– Não posso abrir mão dele. Não depois de ter prometido à mãe.

— Embora eu tenha sido muitas coisas em meus tempos — disse Silas —, nunca fui mãe. E não pretendo começar agora. Mas *posso* deixar este lugar...

A sra. Owens disse simplesmente:

— Eu não posso. Meus ossos estão aqui. E os de Owens também. Eu nunca partirei.

— Deve ser bom — disse Silas — ter um lugar que seja seu. Um lugar que seja o lar. — Não havia nada de tristonho no modo como ele disse isso. Sua voz era mais seca do que os desertos e ele falou como se simplesmente declarasse algo indiscutível. E a sra. Owens não discutiu.

— Acha que teremos de esperar muito tempo?

— Não muito — disse Silas, mas estava enganado em relação a isso.

No anfiteatro na encosta da colina, o debate continuava. O fato de que os Owens tinham se envolvido nesse absurdo, e não um diabinho novato qualquer, contava muito, porque os Owens eram respeitáveis e respeitados. Tinha seu peso que Silas se oferecesse para ser o guardião do menino — Silas era considerado, com certo temor, cauteloso pelo povo do cemitério, existindo daquele jeito, na fronteira entre o mundo deles e o mundo que eles deixaram. Mas ainda assim, ainda assim...

Um cemitério normalmente não é democrático; no entanto, a morte é a grande democracia e cada um dos mortos tinha voz e uma opinião se a criança viva podia ficar, e cada um deles estava decidido a ser ouvido esta noite.

Era final de outono e o dia logo iria raiar. Embora o céu ainda estivesse escuro, agora podiam ser ouvidos carros dando a partida ao pé da colina e, enquanto os vivos começavam a dirigir para o trabalho pela manhã nevoenta e escura como a noite, o povo do cemitério falava da criança que veio a eles e do que seria feito. Trezentas vozes. Trezentas opiniões. Nehemiah Trot, o poeta, do lado noroeste e arruinado do cemitério, começara a declamar seus pensamentos sobre a questão, embora ninguém pudesse dizer o que fossem, quando uma coisa aconteceu; uma coisa para silenciar cada boca cheia de opiniões, algo sem precedentes na história do cemitério.

Um imenso cavalo branco, do tipo que os conhecedores de cavalos chamariam de "tordilho", veio a passo lento pela encosta da colina. O bater de seus cascos podia ser ouvido antes que ele fosse visto, junto com o esmagar que fazia ao pisar em pequenos arbustos e galhos, em meio aos arbustos, à hera e ao tojo que cresciam desordenados na encosta. Era do tamanho de um cavalo Shire, tinha dezenove palmos ou mais. Era um cavalo que podia ter carregado um cavaleiro de armadura completa em combate, mas só o que levava em seu dorso em pelo era uma mulher, vestida de cinza da cabeça aos pés. A saia comprida e o xale podiam ter sido tecidos de velhas teias de aranha.

Seu rosto era sereno e tranquilo.

Eles a conheciam, o povo do cemitério, porque cada um de nós encontra a Dama de Cinza no fim de nossos dias e não havia como esquecê-la.

O cavalo parou ao lado do obelisco. A leste o céu clareava delicadamente, uma luminescência perolada pré-amanhecer que deixava o povo do cemitério pouco à vontade e os fazia pensar em voltar a seus lares confortáveis. Mesmo assim, nenhum deles se mexeu. Olhavam a Dama de Cinza, entre animados e apavorados. Os mortos não são supersticiosos, em geral não, mas a olhavam como um adivinho romano teria olhado o círculo sagrado dos corvos, procurando sabedoria, procurando uma dica.

E ela falou com eles.

Numa voz como o tilintar de cem sininhos de prata, ela disse apenas isto:

— Os mortos devem ter caridade. — E sorriu.

O cavalo, que estivera satisfeito arrancando e mascando um maço de relva grossa, avançou. A dama tocou o pescoço do cavalo e ele se virou. Deu vários passos imensos e ruidosos, depois estava fora da encosta da colina e galopava pelo céu. Seus cascos de trovão tornaram-se um ronco de trovoadas distantes e, segundos depois, se perdeu de vista.

Isso, pelo menos, foi o que afirmou ter acontecido o povo do cemitério que estava na encosta da colina naquela noite.

O debate estava encerrado e, apenas com gestos, foi decidido. A criança chamada Ninguém Owens receberia a Liberdade do Cemitério.

Mãe Abate e Josiah Worthington, baronete, acompanharam o sr. Owens até a cripta da antiga capela e contaram a novidade à sra. Owens.

Ela pareceu não se surpreender com o milagre.

— É isso mesmo — disse ela. — Alguns deles não têm juízo nenhum na cabeça. Mas *ela* tem. É claro que ela tem.

Antes que o sol surgisse numa manhã cinzenta e trovejante, a criança estava em sono profundo na linda tumba dos Owens (pois o sr. Owens tinha morrido chefe próspero da guilda local de fabricantes de móveis, e os fabricantes de móveis quiseram garantir que ele fosse corretamente homenageado).

Silas saiu para uma última jornada antes de o sol nascer. Localizou a casa alta na encosta da colina, examinou os três corpos que encontrou lá e estudou o padrão dos ferimentos à faca. Quando ficou satisfeito, saiu para a escuridão da manhã, a cabeça fervilhando de possibilidades desagradáveis, e voltou ao cemitério, ao pináculo da capela, onde dormiu e esperou que o dia se encerrasse.

Na cidadezinha ao pé da colina, o homem chamado Jack ficava cada vez mais furioso. Fora a noite que ele desejara por muito tempo, o ápice de meses – de anos – de trabalho. E as atividades da noite começaram de uma forma tão promissora – três pessoas derrubadas antes que qualquer uma delas sequer tivesse a chance de gritar. E depois...

Depois, tudo saíra enlouquecedoramente errado. Por que diabos ele subira a colina quando a criança evidentemente a *descera*? Quando ele chegou ao pé do morro, o rastro tinha esfriado. Alguém deve ter encontrado a criança, alguém a pegara e escondera. Não havia outra explicação.

Um estalo de trovão soou, alto e súbito como um tiro, e a chuva começou a cair para valer. O homem chamado Jack era metódico e começou a planejar seu movimento seguinte – os telefonemas que precisaria dar a determinadas pessoas, pessoas que seriam seus olhos e ouvidos na cidade.

Ele não precisaria contar à Convocação que fracassara.

De qualquer modo, disse ele a si mesmo, espremendo-se sob a fachada de uma loja enquanto a chuva da manhã caía como lágrimas, ele não fracassara. Ainda não. O futuro diria que não. Havia muito tempo. Tempo para encerrar esta última questão inacabada. Tempo para cortar o último fio.

Foi só quando as sirenes da polícia soaram e uma primeira viatura, depois uma ambulância, depois um carro civil da polícia com a sirene aos berros, passaram voando por ele a caminho do alto da colina, que o homem chamado Jack, relutante, virou para cima a gola do casaco, baixou a cabeça e se afastou na manhã. Sua faca estava no bolso, segura e seca dentro da bainha, protegida da inclemência dos elementos.

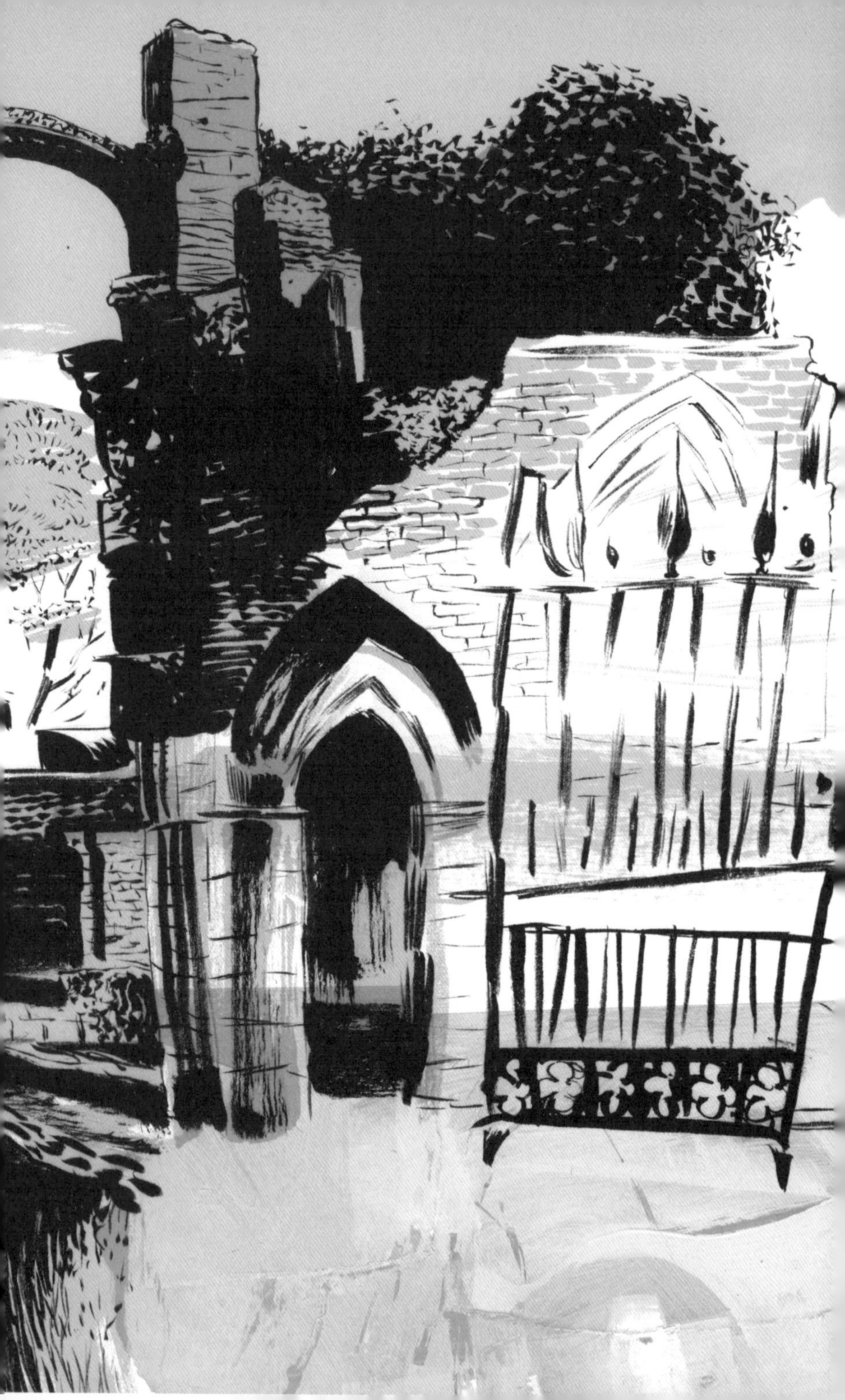

CAPÍTULO DOIS

A nova amiga

Nin era uma criança tranquila, com olhos cinza sóbrios e cabelos desgrenhados cor de rato. Na maior parte do tempo, era obediente. Ele aprendeu a falar e, depois de aprender, enchia de perguntas o povo do cemitério. "Por que não podo sair do cemitério?", perguntava ele, ou

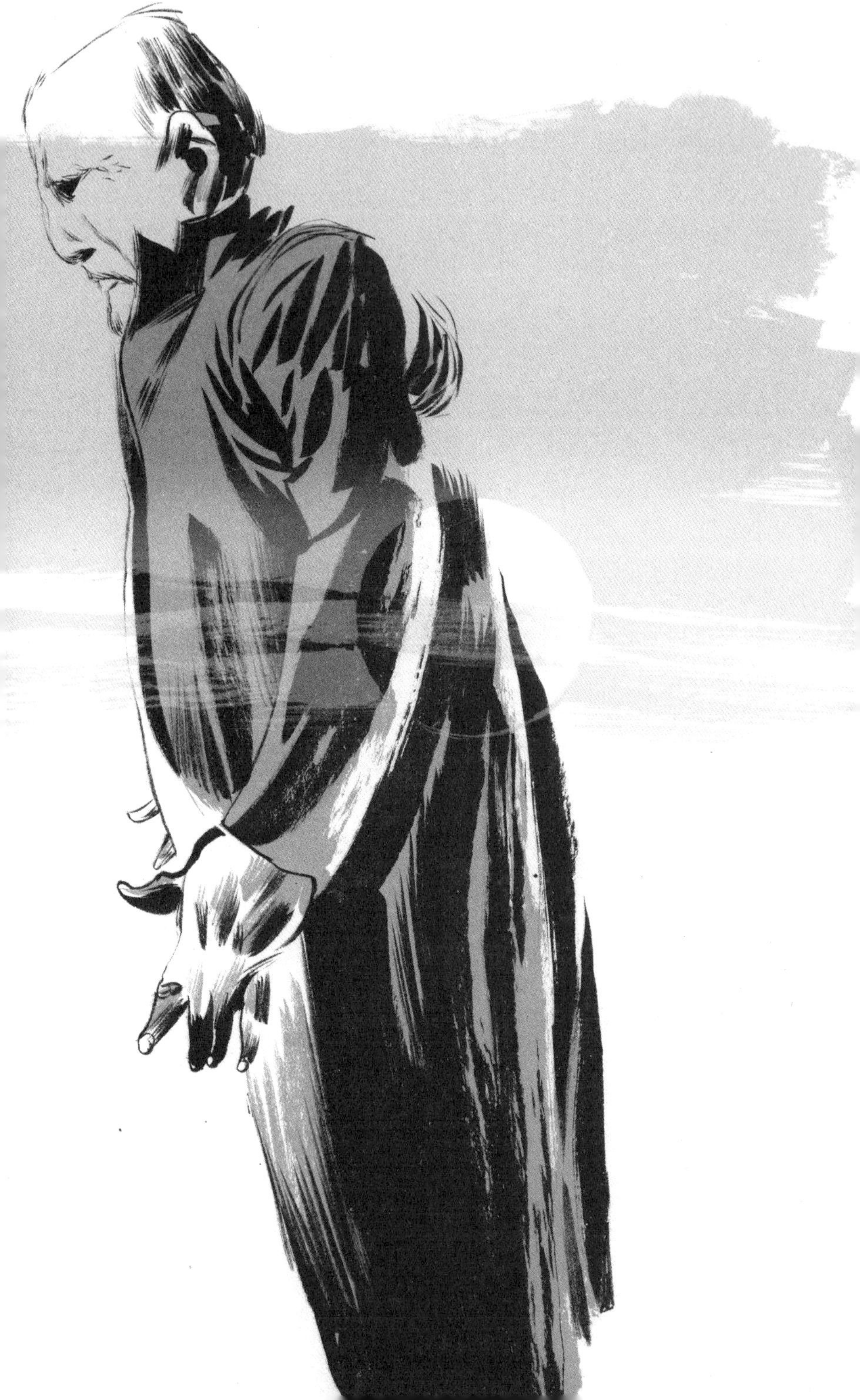

"Como é que *eu* faço o que *ele* fez?", ou "Quem vive aqui?". Os adultos faziam o máximo para responder às perguntas dele, mas suas respostas em geral eram vagas, ou confundiam, ou eram contraditórias, e então Nin andava até a antiga capela e falava com Silas.

Ele estaria ali esperando ao pôr do sol, pouco antes de Silas despertar.

Sempre podia contar com seu guardião para explicar com clareza e lucidez as questões com a simplicidade de que Nin precisava para entender.

– Não é "Não *podo* sair do cemitério"... É não *posso*, e agora você não pode... Porque é só no cemitério que podemos manter você seguro. É onde você mora e é onde pode encontrar os que o amam. Lá fora não seria seguro para você. Ainda não.

– *Você* vai lá fora. Você vai lá fora toda noite.

– Eu sou infinitamente mais velho do que você, amiguinho. E estou seguro aonde quer que eu vá.

– Eu estou seguro lá também.

– Quisera que isso fosse verdade. Mas enquanto ficar aqui, você *estará* seguro.

Ou:

– Como pode fazer isso? Algumas habilidades podem ser obtidas por instrução, algumas pela prática, outras pelo tempo. Aquelas habilidades virão, se você estudar. Logo você vai dominar o Sumiço, o Deslize e o Passeio nos Sonhos. Mas algumas habilidades não podem ser dominadas pelos vivos e, por estas, você deve esperar um pouco mais. Ainda assim, não duvido de que mesmo estas você vá adquirir com o tempo.

"Você recebeu a Liberdade do Cemitério, afinal", Silas diria a ele. "Então o cemitério está cuidando de você. Enquanto estiver aqui, pode enxergar no escuro. Pode andar por alguns caminhos que os vivos não deviam percorrer. Os olhos dos vivos não cairão sobre você. Eu também recebi a Liberdade do Cemitério, mas no meu caso ela veio apenas com o direito de moradia."

– Eu queria ser como você – disse Nin, fazendo beicinho com o lábio inferior.

– Não – disse Silas com firmeza. – Não queria.

Ou:

– Quem está ali? Sabe de uma coisa, Nin, em muitos casos está escrito na lápide. Ainda não sabe ler? Você conhece seu abecedário?

– Meu o quê?

Silas sacudiu a cabeça, mas não disse nada. O sr. e a sra. Owens nunca foram muito de ler quando eram vivos e não havia de abecedário no cemitério.

Na noite seguinte, Silas apareceu na frente da tumba aconchegante dos Owens com três livros grandes – dois deles de abecedário em cores vivas (A de Abelha, B de Bola) e um exemplar de *O gato*. Ele também tinha papel e um pacote de lápis de cera. Depois levaram Nin pelo cemitério, colocando os dedinhos do menino nas lápides e placas mais novas e mais limpas, e ensinaram Nin a encontrar as letras do alfabeto quando elas apareciam, começando com a inclinação acentuada do *A* maiúsculo.

Silas deu uma tarefa a Nin – encontrar cada uma das vinet e seis letras do alfabeto no cemitério –, e Nin a concluiu, orgulhoso, com a descoberta da lápide de Ezekiel Ulmsley, fixada na lateral da parede da antiga capela. O guardião ficou satisfeito com ele.

Todo dia Nin levava o papel e os lápis de cera pelo cemitério e copiava ao máximo nomes, palavras e números, e toda noite, antes de Silas sair para o mundo, Nin lhe fazia explicar o que tinha escrito e o fazia traduzir os trechos de latim, cuja maior parte frustrava os Owens.

Um dia de sol: abelhões exploravam as flores silvestres que cresciam no canto do cemitério, pendiam do tojo e das campainhas, sussurrando seu zumbido grave e preguiçoso, enquanto Nin estava deitado na luz do sol de primavera olhando um besouro de cor bronze zanzando pela lápide de George Reeder, sua esposa Dorcas e o filho Sebastian (*Fidelis ad Mortem*). Nin tinha copiado a inscrição e agora só pensava no besouro quando alguém disse:

– Ô, garoto! O que está fazendo?

Nin levantou a cabeça. Havia alguém do outro lado do tojo, olhando para ele.

– Nadica – disse Nin. Ele mostrou a língua.

A cara do outro lado do arbusto de tojo se amarfanhou numa gárgula, a língua para fora, os olhos saltados, depois voltou a ser de uma menina.

– Essa foi boa – disse Nin, impressionado.

– Sei fazer umas caretas bem boas – disse a menina. – Olha essa aqui. – Ela empurrou o nariz para cima com o dedo, vincou a boca num sorriso imenso e satisfeito, semicerrou os olhos, estufou as bochechas. – Sabe o que foi isso?

– Não.

– Era um porco, seu bobo.

"Ah", Nin pensou.

– Quer dizer, como em *P* de Porco?

– Claro que sim. Espera aí.

Ela contornou o tojo e se postou ao lado de Nin, que ficou de pé. Ela era um pouco mais velha do que ele, um pouco mais alta e vestia cores vivas, amarelo, rosa e laranja. Nin, com a mortalha cinza, sentiu-se desalinhado e banal.

– Quantos anos você tem? – disse a menina. – O que está fazendo aqui? Você mora aqui? Qual é o seu nome?

– Não sei – disse Nin.

– Você não sabe seu nome? – disse a menina. – É claro que sabe. Todo mundo sabe o nome que tem. Mentiroso.

– Eu sei o meu nome – disse Nin. – E sei o que estou fazendo aqui. Mas não sei a outra coisa que você disse.

– Quanto anos você tem?

Nin assentiu.

– Bom – disse a menina –, quando foi que fez seu último aniversário?

– Não fiz – disse Nin. – Nunca fiz.

– Todo mundo faz aniversário. Quer dizer que nunca teve bolo, velinhas e essas coisas?

Nin sacudiu a cabeça. A menina parecia solidária.

— Tadinho. Eu tenho cinco anos. Aposto que você também tem cinco.

Nin assentiu com entusiasmo. Não ia discutir com sua nova amiga. Ela o fazia feliz.

O nome dela era Scarlett Amber Perkins, segundo disse a ele, e morava num apartamento sem jardim. A mãe estava sentada num banco perto da capela ao pé da colina, lendo uma revista, e disse a Scarlett para voltar meia hora depois, fazer um pouco de exercício e não se meter em problemas nem falar com estranhos.

— Eu sou um estranho — observou Nin.

— Não é, não — disse ela, categórica. — Você é um garotinho. — E depois ela disse: — E você é meu amigo. Então não pode ser um estranho.

Nin raras vezes sorria, mas agora sim, abriu um sorriso imenso de prazer.

— Eu sou seu amigo — disse ele.

— Qual é o seu nome?

— Nin. É a forma mais curta de Ninguém.

Ela riu.

— Que nome engraçado — disse ela. — O que está fazendo agora?

— Abecedário — disse Nin. — Das lápides. Tenho que escrever todas as letras.

— Posso fazer com você?

Por um momento, Nin sentiu ciúme — as lápides eram *dele*, não eram? —, mas depois se deu conta de que estava sendo tolo, pensando que havia coisas que podiam ser mais divertidas se feitas à luz do sol com uma amiga. Ele disse: sim.

Eles copiaram nomes de lápides, Scarlett ajudando Nin a pronunciar nomes e palavras desconhecidos, Nin contando a Scarlett o que significavam em latim, se já soubesse, e parecia que o tempo nem tinha passado quando eles ouviram uma voz mais além da colina, gritando: "Scarlett!"

A menina atirou os lápis de cera e o papel para Nin.

– Tenho que ir – disse ela.

– Vou ver você de novo – quis saber Nin. – Não vou?

– Onde você mora? – perguntou ela.

– Aqui – disse ele. E ele ali ficou, observando enquanto ela descia correndo a colina.

No caminho para casa, Scarlett contou à mãe sobre o menino chamado Ninguém que morava no cemitério e tinha brincado com ela, e naquela noite a mãe de Scarlett mencionou isso ao pai, que disse acreditar que os amigos imaginários eram um fenômeno comum naquela idade e não havia motivo para se preocupar, que eles eram felizes por ter uma reserva natural tão perto de casa.

Depois do primeiro encontro, Scarlett nunca era a primeira a ver Nin. Nos dias em que não estava chovendo, um dos pais a levava ao cemitério. O pai ou a mãe sentava-se no banco e lia enquanto Scarlett andava pela trilha, um esguicho de verde, laranja ou rosa fosforescente, e explorava. E então, sempre de repente, ela via uma carinha grave e olhos cinza fitando-a de sob a massa de cabelos cor de rato; logo em seguida, Nin e ela estavam brincando – de pique-esconde, às vezes, ou escalando coisas, ou ficando em silêncio, juntos, vendo os coelhos atrás da antiga capela.

Nin apresentou Scarlett a alguns de seus outros amigos. Não parecia importar que ela não os pudesse ver. Ela já ouvira firmemente dos pais que Nin era imaginário e que não havia nada de errado nisso – a mãe, por alguns dias, até insistiu em colocar um prato a mais na mesa de jantar para Nin –, então não foi surpresa para ela que Nin também tivesse amigos imaginários. Ele transmitia os comentários dos amigos a ela.

– Bartleby disse que vós tendes a cara de uma ameixa prensada – disse ele a Scarlett.

– E ele também. E por que ele fala de um jeito tão engraçado? Será que ele não quis dizer massa de tomate?

– Não acho que eles tivessem tomates no tempo em que viveram – disse Nin. – E era assim que eles falavam na época.

Scarlett estava feliz. Era uma menina inteligente e solitária, sua mãe trabalhava para uma universidade a distância, ensinando pessoas que nunca via, corrigindo provas de inglês enviadas a ela por computador e mandando mensagens de conselhos ou estímulos aos alunos. O pai ensinava física de partículas, mas, pelo que Scarlett disse a Nin, havia gente demais querendo ensinar física de partículas e não tinha gente suficiente querendo aprender, então a família de Scarlett precisava ficar se mudando para diferentes cidades universitárias e, em cada cidade, o pai tinha esperanças de conseguir um emprego fixo de professor que nunca vinha.

– O que é física de partículas? – perguntou Nin.

Scarlett deu de ombros.

– Bom – disse ela. – Existem átomos, que são as coisas pequenas demais para se ver, que é do que todo mundo é feito. E tem coisas que são menores do que os átomos, e isso é física de partículas.

Nin assentiu e concluiu que o pai de Scarlett devia se interessar por coisas imaginárias.

Nin e Scarlett andavam pelo cemitério juntos toda tarde nos dias de semana, acompanhando os nomes com os dedos, escrevendo-os. Nin contava a Scarlett se ele conhecia os moradores do túmulo, mausoléu ou tumba, e ela contava a ele histórias que tinha lido ou aprendido; às vezes, contava sobre o mundo lá fora, sobre carros, ônibus e televisão, e aeroplanos (Nin os vira voando no alto e pensou que eram pássaros prateados e barulhentos, mas até agora não tivera curiosidade nenhuma por eles). Ele, por sua vez, contava a Scarlett sobre os tempos em que as pessoas dos túmulos eram vivas – como Sebastian Reeder tinha ido a Londres e visto a rainha, que era uma gorda de capa de peles que olhava feio para todo mundo e não falava inglês. Sebastian Reeder não conseguia lembrar que rainha era, mas achava que ela não tinha sido rainha por muito tempo.

– Quando foi isso? – perguntou Scarlett.

– Ele morreu em 1583, é o que diz a lápide, então foi antes disso.

– Quem é a pessoa mais velha daqui? Do cemitério todo? – perguntou Scarlett.

Nin franziu a testa.

– Acho que Caio Pompeu. Ele veio para cá cem anos depois da chegada dos romanos, ele me falou disso. Ele gostava das estradas.

– Então ele é o mais velho?

– Acho que sim.

– A gente pode brincar de casinha numa daquelas casas de pedra?

– Você não pode entrar. Está trancada. Todas elas estão.

– E *você* pode entrar?

– É claro.

– Por que eu não posso?

– O cemitério – explicou ele. – Eu recebi a Liberdade do Cemitério. Isso me deixa ir a alguns lugares.

– Eu queria ir à casa de pedra e brincar de casinha.

– Não pode.

– Você é tão mau.

– Não sou.

– Mau.

– Não.

Scarlett pôs as mãos nos bolsos da capa e desceu a colina sem se despedir, convencida de que Nin estava guardando segredos dela e ao mesmo tempo desconfiada de que estava sendo injustiçada, o que a deixou com mais raiva ainda.

Naquela noite, durante o jantar, ela perguntou à mãe e ao pai se havia alguém no país antes de os romanos chegarem.

– Onde você ouviu falar dos romanos? – perguntou o pai.

– Todo mundo sabe – disse Scarlett, com um desdém embaraçoso. – Tinha?

– Tinha, os celtas – disse a mãe. – Eles chegaram aqui primeiro. São mais antigos do que os romanos. Foi o povo que os romanos conquistaram.

No banco do lado de fora da antiga capela, Nin tinha uma conversa semelhante.

– O mais velho? – disse Silas. – Sinceramente, Nin, não sei. O mais velho no cemitério, dos que eu conheci, é Caio Pompeu. Mas havia gente aqui antes da vinda dos romanos. Um monte de gente, muito tempo atrás. E como estão as suas letras?

– Acho que estão bem. Quando vou aprender as letras juntas?

Silas fez silêncio por um tempo.

– Não tenho dúvidas – disse ele depois de refletir por um instante – de que entre os muitos indivíduos talentosos enterrados aqui, há pelo menos um punhado de professores. Preciso investigar um pouco.

Nin ficou emocionado. Imaginou um futuro em que poderia ler tudo, em que todas as histórias poderiam ser abertas e descobertas.

Quando Silas saiu do cemitério para cuidar de sua vida, Nin andou até o salgueiro ao lado da antiga capela e chamou Caio Pompeu.

O velho romano saiu de seu túmulo com um bocejo.

– Ah, sim. O menino vivo – disse ele. – Como está passando, menino vivo?

– Muito bem, senhor – disse Nin.

– Que bom. Folgo em saber. – O cabelo do velho romano era branco à luz da lua e ele usava a toga com que foi enterrado, com uma túnica de lã grossa e calças justas por baixo, porque este era um país frio na beira do mundo e o único lugar mais frio era a Caledônia, ao norte, onde os homens eram mais animais do que humanos e se cobriam de peles laranja e eram selvagens demais até para serem conquistados pelos romanos, então logo seriam amuralhados em seu inverno perpétuo.

– O senhor é o mais velho? – perguntou Nin.

– O mais velho no cemitério? Sou.

– Então o senhor foi o primeiro a ser enterrado aqui?

Uma hesitação.

– Quase o primeiro – disse Caio Pompeu. – Antes dos celtas havia outras pessoas nesta ilha. Uma delas foi enterrada aqui.

– Oh. – Nin pensou por um momento. – E onde é o túmulo dele?

Caio apontou para a colina.

– Lá em cima, no cume? – disse Nin.

Caio sacudiu a cabeça.

– Onde, então?

O velho romano se abaixou e afagou o cabelo de Nin.

– Na colina – disse ele. – Dentro dela. Eu fui trazido para cá por meus amigos, acompanhados pelas autoridades locais e comediantes usando as máscaras de cera de minha esposa, depois de morrer de febre em Camulodonum, e meu pai, morto numa escaramuça de fronteira na Gália. Trezentos anos depois de minha morte, um fazendeiro, procurando um novo lugar onde pastorear suas ovelhas, descobriu o pedregulho que cobria a entrada e rolou então a pedra, pensando que ali podia haver um tesouro. Ele saiu pouco tempo depois, o cabelo escuro agora branco como o meu...

– O que ele viu?

Caio não disse nada. Em seguida:

– Ele não tocou no assunto. Nem mesmo voltou. Colocaram o pedregulho de volta e com o tempo se esqueceram. Depois, há duzentos anos, quando estavam construindo a catacumba dos Frobisher, encontraram-no mais uma vez. O jovem que descobriu o lugar sonhava com riqueza, então não contou a ninguém e escondeu a entrada atrás do esquife de Ephraim Pettyfer, e desceu uma noite, sem que ninguém visse, ou assim ele pensava.

– O cabelo dele ficou branco quando ele saiu?

– Ele não saiu.

– Hummm. Ah. Então, quem está enterrado lá?

Caio sacudiu a cabeça.

– Eu não sei, jovem Owens. Mas eu o sentia, quando este lugar era vazio. Eu podia sentir uma coisa esperando bem ali, no fundo da colina.

– Ele estava esperando pelo quê?

– Tudo o que pude sentir – disse Caio Pompeu – foi a espera.

Scarlett tinha um grande livro de figuras e se sentou ao lado da mãe no banco verde perto dos portões, lendo seu livro enquanto a mãe examinava um suplemento educacional. Gostava do sol de primavera e fazia o máximo para ignorar o menininho que acenou para ela de trás de um monumento coberto de hera, e depois, quando ela resolveu não olhar mais para o monumento, o menino subiu de repente – literalmente, como um boneco de mola – de trás de uma lápide (Joji G. Shoji, m. 1921, *Eu era um estranho e tu me aceitaste*). Ele gesticulava para ela, freneticamente. Ela fingiu que não o via.

Por fim, ela baixou o livro no banco.

– Mamãe? Agora eu vou andar.

– Fique na trilha, querida.

Ela ficou na trilha até fazer a curva e pôde ver Nin acenando mais além na colina. Scarlett fez uma careta para ele.

– Descobri umas coisas – disse Scarlett.

– Eu também – disse Nin.

– Tinha gente antes dos romanos – disse ela. – Muito antes. Eles moravam, quer dizer, quando eles morreram foram colocados debaixo da terra nesses morros, com tesouros e essas coisas. E chamavam de sepulcros.

– Ah. Sei – disse Nin. – Isso explica tudo. Quer ver um?

– Agora? – Scarlett ficou em dúvida. – Você não sabe de verdade onde tem um, né? E sabe que eu nem sempre posso seguir você aonde você vai. – Ela o tinha visto atravessar paredes, como uma sombra.

Em resposta, ele ergueu uma chave grande e enferrujada.

– Isto estava na capela – disse ele. – Deve abrir a maior parte dos portões daqui. Usavam a mesma chave para todos eles. Dava menos trabalho.

Ela subiu a encosta da colina ao lado dele.

– Está falando a verdade?

Ele assentiu, um sorriso satisfeito dançando nos cantos da boca.

– Vamos – disse ele.

Era um perfeito dia de primavera e o ar estava vivo de passarinhos cantando e o zumbido de abelhas. Os narcisos agitavam-se na brisa e, aqui e ali, ao lado da colina, algumas tulipas precoces acenavam. Um salpico azul de miosótis e lindas prímulas gordas e amarelas pontuavam o verde da encosta enquanto as duas crianças subiam a colina para o pequeno mausoléu dos Frobisher.

Era de arquitetura simples e antiga, uma pequena e esquecida casa de pedra com um portão de metal como porta. Nin destrancou o portão com sua chave e eles entraram.

– Tem um buraco – disse Nin. – Ou uma porta. Atrás de um dos caixões.

Eles o encontraram atrás de um caixão na prateleira de baixo – um simples espaço por onde se podia engatinhar.

– Lá embaixo – disse Nin. – Vamos descer ali.

De repente, Scarlett se viu gostando bem menos da aventura.

— Não consigo enxergar lá embaixo. Está escuro.

— Eu não preciso de luz — disse Nin. — Não enquanto eu estiver no cemitério.

— Eu preciso — disse Scarlett. — É escuro.

Nin pensou em coisas tranquilizadoras que podia dizer, como "não há nada de ruim lá embaixo", mas as histórias de cabelos ficando brancos e pessoas que nunca voltavam indicavam que ele não podia falar nada de consciência limpa, então limitou-se a dizer:

— Eu vou descer. Você espera por mim aqui.

Scarlett franziu a testa.

— Não devia me deixar sozinha — disse ela.

— Eu vou descer — disse Nin — e vou ver quem está lá, vou voltar e contar a você.

Ele se virou para a abertura, curvou-se e passou de quatro. Estava em um espaço grande o bastante para ficar de pé e podia ver degraus entalhados na pedra.

— Agora vou descer a escada — disse ele.

— Ela desce muito?

— Acho que sim.

— Se você segurar minha mão e me disser onde estou pisando — respondeu ela —, então posso ir com você. Se você tem certeza de que vou ficar bem.

— Claro que sim — disse Nin, e antes que tivesse terminado de falar, a menina estava passando de quatro pelo buraco.

– Pode se levantar – disse Nin a ela. Ele pegou sua mão. – Os degraus ficam bem aqui. Se colocar um pé para frente, pode achar. Pronto. Agora vou primeiro.

– Você consegue mesmo enxergar? – perguntou ela.

– Está escuro – ele respondeu. – Mas posso enxergar.

Ele começou a levar Scarlett pela escada, entrando fundo na colina, e a descrever o que via à medida que prosseguiam.

– Ela desce – comentou ele. – É feita de pedra. E tem pedra em toda a volta. Alguém fez uma pintura na parede.

– Que tipo de pintura?

– Um C grande e gordo de Casa, eu acho. Com chifres. Depois uma coisa que mais parece uma estampa, como um nó grande. Está meio entalhado na pedra também, e não só pintado, está vendo? – E ele pegou os dedos dela e os colocou no nó entalhado.

– Estou sentindo! – disse ela.

– Agora os degraus ficam maiores. E estamos chegando a uma espécie de sala grande agora, mas os degraus ainda descem. Não se mexa. Tudo bem, agora estou entre você e a sala. Fique com o pé esquerdo perto da parede.

Eles continuaram descendo.

– Mais um degrau e vamos para o chão de pedra – disse Nin. – É meio irregular.

A sala era pequena. Havia uma laje de pedra no chão e uma saliência baixa num canto, com uns objetos pequenos. Havia ossos no chão, ossos muito antigos, embora abaixo, onde a escada entrava na sala, Nin pudesse ver um cadáver amarfanhado, vestido com os restos de um casaco marrom e comprido – o jovem que sonhava com riqueza, concluiu Nin. Ele deve ter escorregado e caído no escuro.

O barulho começou em volta deles, um deslizar farfalhado, como uma cobra se enroscando por folhas secas. Scarlett agarrou com mais força a mão de Nin.

– O que é isso? Está vendo alguma coisa?

– Não.

Scarlett fez um ruído que era meio um arfar e meio um gemido, e Nin viu uma coisa, e sabia, sem precisar perguntar, que ela também podia ver.

Havia uma luz no final da sala e na luz vinha andando um homem, andando através da pedra, e Nin ouviu Scarlett sufocar um grito.

O homem era bem conservado, mas ainda assim parecia uma coisa morta há muito tempo. Sua pele estava pintada (pensou Nin) ou tatuada (pensou Scarlett) com desenhos e padrões roxos. Em volta do pescoço, pendia um colar de dentes afiados e compridos.

– Eu sou o senhor deste lugar! – disse a figura, em palavras tão antigas e guturais que mal pareciam palavras. – Guardo este lugar de todos os que causam danos!

Seus olhos eram imensos na cabeça. Nin percebeu que era porque havia círculos desenhados em volta deles em roxo, deixando a face parecida com a de uma coruja.

– Quem é você? – perguntou Nin. Ele apertou a mão de Scarlett ao dizer isso.

O Homem Anil não parecia ter ouvido a pergunta. Olhava para eles com ferocidade.

– Saiam deste lugar! – disse ele em palavras que Nin ouviu na cabeça, palavras que também eram um grunhido gutural.

– Ele vai machucar a gente? – perguntou Scarlett.

– Acho que não – disse Nin. Depois, para o Homem Anil, ele disse, como lhe ensinaram: – Eu tenho a Liberdade do Cemitério e posso andar por onde eu quiser.

O Homem Anil não reagiu a isto, o que desnorteou ainda mais Nin, porque até os habitantes mais irritadiços do cemitério se acalmavam com esta declaração. Nin disse:

– Scarlett, você consegue *vê-lo*?

– É claro que sim. Ele é um homem tatuado imenso de dar medo e quer matar a gente. Nin, faça-o ir embora!

Nin olhou os restos do cavalheiro no casaco marrom. Havia um lampião ao lado, quebrado no chão de pedra.

– Ele fugiu – disse Nin em voz alta. – Ele fugiu porque estava com medo. E ele escorregou e tropeçou na escada, e caiu.

– Quem?

– O homem no chão.

Scarlett agora estava irritada, assim como confusa e assustada.

– Que homem no chão? Está escuro demais. O único homem que estou vendo é o tatuado.

E então, como que para se certificar de que eles sabiam que ele estava ali, o Homem Anil lançou a cabeça para trás e soltou uma série de gritos cantarolados, um ulular a plenos pulmões que fez Scarlett agarrar a mão de Nin com tanta força, que suas unhas cravaram na pele dele.

Mas Nin não estava mais assustado.

— Desculpe se eu disse que eles eram imaginários — disse Scarlett. — Agora eu acredito. Eles são de verdade.

O Homem Anil ergueu uma coisa por cima da cabeça. Parecia uma pedra afiada.

— Todo aquele que invadir este lugar morrerá! — gritou ele, em sua fala gutural. Nin pensou no homem cujo cabelo tinha ficado branco depois de ter descoberto a câmara, como nunca voltou ao cemitério nem falou do que tinha visto.

— Não — disse Nin. — Acho que você tem razão. Acho que este aí é...

— É o quê?

— Imaginário.

— Não seja idiota — disse Scarlett. — Eu estou vendo.

— Sim — disse Nin. — E *você* não pode ver os mortos. — Ele olhou a câmara. — Pode parar agora — disse ele. — Sabemos que você não é real.

— Vou me banquetear com seu fígado! — gritou o Homem Anil.

— Não vai, não — disse Scarlett, com um imenso suspiro. — O Nin tem razão. — Depois, ela disse: — Acho que pode ser um espantalho.

— O que é um espantalho? — perguntou Nin.

— É uma coisa que os fazendeiros colocam nos campos para espantar corvos.

— Por que eles fazem isso? — Nin gostava dos corvos. Ele os achava engraçados e gostava de como ajudavam a manter o cemitério arrumado.

— Não sei bem por quê. Vou perguntar à mamãe, mas eu vi um do trem e perguntei o que era. Os corvos acham que é uma pessoa de verdade. É faz de conta, parece uma pessoa, mas não é. É só para assustar os corvos.

Nin olhou a câmara.

— Você pode ser quem for, mas não está dando certo. Não mete medo na gente. Sabemos que não é real. Então pare.

O Homem Anil parou. Andou até a laje de pedra e se deitou nela. Depois sumiu.

Para Scarlett, a câmara foi mais uma vez tragada pela escuridão. Mas no escuro ela podia ouvir o enroscar de novo, cada vez mais alto, como se alguma coisa estivesse circulando pelo espaço redondo.

Alguma coisa disse: NÓS SOMOS O EXECUTOR.

Os pelos da nuca de Nin começaram a se eriçar. A voz em sua cabeça era muito antiga e muito seca, como o raspar de um galho morto numa janela da capela, e parecia a Nin que havia mais de uma voz ali, que elas falavam em uníssono.

— Ouviu isso? — perguntou ele a Scarlett.

— Não ouvi nada, só uma coisa rastejando. Eu me sinto estranha. Com um frio na barriga. Como se uma coisa horrível fosse acontecer.

— Nada de horrível vai acontecer — disse Nin. Depois, para a câmara, ele disse: — O que você é?

NÓS SOMOS O EXECUTOR. GUARDAMOS E PROTEGEMOS.

— O que vocês protegem?

O LUGAR DE REPOUSO DO AMO. ESTE É O MAIS SAGRADO DE TODOS OS LUGARES SAGRADOS, E É GUARDADO PELO EXECUTOR.

— Você não pode nos tocar — disse Nin. — Só pode me assustar.

As vozes enroscadas pareciam petulantes. O MEDO É UMA ARMA PARA O EXECUTOR.

Nin olhou para uma saliência na pedra.

— Aqueles são os tesouros de seu amo? Um broche velho, uma caneca e uma faquinha de pedra? Não parecem lá grande coisa.

O EXECUTOR GUARDA OS TESOUROS, O BROCHE, O CÁLICE, A ADAGA. NÓS OS GUARDAMOS PARA O AMO, QUANDO ELE VOLTAR. ELE VOLTARÁ. ELE SEMPRE VOLTA.

— Quantos vocês são?

Mas o Executor não respondeu. O interior da cabeça de Nin parecia estar cheio de teias de aranha e ele a sacudiu, tentando limpá-la. Depois apertou a mão de Scarlett.

— Precisamos ir.

Ele foi na frente, passando pelo morto de casaco marrom — e sinceramente, pensou Nin, se o homem não tivesse se assustado e caído, teria ficado decepcionado em sua procura por tesouros. Os tesouros de dez mil anos atrás não eram os mesmos de hoje em dia. Nin levou Scarlett com cuidado pela escada, através da colina, entrando na escuridão do mausoléu dos Frobisher.

O sol do final de primavera brilhava através das frestas na construção e pela porta das grades, um sol de intensidade chocante, e Scarlett piscou e cobriu os olhos, surpresa com o brilho. Passarinhos cantavam nos arbustos, um abelhão passou zumbindo, tudo era surpreendente em sua normalidade.

Nin abriu a porta do mausoléu e a trancou depois que os dois passaram.

As roupas coloridas de Scarlett estavam cobertas de sujeira e teias de aranha, e seu rosto e mãos morenos estavam pálidos de pó.

Mais abaixo na colina, alguém gritava – na verdade alguns "alguéns" gritavam. Gritavam alto. Gritavam freneticamente.

Alguém chamou: "Scarlett? Scarlett Perkins?", e Scarlett disse: "Sim? Oi?", e antes que ela e Nin tivessem a oportunidade de discutir o que tinham visto, ou de falar sobre o Homem Anil, havia uma mulher de casaco amarelo fluorescente com POLÍCIA nas costas exigindo saber se ela estava bem, e onde estivera, e se alguém a havia tentado sequestrar, e depois a mulher estava falando num rádio, informando aos outros que a criança fora encontrada.

Nin deslizou ao lado deles enquanto descia a colina. A porta da capela estava aberta e dentro dela os pais de Scarlett esperavam; a mãe aos prantos, o pai falando preocupado com alguém ao celular, junto com outros policiais. Ninguém viu Nin esperando no canto.

As pessoas ficaram perguntando a Scarlett o que tinha acontecido e ela respondeu, com a maior sinceridade que pôde, contando-lhe sobre um menino chamado Ninguém que a levara ao fundo de uma colina, onde um homem tatuado de roxo apareceu no escuro, mas na verdade era um espantalho. Eles lhe deram uma barra de chocolate, limparam seu rosto e perguntaram se o homem tatuado pilotava uma moto, e a mãe e o pai de Scarlett, agora que estavam aliviados e não tinham mais medo, ficaram irritados consigo mesmos e com ela, um culpando o outro por deixar que a garotinha deles brincasse num cemitério, mesmo que fosse uma reserva natural, e que ultimamente o mundo era um lugar muito perigoso, e se você não ficasse de olho em seus filhos a cada segundo, nem podia imaginar em que coisas medonhas eles se meteriam. Em especial uma criança como Scarlett.

A mãe de Scarlett começou a chorar, o que fez Scarlett chorar também e uma das policiais entrou numa discussão com o pai de Scarlett, que tentou dizer a ela que ele, como contribuinte, pagava o salário dela, e ela lhe disse que era uma contribuinte também e provavelmente pagava o salário *dele*, enquanto Nin ficava sentado nas sombras no canto da capela, sem ser visto por ninguém, nem mesmo por Scarlett, e observava e ouvia até não suportar mais.

Agora o sol se punha no cemitério, Silas apareceu e encontrou Nin perto do anfiteatro que dava vista para a cidade. Colocou-se ao lado do menino e não disse nada, o que era o jeito dele.

– Não foi culpa dela – disse Nin. – Foi minha. E agora ela está encrencada.

– Aonde você a levou? – perguntou Silas.

– Ao meio da colina, para ver o túmulo mais antigo. Só que não tinha ninguém lá. Só uma coisa feito cobra chamada Executor que assusta as pessoas.

– Fascinante.

Eles desceram a colina juntos, viram a antiga capela ser trancada mais uma vez e a polícia, Scarlett e seus pais saírem para a noite.

– A srta. Borrows lhe ensinará as letras juntas – disse Silas. – Já leu *O gato*?

– Já – disse Nin. – Há séculos. Pode me trazer mais livros?

– Espero que sim – disse Silas.

– Acha que vou vê-la de novo?

– A menina? Duvido muito.

Mas Silas estava enganado. Três semanas depois, em uma tarde cinzenta, Scarlett veio ao cemitério acompanhada dos dois pais.

Eles insistiram que ela continuasse à vista o tempo todo, embora eles andassem um pouco atrás dela. A mãe de Scarlett de vez em quando exclamava que tudo isso era mórbido e ainda bem que eles logo deixariam tudo para trás e para sempre.

Quando os pais de Scarlett começaram a conversar, Nin disse "Oi".

– Oi – disse Scarlett, muito baixinho.

– Não pensei que fosse ver você de novo.

– Eu disse a eles que não iria embora se não me trouxessem aqui pela última vez.

– Vai para onde?

– Escócia. Tem uma universidade lá. Para o papai ensinar física de partículas.

Eles andaram pelo caminho juntos, uma menininha com capa laranja-vivo e um menininho com uma mortalha cinza.

– A Escócia fica muito longe?

– Fica – disse ela.

– Ah.

– Eu esperava que você estivesse aqui. Para me despedir.

– Eu sempre estou aqui.

– Mas você não está morto, está, Ninguém Owens?

– Claro que não.

– Bom, não pode ficar aqui a vida toda. Pode? Um dia você vai crescer e depois vai ter que ir embora e viver no mundo lá fora.

Ele sacudiu a cabeça.

– Não é seguro para mim lá fora.

– Quem disse isso?

– Silas. Minha família. Todo mundo.

Ela ficou em silêncio.

O pai gritou:

— Scarlett! Venha, querida. Hora de ir. Você fez sua última excursão ao cemitério. Agora vamos para casa.

Scarlett disse a Nin:

— Você é corajoso. Você é a pessoa mais corajosa que eu conheço, e é meu amigo. Não ligo se você é *mesmo* imaginário. — Depois ela correu de volta pelo caminho, para os pais e para o mundo.

CAPÍTULO TRÊS

Os sabujos de Deus

Em cada cemitério, um túmulo pertence aos ghouls, os demônios que devoram carniça. Ande por qualquer cemitério por algum tempo e você os encontrará – descoloridos e inchados, com a lápide rachada ou quebrada, o mato heterogêneo ou grosseiro em volta, e uma sensação, quando você o alcança, de abandono. Pode ser mais frio que os outros túmulos também, e, em geral, é impossível ler o nome na lápide. Se houver uma estátua no túmulo, ela estará sem cabeça ou tão tomada de fungo e líquen que parecerá o próprio fungo. Se um túmulo em um cemitério parecer um alvo de vândalos mesquinhos, este será o portal ghoul. Se o túmulo lhe der vontade de estar em outro lugar, este será o portal ghoul.

Existia um no cemitério de Nin.

Existia um em cada cemitério.

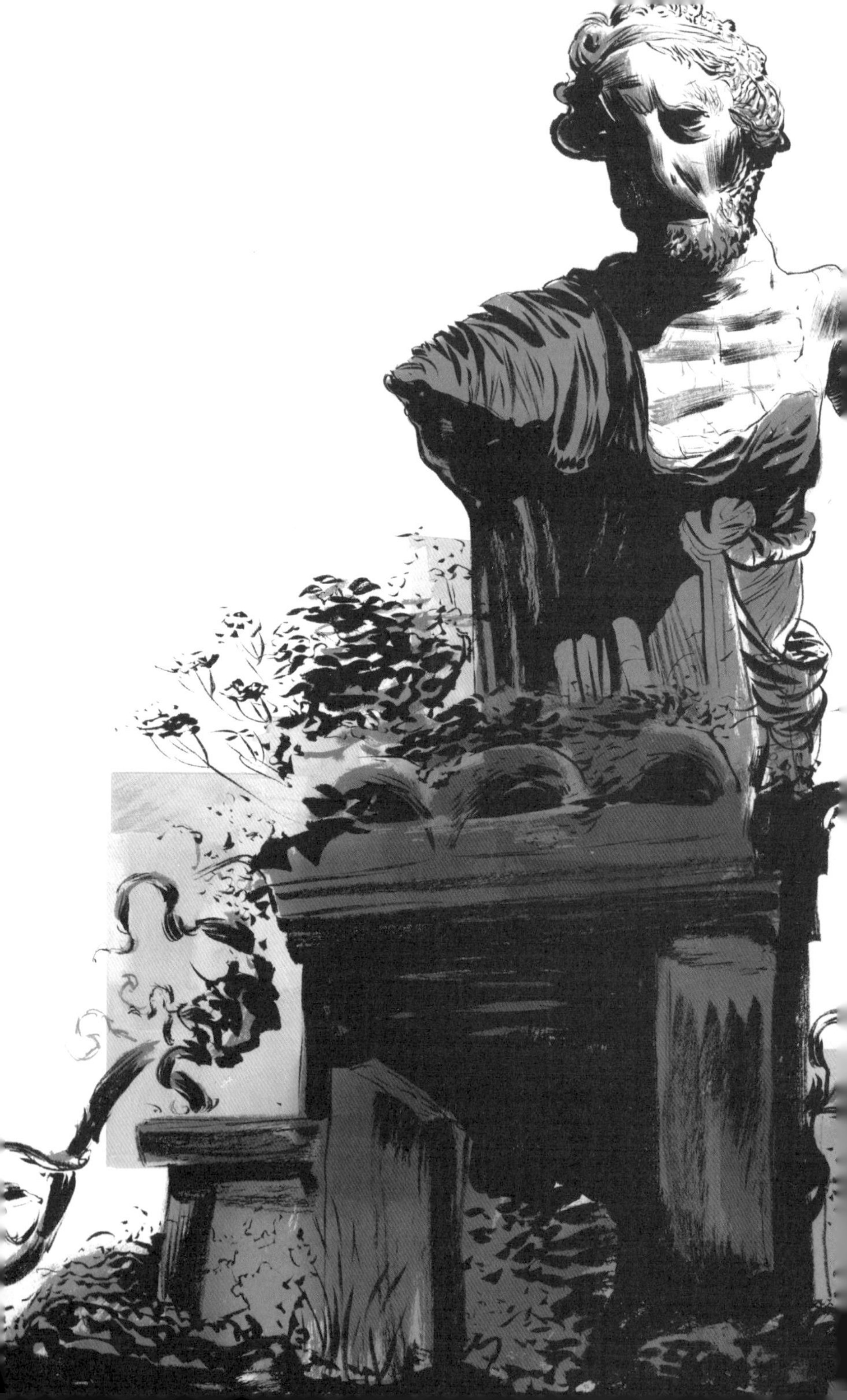

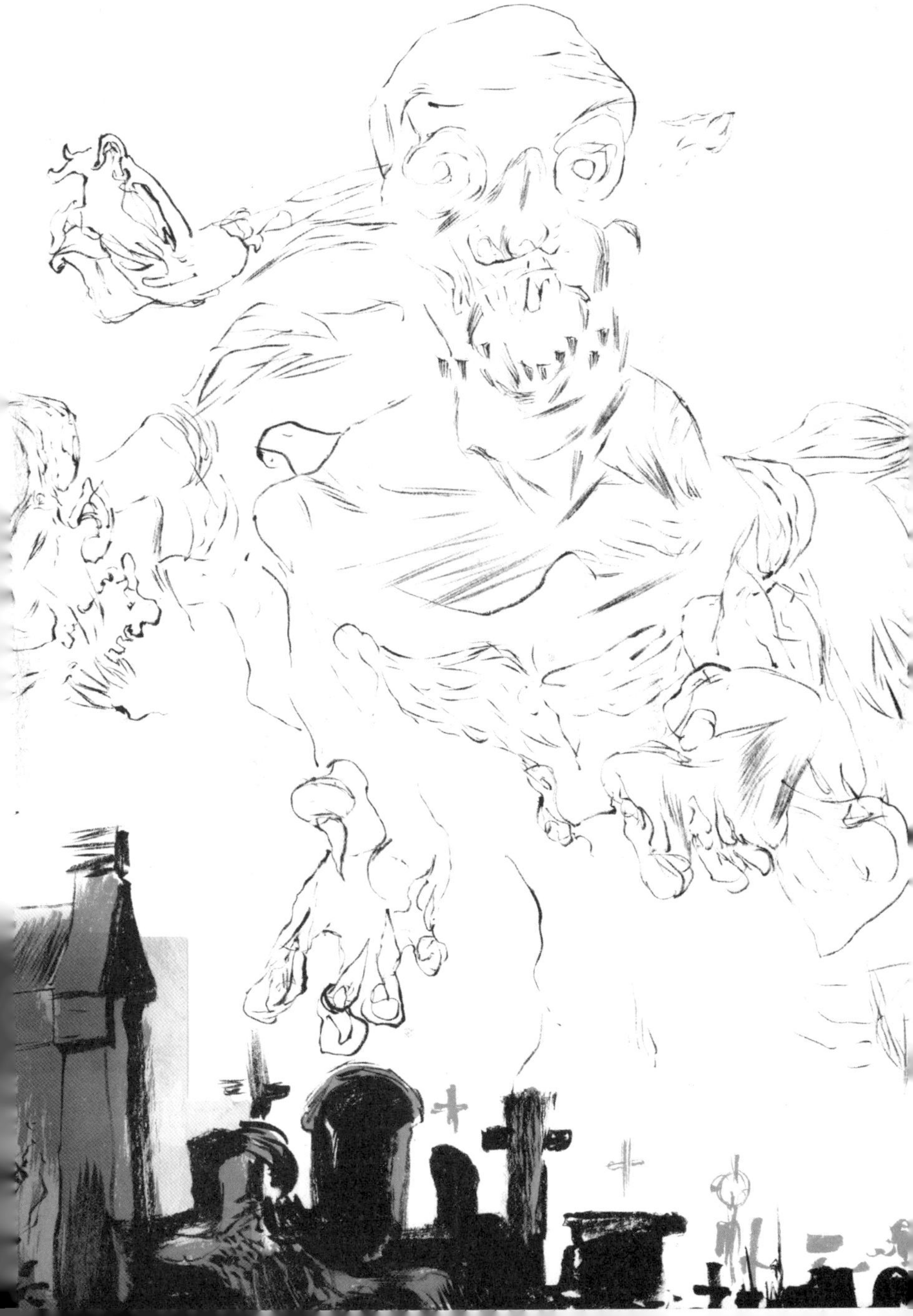

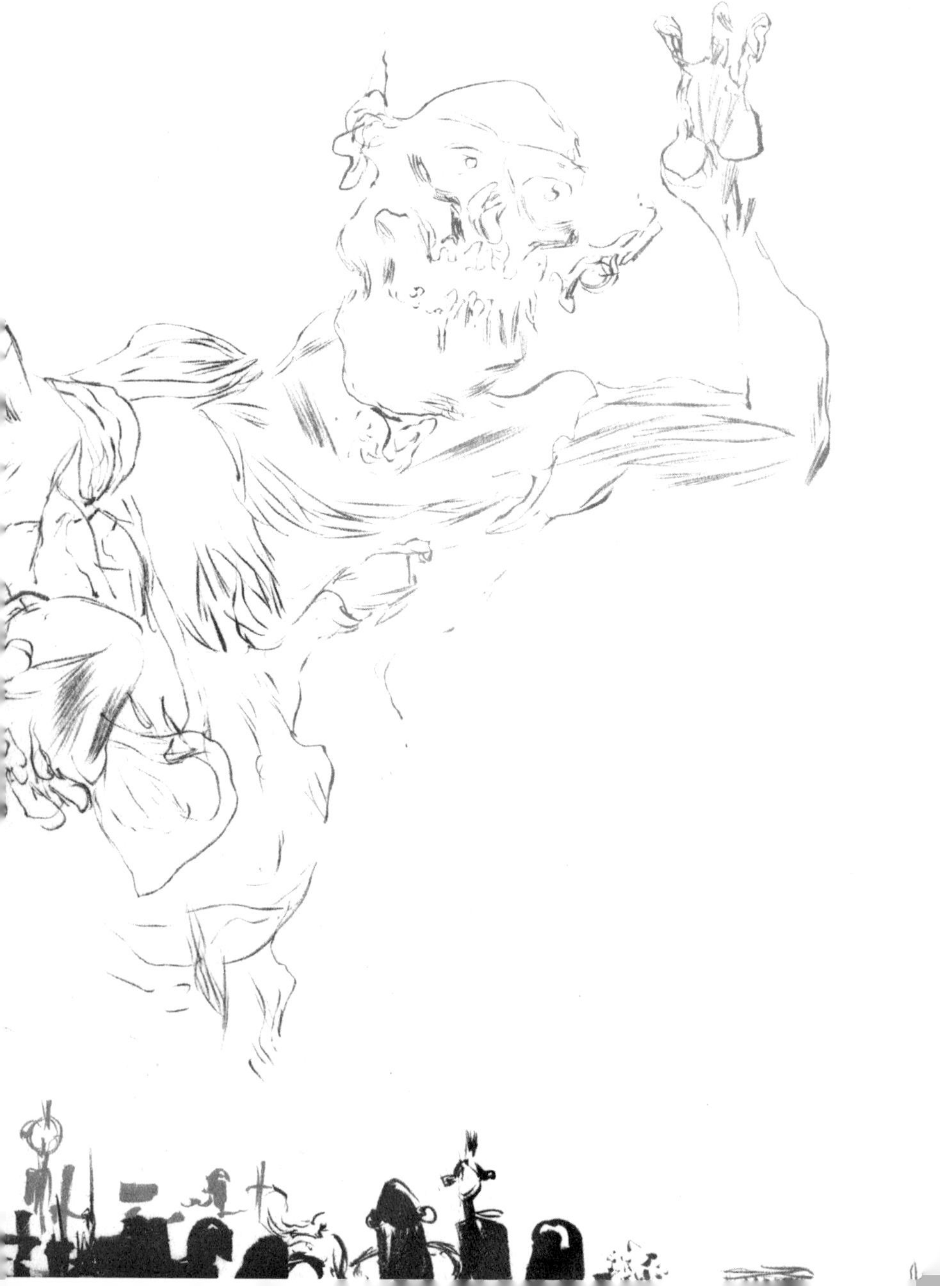

Silas iria partir.

Quando soube, Nin ficou aborrecido. Agora estava mais do que aborrecido. Estava furioso.

– Mas *por quê*? – disse Nin.

– Eu já lhe disse. Preciso obter algumas informações. Para fazer isso, tenho de viajar. Para viajar, tenho de sair daqui. Já passamos por tudo isso antes.

– O que é tão importante para você ter que sair? – A mente de seis anos de Nin tentava imaginar uma coisa que pudesse fazer Silas querer deixá-lo, e não conseguia. – Isso não é justo.

Seu guardião não se deixou perturbar.

– Não é justo nem injusto, Ninguém Owens. Simplesmente é.

Nin não ficou impressionado.

– Você devia cuidar de mim. Você *disse*.

– Como seu guardião, sou responsável por você, é verdade. Felizmente, não sou o único no mundo disposto a assumir essa responsabilidade.

– E aonde você vai mesmo?

– Lá fora. Longe. Há coisas que preciso descobrir e não podem ser descobertas aqui.

Nin bufou e se afastou, chutando pedras imaginárias. No lado noroeste do cemitério, as coisas estavam muito desordenadas e emaranhadas, muito além da capacidade de limpeza do zelador ou dos Amigos do Cemitério, e ele zanzou por ali, acordando uma família de crianças vitorianas mortas, todas, antes do décimo aniversário; eles brincaram de esconde-esconde à luz da lua na selva de trepadeiras. Nin tentou fingir que Silas não estava partindo, que nada mudaria, mas, quando o jogo acabou e ele correu de volta à antiga capela, viu duas coisas que o fizeram mudar de ideia.

A primeira coisa que viu foi uma valise. Assim que pôs os olhos nela, Nin entendeu que era a valise de Silas. Tinha pelo menos cento e cinquenta anos, uma coisa de couro bonita e preta, com ferragem de bronze e uma alça preta, o tipo de valise que um médico ou agente funerário vitoriano poderia ter usado e que conteria cada implemento que podia ter sido necessário. Nin jamais tinha visto a valise de Silas, nem sabia que Silas tinha uma valise, mas era o tipo de valise que só podia pertencer a Silas. Nin tentou espiar dentro dela, mas estava fechada com um cadeado grande de bronze. Era pesada demais para ele levantar.

Essa foi a primeira coisa.

A segunda coisa estava sentada no banco perto da capela.

– Nin – disse Silas. – Esta é a srta. Lupescu.

A srta. Lupescu não era bonita. A cara era espremida e sua expressão era de censura. O cabelo era cinza, embora o rosto parecesse novo demais para um cabelo grisalho. Os dentes da frente eram meio tortos. Ela usava uma capa de chuva volumosa e uma gravata de homem no pescoço.

– Como vai, srta. Lupescu? – disse Nin.

A srta. Lupescu não disse nada. Ela cheirou. Depois olhou para Silas e afirmou:

– Então, este é o menino.

Ela se levantou do banco e andou em volta de Nin, as narinas infladas, como se o estivesse farejando. Quando fez a volta completa, ela disse:

– Você me procurará ao acordar e antes de ir dormir. Aluguei um quarto numa casa por lá. – Ela apontou para um telhado visível apenas de onde eles estavam. – Porém, devo passar minha vida neste cemitério. Estou aqui como historiadora, pesquisando a história dos antigos túmulos. Entendeu, neném? *Dã?*

– Nin – disse Nin. – É Nin. Não é neném.

– A forma abreviada de Ninguém – disse ela. – Um nome tolo. Além disso, Nin é um apelido. Uma alcunha. Não aprovo. Vou chamá-lo de "neném". Pode me chamar de srta. Lupescu.

Nin olhou para Silas, suplicante, mas não havia solidariedade no rosto dele. Ele pegou a valise e disse:

– Você ficará em boas mãos com a srta. Lupescu, Nin. Tenho certeza de que os dois se entenderão.

– Não vamos, não! – disse Nin. – Ela é horrível!

– Isso – disse Silas – foi muito grosseiro de sua parte. Creio que deve se desculpar, não acha?

Nin não se desculpou, mas Silas estava olhando para ele e Silas estava com a valise preta, e prestes a sair por ninguém sabia quanto tempo, então Nin disse:

– Desculpe, srta. Lupescu.

De início ela não respondeu nada. Apenas fungou. Depois disse:

– Fiz uma longa viagem para cuidar de você, neném. Espero que valha a pena.

Nin não podia sequer imaginar abraçar Silas, então estendeu a mão. Silas se curvou e a apertou gentilmente, engolfando a mãozinha suja de Nin com a mão imensa e pálida dele. Depois, erguendo a valise de couro preto como se não tivesse peso algum, andou pelo caminho e saiu do cemitério.

Nin contou aos pais sobre tudo isso.

— Silas foi embora — disse ele.

— Ele voltará — disse o sr. Owens, animado. — Não preocupe sua cabecinha com isso, Nin. É café-pequeno, como dizem.

— Quando você nasceu — disse a sra. Owens —, ele nos prometeu que se tivesse de partir, encontraria outra pessoa para lhe trazer comida e ficar de olho em você, e ele cumpre o que promete. Ele é muito confiável.

Silas tinha trazido a comida de Nin, é verdade, e deixado na cripta toda noite para ele comer, mas para Nin esta era a menor das coisas que Silas fazia por ele. Silas lhe dava conselhos frios, sensatos e infalivelmente corretos; ele sabia mais que o povo do cemitério, uma vez que podia descrever um mundo que era atual, e não com cem anos de idade e obsoleto, graças a suas excursões noturnas; ele era imperturbável e confiável, estivera presente em cada noite da vida de Nin, então Nin tinha dificuldades para conceber a ideia da pequena capela sem seu único habitante; acima de tudo, ele fazia Nin se sentir seguro.

A srta. Lupescu também via seu trabalho como mais do que trazer a comida de Nin. Mas ela também fazia isso.

– O que é isso? – perguntou Nin, apavorado.

– Comida boa – disse a srta. Lupescu. Eles estavam na cripta. Ela colocara dois recipientes de plástico na mesa e abriu as tampas. Apontou a primeira: – É sopa de beterraba e legumes. – Ela apontou a segunda. – É salada. Agora, coma as duas. Fiz para você.

Nin a olhou para ver se era uma brincadeira. A comida de Silas vinha principalmente em pacotes, compradas nos lugares que vendiam comida na madrugada e não faziam perguntas. Ninguém lhe havia trazido comida em recipientes de plástico com tampa.

– O cheiro é horrível – disse Nin.

– Se não comer a sopa de legumes logo – disse ela –, vai ficar mais horrível ainda. Ficará fria. Agora coma.

Nin estava com fome. Pegou a colher de plástico, mergulhou no guisado vermelho-arroxeado e comeu. A comida era escorregadia e desconhecida, mas ele continuou engolindo.

– Agora, a salada! – disse a srta. Lupescu, e ela abriu a tampa do segundo pote. Consistia em grandes nacos de cebola crua, beterraba e tomate, tudo num molho grosso e avinagrado. Nin colocou um naco de beterraba na boca e começou a mastigar. Podia sentir a saliva se acumulando e percebeu que podia vomitar tudo de volta se engolisse.

– Não consigo comer isso – disse ele.

– Faz bem para você.

– Vou ficar enjoado.

Eles se encararam, o menininho com o cabelo desgrenhado de rato, a mulher pálida e espremida, sem um fio de cabelo prateado fora de lugar. A srta. Lupescu disse:

– Coma mais um pedaço.

– Não consigo.

– Coma mais um pedaço agora, ou vai ficar aqui até ter comido tudo.

Nin pegou um pedaço de tomate avinagrado, mastigou e engoliu sufocado. A srta. Lupescu recolocou as tampas nos potes e os guardou na sacola plástica de compras.

– Agora, as lições – disse ela.

Era o auge do verão. Só ficava completamente escuro pouco antes de meia-noite. Não havia lições no auge do verão – ele passava o tempo que ficava acordado num crepúsculo quente e interminável em que brincava, explorava ou escalava.

– Lições? – disse ele.

– Seu guardião achou que seria bom eu lhe ensinar umas coisas.

– Eu tenho professores. Letitia Borrows me ensina a escrever e vocabulário, e o sr. Pennyworth me ensina seu Sistema Educacional Completo para Jovens Cavalheiros com Material Adicional para Aqueles *Post Mortem*. Eu aprendo geografia e tudo. Não *preciso* de mais aulas.

– Então sabe tudo, não é, neném? Seis anos de idade e já sabe tudo.

– Eu não disse isso.

A srta. Lupescu cruzou os braços.

– Fale-me dos ghouls – disse ela.

Nin tentou se lembrar do que Silas lhe dissera sobre os ghouls ao longo dos anos.

– Fique longe deles – disse ele.

– E é só isso que você sabe? *Dã?* Por que deve ficar longe deles? De onde eles vêm? Para onde eles vão? Por que você não deve ficar perto de um portal ghoul? Hein, neném?

Nin deu de ombros e sacudiu a cabeça.

– Diga quais são os diferentes tipos de pessoas – disse a srta. Lupescu. – Agora.

Nin pensou por um momento.

– Os vivos – disse ele. – Er... os mortos. – Ele parou; e depois: – Os gatos? – propôs Nin, inseguro.

– Você é um ignorante, neném – disse a srta. Lupescu. – Isso é péssimo. E você está satisfeito em ser ignorante, o que é pior ainda. Repita comigo, existem os vivos e os mortos, existem as criaturas do dia e as da noite, existem ghouls e andarilhos da névoa, existem os caçadores das alturas e os sabujos de Deus. E também os tipos solitários.

– Você é o quê? – perguntou Nin.

– Eu – disse ela severamente – sou a srta. Lupescu.

– E Silas é o quê?

Ela hesitou.

– Ele é um tipo solitário.

Nin suportou a aula. Quando Silas lhe ensinava coisas, era interessante. Na maior parte do tempo Nin não percebia que ele estava lhe dando aulas. A srta. Lupescu ensinava por listas e Nin não via sentido nenhum nisso. Ele ficou sentado na cripta, louco para ir para o crepúsculo de verão, sob a lua fantasma.

Quando a aula acabou, no pior humor possível, ele correu. Procurou por companheiros para brincar, mas não encontrou ninguém e não viu nada, a não ser um cachorro grande e cinza que rondava as lápides, sempre guardando distância dele, deslizando entre as lajes tumulares e pelas sombras.

A semana ficou pior.

A srta. Lupescu continuava a trazer a Nin coisas que cozinhava para ele: bolinhos nadando em banha; sopa grossa e roxo-avermelhada com um naco de creme azedo por cima; batatinhas frias e cozidas; salsichas frias e carregadas no alho; ovos cozidos num líquido cinza nada apetitoso. Ele comia o mínimo que conseguia. As aulas continuaram: por dois dias, ela só lhe ensinou maneiras de pedir socorro em cada língua do mundo, e ela batia nos nós dos dedos dele com a caneta se ele errasse ou se esquecesse. Mas no terceiro dia, ela disparou a metralhadora.

— Francês?

— *Au secours!*

— Código Morse?

— S-O-S. Três pontos curtos, três longos, três curtos de novo.

— Besta-da-lua?

— Que coisa idiota. Não lembro o que é uma besta-da-lua.

— Elas têm asas sem pelos e voam baixo e rápido. Não visitam este mundo, mas voam pelos céus vermelhos acima da estrada para Ghûlheim.

— Nunca vou precisar saber disso.

A boca da srta. Lupescu se apertou mais. Só o que ela disse foi:

— Besta-da-lua?

Nin fez um ruído do fundo da garganta que ela lhe ensinara — um grito gutural, como o chamado de uma águia. Ela farejou.

— Adequado — disse ela.

Nin estava louco para chegar o dia da volta de Silas.

— Às vezes tem um cachorrão cinza no cemitério – disse. — Ele vem quando a senhorita está aqui. O cachorro é seu?

A srta. Lupescu endireitou a gravata.

— Não — disse ela.

— Terminamos?

— Por hoje, sim. Você lerá a lista que estou lhe dando esta noite e decorará para amanhã.

As listas da srta. Lupescu eram impressas em tinta roxo-clara em papel branco e tinham um cheiro esquisito. Nin levou a lista nova para a encosta da colina e tentou ler as palavras, mas sua atenção lhe fugia o tempo todo. Por fim, dobrou o papel e o colocou debaixo de uma pedra.

Ninguém brincaria com ele naquela noite. Ninguém queria brincar nem conversar, correr e escalar sob a imensa lua de verão.

Ele desceu à tumba dos Owens para reclamar com os pais, mas a sra. Owens não ouvia uma só palavra dita contra a srta. Lupescu porque, pelo que entendeu Nin injustamente, Silas a escolhera, enquanto o sr. Owens simplesmente dava de ombros e falava com Nin de seus tempos como jovem aprendiz de fabricante de móveis, do quanto ele teria adorado aprender sobre todas as coisas úteis que Nin estava aprendendo, o que foi, para Nin, ainda pior.

— Mas você não queria estudar? — perguntou a srta. Owens, e Nin apertou os punhos e não disse nada.

Ele andou pelo cemitério pisando com força, sentindo-se sem amor e sem consideração.

Nin ruminava sobre a injustiça de tudo e vagava pelo cemitério chutando pedras. Localizou o cachorro cinza-escuro e o chamou para ver se ele vinha e brincava com ele, mas o cão guardava distância, e Nin, frustrado, atirou um bolo de lama nele. O bolo se rompeu numa lápide próxima e se espalhou por todo lado. O cachorrão olhou para Nin com censura, depois se afastou nas sombras e sumiu.

O menino voltou ao lado sul da colina, evitando a antiga capela: não queria ver o lugar em que Silas não estava. Nin parou ao lado de um túmulo que era a encarnação do que ele sentia: ficava sob um carvalho que antigamente fora atingido por um raio e agora era só um tronco preto, como uma garra afiada saindo da colina; o próprio túmulo era desbotado e rachado, e acima dele havia uma laje memorial em que pendia um anjo sem cabeça, o manto parecendo um fungo de árvore imenso e feio.

Nin se sentou em um monte de relva, teve pena de si mesmo e odiou todo mundo. Odiou até Silas, por ir embora e deixá-lo. Depois fechou os olhos e se enroscou numa bola na relva, vagando para um sono sem sonhos.

Pela rua e subindo a colina vinham o Duque de Westminster, o Honorável Archibald Fitzhugh e o Bispo de Bath e Wells, deslizando e saltando de sombra em sombra, magros e curtidos, só tendões e cartilagem, usando roupas maltrapilhas e esfarrapadas, e eles saltavam, pulavam e se esquivavam, pulando carniça sobre lixeiras, acompanhando o lado escuro das sebes.

Eles eram pequenos, como gente adulta que tinha encolhido no sol; conversavam em voz baixa, dizendo coisas como:

– Se Sua Graça tem mais alguma maldita ideia de onde estamos e do que fazemos, eu ficaria grato se dissesse. Caso contrário, devia manter sua grande cloaca fechada.

– Só o que estou dizendo, Reverendíssimo, é que sei que tem um cemitério perto daqui, posso sentir o cheiro.

– Se pode sentir o cheiro, então eu também deveria sentir, porque tenho um nariz melhor que o seu, Sua Graça.

Tudo isso enquanto eles se esquivavam e oscilavam pelos jardins de subúrbio. Evitaram um jardim ("Psst!", sibilou o Honorável Archibald Fitzhugh. "Cães!") e correram pelo alto do muro, disparando como ratos do tamanho de crianças. Seguiram pela avenida e subiram a rua para o alto da colina. E depois estavam no muro do cemitério, e subiram-no como esquilos numa árvore, farejando o ar.

– Cuidado com o cão – disse o Duque de Westminster.

– Onde? Sei não. Em algum lugar por aqui. Mas não é bem cheiro de cachorro – disse o Bispo de Bath e Wells.

– Alguém não consegue nem sentir o cheiro de cemitério – disse o Honorável Archibald Fitzhugh. – Lembra? É só um cachorro.

Os três pularam do muro para o chão e correram, usando os braços tanto quanto as pernas para se impelirem pelo cemitério, até o portal ghoul perto da árvore do raio.

E ao lado do portal, à luz da lua, eles pararam.

– Não é bom estar em casa? – perguntou o Bispo de Bath e Wells.

– Pelo bom Deus – disse o Duque de Westminster.

E então Nin acordou.

As três faces que o encaravam podiam ser de humanos mumificados, sem carne e secos, mas suas feições se moviam e eram interessadas – bocas que sorriam e revelavam dentes afiados e manchados; olhos de conta brilhantes; dedos em garra que se mexiam e batiam.

– Quem são vocês? – perguntou Nin.

– *Nós* – disse uma das criaturas; elas eram, pelo que Nin percebeu, só um pouco mais altas do que ele – somos os grandes, é o que somos. Este aqui é o Duque de Westminster.

A maior das criaturas fez uma mesura, dizendo:

— Encantado, certamente.

— ... e este é o Bispo de Bath e Wells...

A criatura, que sorria com os dentes afiados e deixou uma língua pontuda de tamanho incrível abanar entre eles, não parecia a ideia que Nin tinha de um bispo; sua pele era malhada e tinha uma mancha grande atravessando um olho, fazendo com que parecesse quase um pirata.

— ... e tenho a honra de ser vosso Honorável Archibald Fitzhugh. A vosso dispor.

As três criaturas fizeram uma única mesura. O Bispo de Bath e Wells disse:

— Agora, meu amigo, qual é sua história, hein? E não me diga nenhuma falsidade, lembre que está falando com um bispo.

— Bem colocado, Reverendíssimo — disseram os outros dois.

Então Nin lhes contou. Contou-lhes que ninguém gostava dele nem queria brincar com ele, que ninguém tinha consideração por ele nem se importava e que até seu guardião o abandonara.

— Macacos me mordam — disse o Duque de Westminster, coçando o nariz (uma coisinha seca que era principalmente constituída de narinas). — Você precisa ir a um lugar onde as pessoas o apreciem.

— Esse lugar não existe — disse Nin. — E não tenho permissão para sair do cemitério.

— Você precisa é de todo um mundo de amigos e companheiros de folguedos — disse o Bispo de Bath e Wells, abanando a língua comprida. — Uma cidade de deleites, diversão e magia, onde seria apreciado e não ignorado.

— A senhorita que está cuidando de mim — disse Nin. — Ela faz uma comida horrível. Sopa de ovo cozido e essas coisas.

— Comida! — disse o Honorável Archibald Fitzhugh. — Para onde *nós* vamos, a comida é a melhor do mundo. Faz meu estômago roncar e minha boca se encher de água só de pensar.

— Posso ir com vocês? — perguntou Nin.

— Ir conosco? — disse o Duque de Westminster. Ele pareceu chocado.

— Não seja assim, Sua Graça — disse o Bispo de Bath e Wells. — Tenha coração. Vê só o pequenino. Não tem uma refeição decente há não sei quanto tempo.

— Eu voto para levá-lo — disse o Honorável Archibald Fitzhugh. — A gororoba é boa na nossa casa. — Ele deu um tapinha na barriga para mostrar como a comida era boa.

— Então... Pronto para a aventura? — perguntou o Duque de Westminster, vencido pela novidade. — Ou quer perder o resto de sua vida *aqui*? — E com os dedos ossudos, indicou o cemitério e a noite.

Nin pensou na srta. Lupescu e em sua comida medonha e suas listas e sua boca espremida.

— Pronto — disse ele.

Seus três novos amigos podiam ter seu tamanho, mas eram muito mais fortes do que qualquer criança e Nin viu-se içado pelo Bispo de Bath e Wells e suspenso acima da cabeça da criatura, enquanto o Duque de Westminster pegava um punhado de relva que parecia imunda, gritava o que parecia "*Skagh! Thegh! Khavagah!*", e o puxava. A laje de pedra que cobria o túmulo se abriu como um alçapão, revelando a escuridão por baixo.

— Agora, rápido — disse o duque, e o Bispo de Bath e Wells atirou Nin na abertura escura, depois saltou atrás dele, seguido pelo Honorável Archibald Fitzhugh; em seguida, com um salto ágil, o Duque de Westminster exclamou, assim que entrou "*Wegh Khârados!*", para fechar o portal ghoul, e a pedra caiu com um baque acima deles.

Nin caiu, tropeçando pelo escuro como um monturo de bola de gude, assustado demais para ficar com medo, perguntando-se a profundidade do buraco que esse túmulo podia ter, quando duas mãos fortes o pegaram pelas axilas e ele se viu balançando para frente pela escuridão de breu.

Nin não vivenciava a escuridão completa há muitos anos. No cemitério, enxergava como os mortos, e nenhum túmulo, tumba ou cripta era escuro demais para ele. Agora estava na completa escuridão, sentindo-se lançado para frente em uma série de solavancos e ataques, o vento passando por ele. Era assustador, mas também era estimulante.

E depois surgiu a luz, e tudo mudou.

O céu era vermelho, mas não o vermelho quente de um pôr do sol. Era um vermelho colérico e carrancudo, a cor de uma ferida infeccionada. O sol era pequeno e parecia velho e distante. O ar era frio e eles desciam uma parede. Lápides e estátuas se projetavam da lateral da parede, como se um cemitério imenso estivesse de pernas para o ar e, como três chimpanzés murchos com roupas pretas esfarrapadas que subiam nas costas, o Duque de Westminster, o Bispo de Bath e Wells e o Honorável Archibald Fitzhugh balançavam de estátua a lápide, Nin pendurado entre eles enquanto prosseguiam, atirando-o de um para outro, sem jamais deixar que ele escapasse, sempre pegando-o com tranquilidade, sem nem mesmo olhar.

Nin tentou enxergar acima, o túmulo através do qual eles entraram neste estranho mundo, mas não conseguiu ver nada além de lápides.

Ele se perguntou se cada um dos túmulos pelos quais passavam gingando era um portal para o tipo de gente que o carregava...

– Aonde estamos indo? – perguntou ele, mas sua voz foi levada pelo vento.

Eles seguiam cada vez mais rápido. À frente, Nin viu uma estátua subir e mais duas criaturas apareceram catapultadas para este mundo de céu carmim, como as que carregavam Nin. Uma vestia uma toga de seda maltrapilha que antigamente devia ser branca e a outra, um terno cinza manchado e grande demais para ela, cujas mangas estavam em farrapos sombrios. Elas viram Nin e seus três novos amigos e partiram para eles, cobrindo seis metros com facilidade.

O Duque de Westminster soltou um grasnado gutural e fingiu ter medo, e Nin e os três balançavam-se pela parede de túmulos, perseguidos pelas duas novas criaturas. Nenhum deles pareceu se cansar nem perder o fôlego, sob aquele céu vermelho, com o sol queimado encarando-os como um olho morto, mas por fim eles chegaram à lateral de uma estátua imensa de uma criatura, cujo rosto parecia ter se tornado uma colônia de fungos. Nin se viu sendo apresentado ao 33º Presidente dos Estados Unidos e ao Imperador da China.

— Este é o sr. Nin — disse o Bispo de Bath e Wells. — Ele vai se tornar um de nós.

— Ele procura por uma boa refeição — disse o Honorável Archibald Fitzhugh.

— Bem, certamente terá um jantar refinado quando se tornar um de nós, meu jovem amigo — disse o Imperador da China.

— É — disse o 33º Presidente dos Estados Unidos.

Nin disse:

— Eu, me tornar um de vocês? Quer dizer, vou me transformar em vocês?

— Rápido como uma chibata, afiado como uma lâmina, é preciso se levantar bem tarde da noite para dar a volta nesse camarada — disse o Bispo de Bath e Wells. — Decerto. Um de nós. Igualmente forte, igualmente rápido, igualmente indomável.

— Dentes tão fortes que podem esmagar qualquer osso, e língua afiada e comprida o bastante para lamber o tutano da medula mais funda ou esfolar a carne da cara de um gordo – disse o Imperador da China.

– Capaz de deslizar de sombra em sombra, sem jamais ser visto, jamais suspeitado. Livre como o ar, rápido como o pensamento, frio como a geada, duro como prego, perigoso como, como *nós* – disse o Duque de Westminster.

Nin olhou as criaturas.

– Mas e se eu não *quiser* ser um de vocês? – disse ele.

– Não *quiser*? É claro que você *quer*! O que pode ser melhor? Não creio que haja uma alma no universo que não queira ser *exatamente* como nós.

– Temos a melhor cidade...

– Ghûlheim – disse o 33º Presidente dos Estados Unidos.

– A melhor vida, a melhor comida...

– Dá pra imaginar – interrompeu o Bispo de Bath e Wells – como será maravilhoso beber a secreção escura que fica num caixão de chumbo? Ou como é ser mais importante que reis e rainhas, que presidentes ou primeiros-ministros ou heróis, ter *certeza* disso, do mesmo jeito que as pessoas são mais importantes que couves-de-bruxelas?

– O que vocês *são*? – perguntou Nin.

– Ghouls – disse o Bispo de Bath e Wells. – Deus me perdoe, tem gente que não está prestando atenção, não é? Somos ghouls.

– Olhe!

Abaixo deles, toda uma trupe das pequenas criaturas saltava, corria e pulava, indo para a trilha abaixo deles e, antes que pudesse dizer mais alguma coisa, Nin foi agarrado por um par de mãos ossudas e voava pelo ar numa série de saltos e guinadas, enquanto as criaturas desciam para se encontrarem com as outras de sua espécie.

A parede de túmulos terminava e agora havia uma estrada, e nada além de uma estrada, um caminho mil vezes percorrido atravessando uma planície árida, um deserto de pedras e ossos, que serpenteava para uma cidade alta em uma imensa colina rochosa e vermelha, a muitos quilômetros de distância.

Nin olhou a cidade no alto e ficou apavorado: foi engolfado por uma emoção que misturava repulsa e medo, nojo e ódio, tudo tingido de choque.

Os ghouls não constroem. São parasitas e carniceiros, comedores de carne putrefata. A cidade que eles chamam de Ghûlheim é algo que eles encontraram, há muito tempo, mas não foi construída. Ninguém sabe (se é que algum ser humano soube) que tipo de criatura fez estes monumentos, alveolando a pedra com túneis e torres, mas é certo que ninguém, além do povo ghoul, iria querer ficar ali ou se aproximar daquele lugar.

Mesmo da trilha abaixo de Ghûlheim, mesmo a quilômetros de distância, Nin podia ver que todos os ângulos eram errados – que as paredes se inclinavam loucamente, que tudo isso era cada pesadelo que ele teve na vida reunido em um só lugar, como uma boca imensa projetando dentes. Era uma cidade que tinha sido construída só para ser abandonada, em que todos os medos, loucuras e repugnâncias das criaturas que a construíram foram transformados em pedra. O povo ghoul a descobrira, deliciava-se com ela e a chamava de lar.

Os ghouls se movem com rapidez. Enxamearam pelo caminho através do deserto mais rapidamente que uma nuvem de moscas, e Nin foi carregado por eles, mantido no alto por um par de braços fortes de ghoul, atirado de um para outro, sentindo-se enjoado, sentindo medo e desânimo, sentindo-se um idiota.

Acima deles, no céu vermelho e acre, giravam coisas com imensas asas negras.

– Cuidado – disse o Duque de Westminster. – Proteja-o. Não vamos querer que as bestas-da-lua o roubem. Malditos ladrões.

– Arre! Odiamos ladrões! – gritou o Imperador da China.

Besta-da-lua, nos céus vermelhos que cobrem Ghûlheim... Nin respirou fundo e gritou, como a srta. Lupescu tinha ensinado. Soltou um chamado como de águia, do fundo da garganta.

Uma das bestas aladas mergulhou sobre eles, contornou num voo baixo, e Nin fez o chamado de novo, até que foi abafado por mãos duras que taparam sua boca.

– Boa ideia chamá-las – disse o Honorável Archibald Fitzhugh –, mas confie em mim, elas só são comestíveis quando estão apodrecendo há um bom par de semanas, e elas criam problemas. Nada de simpatia entre nosso lado e o delas, hein?

A besta-da-lua subiu de novo no ar seco do deserto, para se reunir a suas companheiras, e Nin sentiu toda a sua esperança desaparecer.

Os ghouls dispararam para a cidade nas rochas e Nin, agora atirado sem a menor cerimônia por cima dos ombros empestados do Duque de Westminster, foi carregado com eles.

O sol morto se pôs e surgiram duas luas, uma imensa, esburacada e branca, que parecia, enquanto se elevava, tomar metade do horizonte, embora encolhesse ao subir; e uma lua menor, da cor de hematoma dos veios de mofo de um queijo, e a chegada dessa lua foi motivo de comemoração entre os ghouls. Eles pararam a marcha e montaram acampamento ao lado da estrada.

Um dos novos membros do bando – Nin pensou ter lhe sido apresentado como "o famoso escritor Victor Hugo" – apareceu com um saco que se revelou cheio de madeira de caixão, vários pedaços ainda com as dobradiças ou punhos de bronze, junto com um isqueiro de metal para cigarro, e logo fez uma fogueira, em torno da qual todos os ghouls se sentaram e descansaram. Olhavam a lua azul-esverdeada e brigavam pelos melhores lugares perto do fogo, insultando-se, às vezes arranhando-se ou mordendo-se.

– Vamos dormir logo, depois partir para Ghûlheim quando a lua se puser – disse o Duque de Westminster. – Só mais nove ou dez horas de corrida. Devemos chegar à cidade perto do nascer da lua. Depois faremos uma festa, que tal? Comemorar sua transformação em um de nós!

– Isso não vai doer – disse o Honorável Archibald Fitzhugh –, não que você vá perceber. E depois, pense em como será feliz.

Então todos começaram a contar histórias, de como era sensacional e maravilhoso ser um ghoul, de todas as coisas que eles tinham mastigado e engolido com seus dentes poderosos. "Impenetráveis eles eram à doença ou às enfermidades", disse um deles. Ora, não importava do que tinha morrido seu jantar, eles podiam mastigar. Falaram dos lugares em que estiveram, que pareciam ser, em grande parte, catacumbas e fossas da peste. ("As fossas da peste dão boas refeições", disse o Imperador da China, e todos concordaram.) Eles contaram a Nin como conseguiram seus nomes e como ele, por sua vez, depois que se tornasse um ghoul sem nome, seria batizado como eles foram.

– Mas eu não quero me tornar um de vocês – disse Nin.

– De um jeito ou de outro – disse o Bispo de Bath e Wells, animado –, você vai se tornar um de nós. A outra maneira é mais atrapalhada, envolve ser digerido, e você não vai ficar muito tempo por aqui para desfrutar disso.

– Mas este não é um bom assunto – disse o Imperador da China. – É melhor ser um ghoul. Não temos medo de nadinha!

E todos os ghouls em volta da fogueira de madeira de caixão uivaram com essa declaração, e grunhiram, cantaram e exclamaram sobre como eram sensatos, e como eram poderosos, e como era bom não ter medo de nada.

Então houve um ruído, do deserto, longe, um uivo distante, e os ghouls tagarelaram e se espremeram em volta das chamas.

– O que foi isso? – perguntou Nin.

Os ghouls sacudiram a cabeça.

– Só uma coisa lá do deserto – sussurrou um deles. – Silêncio! Ele vai nos ouvir!

E todos os ghouls ficaram em silêncio um pouco, até que se esqueceram da coisa no deserto e começaram a cantar uma música ghoul, cheia de palavras tolas e sentimentos piores ainda, cujo refrão mais popular repetia simplesmente listas de partes do corpo, podres e boas de se comer, e em que ordem deviam ser comidas.

– Quero ir para casa – disse Nin, quando foi executada a última parte da música. – Não quero ficar aqui.

– Lá vem você outra vez com essa lenga-lenga – disse o Duque de Westminster. – Ora, seu tolinho, garanto-lhe que assim que for um de nós, não se lembrará nem de que *tinha* uma casa.

– Não me lembro de nada dos tempos antes de ser ghoul – disse o famoso escritor Victor Hugo.

– Nem eu – disse o Imperador da China, com orgulho.

– Eu também não – disse o 33º Presidente dos Estados Unidos.

— Você vai fazer parte de um grupo seleto, das criaturas mais inteligentes, mais fortes e mais corajosas que já existiram — gabou-se o Bispo de Bath e Wells.

Nin não ficou impressionado com a bravura dos ghouls, nem com sua sabedoria. Mas eles eram fortes e rápidos como nenhum homem, e ele estava no meio de uma trupe deles. Era impossível tentar fugir dali. Eles seriam capazes de alcançá-lo antes que Nin cobrisse uns dez metros.

Longe, na noite, alguma coisa uivou mais uma vez e os ghouls se aproximaram mais do fogo. Nin podia ouvi-los farejando e xingando. Ele fechou os olhos, infeliz e com saudade de casa: não queria se tornar um ghoul. Perguntou-se como poderia dormir quando estava tão preocupado e desesperançoso e então, quase para sua surpresa, por duas ou três horas, dormiu.

Um barulho o despertou — urgente, alto, próximo. Alguém dizia: "Ora essa, onde eles *estão*, hein?" Ele abriu os olhos e viu o Bispo de Bath e Wells gritando com o Imperador da China. Parecia que alguns membros de seu grupo tinham desaparecido na noite, simplesmente sumido, e ninguém tinha uma explicação para isso. Os demais ghouls estavam tensos. Levantaram acampamento rapidamente, e o 33º Presidente dos Estados Unidos pegou Nin e o colocou no ombro feito um fardo.

Os ghouls voltaram dos penhascos rochosos para a estrada, sob um céu de um vermelho hostil, e foram para Ghûlheim. Pareciam significativamente menos exuberantes esta manhã. Agora pareciam – pelo menos para Nin, enquanto saltava com eles – estar fugindo de alguma coisa.

Lá pelo meio-dia, com o sol a pino, os ghouls pararam e se agruparam. À frente, alto no céu, circulando nas correntes de ar quente, estavam as bestas-da-lua, dezenas delas, cavalgando as termais.

Os ghouls se dividiram em duas facções: havia aqueles que sentiam que o desaparecimento dos amigos não tinha importância e os que acreditavam que alguma coisa, provavelmente as bestas-da-lua, viera pegá-los. Eles não chegaram a acordo algum, a não ser por um consenso geral de se armarem com pedras para atirar nas bestas-da-lua, se elas descessem, e encheram os bolsos dos ternos e mantos com seixos do chão do deserto.

Alguma coisa uivou no deserto à esquerda e os ghouls se olharam. Era mais alto do que na noite anterior e estava mais perto, um uivo grave de lobo.

– Ouviu isso? – perguntou o Prefeito de Londres.

– Não – disse o 33º Presidente dos Estados Unidos.

– Nem eu – disse o Honorável Archibald Fitzhugh.

O uivo fez-se ouvir novamente.

– Temos que chegar em casa – disse o Duque de Westminster, levantando uma pedra grande.

A cidade de pesadelo de Ghûlheim se assentava no afloramento rochoso e alto à frente e as criaturas saltaram para a estrada na direção dela.

— Bestas-da-lua chegando! – gritou o Bispo de Bath e Wells. – Atirem pedras nas malditas!

A essa altura, a visão que Nin tinha das coisas foi invertida, arremessado como estava nas costas do 33º Presidente dos Estados Unidos, a areia áspera da estrada soprando em seu rosto. Mas ele ouviu gritos, como chamados de águias, e mais uma vez Nin gritou, pedindo ajuda em besta-da-luês. Desta vez ninguém tentou impedi-lo, mas ele não tinha certeza se alguém o teria ouvido com os gritos das bestas-da-lua, ou as pragas e palavrões dos ghouls enquanto eles lançavam e arremessavam suas pedras no ar.

Nin ouviu o uivo de novo: agora vinha da direita.

— São dezenas dessas amaldiçoadas – disse o Duque de Westminster, melancólico.

O 33º Presidente dos Estados Unidos entregou Nin ao famoso escritor Victor Hugo, que atirou o menino em seu saco e o pôs no ombro. Nin ficou feliz pelo saco não ter um cheiro pior que madeira suja de terra.

— Estão batendo em retirada! – gritou um ghoul. – Veja como vão embora!

— Não se preocupe, menino – disse uma voz que pareceu a Nin a do Bispo de Bath e Wells, perto do saco. – Não terá nenhum absurdo desses quando nós o levarmos para Ghûlheim. Ela é impenetrável, esta é a nossa Ghûlheim.

Nin não sabia se os ghouls tinham sido mortos ou feridos combatendo as bestas-da-lua. Pelas imprecações do Bispo de Bath e Wells, ele desconfiava de que vários outros ghouls podiam ter fugido.

— Rápido! — gritou alguém que provavelmente era o Duque de Westminster, e os ghouls partiram em disparada. Nin, no saco, estava desconfortável, sendo dolorosamente batido nas costas do famoso escritor Victor Hugo e de vez em quando no chão. Para tornar sua estada no saco ainda mais desagradável, ele tinha de conviver com alguns blocos de madeira, os últimos restos da fogueira de caixão. Um parafuso estava bem embaixo de sua mão, cravando-se nela.

Apesar de ser empurrado e cutucado, sacudido e abalado a cada passo de seu captor, Nin conseguiu agarrar o parafuso na mão direita. Sentiu a ponta, afiada ao toque. Teve esperanças, bem lá no fundo. Depois empurrou o parafuso no tecido do saco atrás dele, trabalhando com a ponta afiada, puxando de volta e fazendo outro buraco um pouco abaixo do primeiro.

De trás, ouviu alguma coisa uivar mais uma vez e lhe ocorreu que algo que podia apavorar os ghouls devia ser ainda mais apavorante do que ele podia imaginar, e por um momento parou de furar com o parafuso — e se ele caísse do saco nas mandíbulas de alguma besta maligna? Mas pelo menos, se morresse, pensou Nin, morreria sendo ele mesmo, com todas as suas lembranças, sabendo quem eram seus pais, quem era Silas, até quem era a srta. Lupescu.

Isso era bom.

Ele voltou a atacar o saco com o parafuso de bronze, golpeando e empurrando até fazer outro buraco no tecido.

— Vamos, amigos — gritou o Bispo de Bath e Wells. — Para a escada, depois estaremos em casa, todos seguros em Ghûlheim!

— Viva, Vossa Reverendíssima! — gritou outro, provavelmente o Honorável Archibald Fitzhugh.

Agora o movimento de seus captores mudara. Não era mais para frente: agora era uma sequência de movimentos, subindo e avançando, subindo e avançando.

Nin empurrou a mão pelo saco para tentar fazer um buraco maior. Olhou para fora. No alto, o céu vermelho e deprimente, embaixo...

... ele podia ver o chão do deserto, mas agora estava a centenas de metros. Havia degraus se estendendo atrás deles, mas degraus feitos para gigantes, e a parede de pedra ocre ficava à direita. Ghûlheim, que Nin não podia ver de onde estava, tinha de estar acima. À esquerda, havia uma queda abrupta. Ele teria de cair, concluiu, nos degraus, e só esperava que os ghouls, em seu desespero para chegar em casa sãos e salvos, não percebessem que ele estava fugindo. Ele viu uma besta-da-lua no alto, no céu vermelho, pairando, circulando.

Nin ficou satisfeito ao verificar que não havia outros ghouls atrás dele: o famoso escritor Victor Hugo estava ficando para trás e não havia ninguém para alertar os ghouls a respeito do buraco que crescia no saco. Ou para ver Nin, se ele caísse.

Mas havia outra coisa...

Nin foi lançado para o lado, para longe do buraco. Mas tinha visto uma coisa imensa e cinza, na escada abaixo, perseguindo-os. Podia ouvir um rosnado furioso.

O sr. Owens tinha uma expressão para duas coisas que achava igualmente desagradáveis: "Estou entre o diabo e o profundo mar azul", diria ele. Nin se perguntava o que isso significava; não tinha visto, em sua vida no cemitério, nem o diabo nem o profundo mar azul.

"Estou entre os ghouls e o monstro", pensou ele.

E ao ter esse pensamento, sentiu um canino afiado pegar o saco, puxar até que o tecido se rasgasse pelas aberturas que Nin fizera, e cair na escada de pedra, onde um animal cinza e enorme, feito um cachorro, só que muito maior, grunhia e babava, assomando sobre ele; um animal com olhos de fogo, presas brancas e patas imensas. Ele arfava e encarava Nin.

À frente, os ghouls pararam.

– Maldição! – disse o Duque de Westminster. – Aquele cão do inferno pegou o menino?!

– Deixe ele para lá – disse o Imperador da China. – Corra!

– Ui! – disse o 33º Presidente dos Estados Unidos.

Os ghouls correram escada acima. Nin agora tinha certeza de que a escada fora entalhada por gigantes, porque cada degrau era mais alto do que ele. Enquanto fugiam, os ghouls pararam apenas para se virar e fazer gestos desagradáveis para a fera e, possivelmente, também para Nin.

A fera ficou onde estava.

"Vai me comer", pensou Nin com amargura. "Que inteligente, *Nin*." Ele pensou em sua casa no cemitério e agora não conseguia mais se lembrar por que a havia deixado. Com ou sem cachorro-monstro, ele precisava voltar para casa mais uma vez. Havia gente esperando por ele.

Ele passou aos tombos pela fera, pulou para o degrau abaixo, caiu, pousou sobre o tornozelo, que se torceu dolorosamente e caiu, pesado, na pedra.

Nin podia ouvir a fera correndo, saltando para ele, e tentou se esquivar, colocar-se de pé, mas o tornozelo agora parecia inútil, entorpecido e dolorido, e ele caiu novamente antes que pudesse evitar. Caiu do degrau, para longe da parede de pedra, no espaço, pelo penhasco, onde despencou – uma queda por uma distância de pesadelo que Nin jamais imaginou...

E enquanto caía, teve certeza de ouvir uma voz vinda da fera cinza. E a voz disse, no tom da srta. Lupescu: "Ah, Nin!"

Era igual a cada sonho de queda que ele teve na vida, uma descida medonha e frenética pelo espaço, indo para o chão. Nin sentiu como se sua mente só tivesse espaço para um pensamento imenso, então, "Esse cachorrão era na verdade a srta. Lupescu" e "Vou bater no chão de pedra e *splat*", competiam em sua cabeça.

Alguma coisa se enrolou nele, caindo na mesma velocidade que Nin, depois houve o bater alto de asas coriáceas e tudo ficou mais lento. O chão não parecia mais vir na direção dele com a mesma velocidade.

As asas bateram mais forte. Ergueram-se lentamente e agora o único pensamento na cabeça de Nin era: *Estou voando!* E estava mesmo. Ele virou a cabeça. Acima dele estava uma cabeça marrom-escura, completamente careca, com olhos fundos que pareciam lajes polidas de vidro preto.

Nin soltou o guincho que significa "Socorro!" em besta-da-luês, e a besta-da-lua sorriu e respondeu com um silvo grave. Parecia satisfeita.

Uma descida rápida e uma parada, e eles tocaram o chão do deserto com um baque. Nin tentou se levantar e seu tornozelo o traiu mais uma vez, fazendo-o cambalear na areia. O vento era forte e a areia áspera do deserto soprava com força, picando a pele de Nin.

A besta-da-lua se agachou ao lado dele, as asas coriáceas dobradas nas costas. Nin fora criado num cemitério e estava acostumado a imagens de gente alada, mas os anjos nas lápides não eram nada parecidos com isso.

E agora, saltando para ele pelo chão do deserto, na sombra de Ghûlheim, uma fera cinza imensa, feito um cão enorme.

O cachorro falou na voz da srta. Lupescu.

— Esta foi a terceira vez que as bestas-da-lua salvaram sua vida, Nin. A primeira, foi quando você pediu ajuda e elas ouviram. Elas me deram o recado, dizendo-me onde você estava. A segunda, foi em volta da fogueira na noite passada, quando você estava dormindo: elas ficaram circulando na escuridão e ouviram alguns ghouls dizendo que você lhes trazia má sorte e que eles deviam bater seus miolos numa pedra e colocá-lo num lugar em que pudessem encontrá-lo novamente, quando estivesse bem podre, para o comerem. As bestas-da-lua lidaram com a questão em silêncio. E agora esta.

– Srta. Lupescu?

A cabeça grande de cachorro baixou para ele e, por um instante louco e cheio de medo, ele pensou que ia lhe dar uma dentada, mas a língua lambeu sua face com afeto.

– Seu tornozelo está doendo?

– Está. Não consigo ficar de pé.

– Vamos colocar você nas minhas costas – disse a imensa fera cinza que era a srta. Lupescu.

Ela disse alguma coisa na língua guinchada das bestas-da-lua e uma delas veio, erguendo Nin enquanto este colocava os braços em volta do pescoço da srta. Lupescu.

– Segure-se no meu pelo – disse ela. – Segure-se bem. Agora, antes de partirmos, diga... – e ela soltou um guincho agudo.

– O que isso significa?

– Obrigado. Ou adeus. As duas coisas.

Nin guinchou com toda força que pôde e a besta-da-lua soltou uma risada divertida. Depois fez um ruído semelhante e abriu suas grandes asas, disparando pelo vento do deserto, batendo com força as asas; o vento a pegou e a carregou para o alto, como uma pipa que começava a voar.

– Agora – disse a fera, que era a srta. Lupescu –, segure-se bem. – E começou a correr.

– Vamos para a parede de túmulos?

— Para os portais ghoul? Não. Aquilo é para os ghouls. Eu sou um sabujo de Deus. Viajo em minha própria estrada, entrando e saindo do Inferno. — E pareceu a Nin que ela corria ainda mais rápido.

A lua imensa e a lua cor de mofo menor subiram, e a elas se uniram uma lua vermelho-rubi, e o lobo cinza correu a um passo constante abaixo delas, pelo deserto de ossos. Parou perto de um prédio quebrado, de barro como uma enorme colmeia, construído ao lado de um pequeno córrego que borbulhava da pedra do deserto, derramava-se em uma poça mínima e sumia de novo. O lobo cinza baixou a cabeça e bebeu, e Nin pegou água nas mãos em concha, tomando-a em vários golinhos minúsculos.

— Esta é a fronteira — disse o lobo cinza que era a srta. Lupescu, e Nin olhou para cima. As três luas desapareceram. Agora ele podia ver a Via Láctea, ver como jamais a vira, um manto cintilante atravessando o céu em arco. O céu estava cheio de estrelas.

— São lindas — disse Nin.

— Quando chegarmos em casa — disse a srta. Lupescu —, vou lhe ensinar os nomes das estrelas e suas constelações.

— Bem que eu gostaria — admitiu Nin.

Nin subiu mais uma vez no dorso imenso e cinza, enterrou a cara no pelo e segurou firmemente, e pareceu-lhe apenas minutos de jornada — carregado de uma forma desastrada, como uma mulher adulta carrega um menino de seis anos — pelo cemitério, até a tumba dos Owens.

— Ele machucou o tornozelo — disse a srta. Lupescu.

— Coitadinho — disse a sra. Owens, pegando o menino e aninhando-o em seus braços capazes e insubstanciais. — Não posso dizer que não tenha me preocupado, porque me preocupei. Mas ele agora está de volta e é só isso que importa.

E então ele se sentiu inteiramente confortável, sob a terra, num bom lugar, com a cabeça em seu travesseiro, e uma escuridão suave e exausta à sua volta.

O tornozelo esquerdo de Nin estava inchado e roxo. O doutor Trefusis (1870-1936, *Que Desperte na Glória*) o examinou e diagnosticou uma mera torção. A srta. Lupescu voltou de uma ida ao químico com uma atadura apertada para o tornozelo, e Josiah Worthington, baronete, que foi enterrado com sua bengala de ébano, insistiu em emprestá-la a Nin, que se divertia muito apoiando-se na bengala e fingindo que tinha cem anos de idade.

Nin mancou colina acima e pegou um pedaço de papel debaixo de uma pedra.

Os Sabujos de Deus

Ele leu. Era impresso em tinta roxa e era o primeiro item de uma lista.

> *Aqueles que os homens chamam de Lobisomens ou Licantropos chamam-se na verdade Sabujos de Deus, uma vez que afirmam que sua transformação é um dom do criador, e eles o retribuem com sua tenacidade, pois perseguirão um malfeitor até os portões do Inferno.*

Nin assentiu.

"Não só malfeitores", pensou ele.

Ele leu o resto da lista, decorando-a o melhor que pôde, depois desceu até a capela, onde a srta. Lupescu esperava por ele com uma pequena torta de carne e um saco imenso de batatas fritas que comprara numa lanchonete ao pé da colina, além de outra pilha de listas duplicadas em tinta roxa.

Os dois dividiram as fritas e, por uma vez ou duas, a srta. Lupescu até sorriu.

Silas voltou no final do mês. Carregava sua valise preta na mão esquerda e mantinha o braço direito rígido. Mas ele era Silas, e Nin ficou feliz por vê-lo, mais feliz ainda quando Silas lhe deu um presente, um pequeno modelo da ponte Golden Gate, de San Francisco.

Era quase meia-noite e ainda não estava inteiramente escuro. Os três ficaram sentados no alto da colina, com as luzes da cidade cintilando abaixo.

– Creio que tudo correu bem em minha ausência – disse Silas.

– Eu aprendi muito – disse Nin, ainda segurando sua ponte. Ele apontou para o céu noturno. – Essa é Orion, o Caçador, lá em cima, com seu cinturão de três estrelas. Essa é Taurus, o Touro.

– Muito bem – disse Silas.

– E você? – perguntou Nin. – Aprendeu alguma coisa, enquanto esteve fora?

— Ah, sim — disse Silas, mas não quis entrar em detalhes.

— Eu também — disse a srta. Lupescu, empertigada. — Também aprendi umas coisas.

— Que bom — disse Silas. Uma coruja piou nos galhos de um carvalho. — Sabe de uma coisa, ouvi uns boatos enquanto estive fora — disse Silas — de que algumas semanas atrás vocês dois foram a algum lugar que eu não poderia ir. Normalmente, eu aconselharia cautela, mas, ao contrário de alguns, os ghouls têm memória curta.

Nin disse:

— Está tudo bem. A srta. Lupescu foi atrás de mim. Eu nunca corri perigo algum.

A srta. Lupescu olhou para Nin e seus olhos brilharam, depois ela olhou para Silas.

— Há tantas coisas para se saber — disse ela. — Talvez eu volte no ano que vem, também no auge do verão, para ensinar ao menino de novo.

Silas olhou para a srta. Lupescu e ergueu um pouquinho uma sobrancelha. Depois olhou para Nin.

— Eu bem que gostaria — disse Nin.

CAPÍTULO QUATRO

A lápide da bruxa

Era de conhecimento geral que havia uma bruxa enterrada no final do cemitério. Desde que Nin se entendia por gente, a sra. Owens dizia para ele manter distância daquele canto do mundo.

– Por quê? – perguntou ele.

– Não é salutar para um corpo vivo – disse a sra. Owens. – É fundo naquela lonjura. É praticamente um pântano. Vai tragá-lo até você morrer.

O sr. Owens foi mais evasivo e menos imaginativo.

– Não é um bom lugar. – Foi só o que ele disse.

O cemitério terminava do lado oeste, ao pé da colina, abaixo de uma macieira, com uma cerca de grades marrons de ferrugem, cada uma encimada por uma pequena lança enferrujada, mas havia uma desolação além dali, uma massa de urtiga e mato, de arbustos e restos de outono, e Nin, que em geral era obediente, não passou entre as grades, mas desceu ali e olhou tudo. Ele sabia que não haviam lhe contado a história toda e isso o irritou.

Nin voltou para o alto da colina, até a pequena capela perto da entrada do cemitério, e esperou até escurecer. Quando o crepúsculo passava do cinza para o roxo, houve um ruído no pináculo, como um tremular de veludo pesado, e Silas desceu de seu lugar de descanso no campanário.

– O que tem no canto mais distante do cemitério? – perguntou Nin. – Depois de Harrison Westwood, Padeiro desta Paróquia, e suas esposas, Marion e Joan?

– Por que pergunta? – disse o guardião, espanando a poeira do terno preto com os dedos de marfim.

Nin deu de ombros.

– Só estava pensando.

– É solo não consagrado – disse Silas. – Sabe o que isso quer dizer?

– Não mesmo – disse Nin.

Silas andou pelo caminho sem perturbar uma folha caída que fosse e se sentou no banco ao lado de Nin.

– Existem aqueles – disse ele, em sua voz sedosa – que acreditam que toda terra é sagrada. Que ela era sagrada antes de existirmos e será sagrada depois. Aqui, em seu país, no entanto, eles abençoaram as igrejas e o solo onde enterram as pessoas, para torná-los sagrados. Mas ao lado de terreno consagrado deixaram terra não

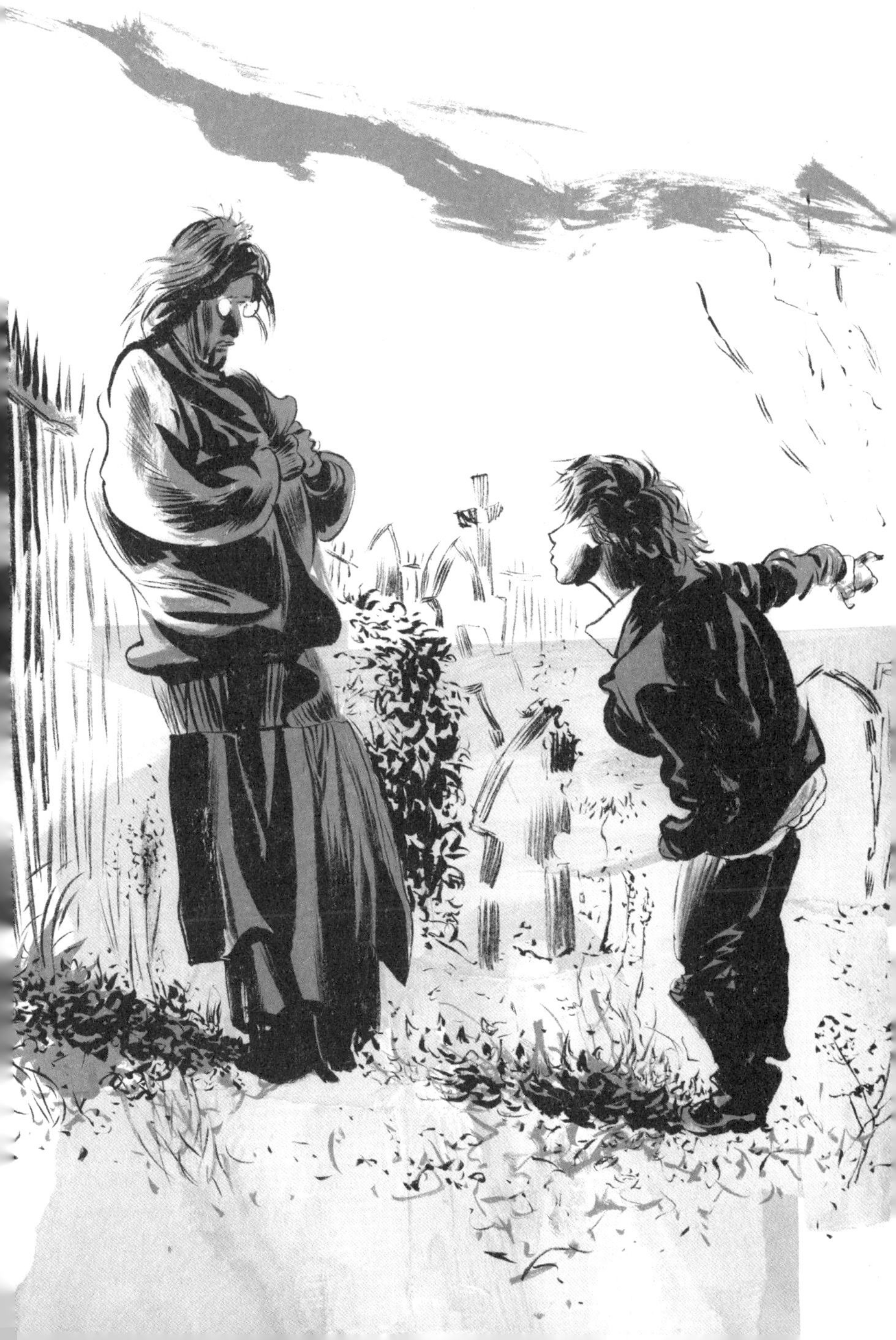

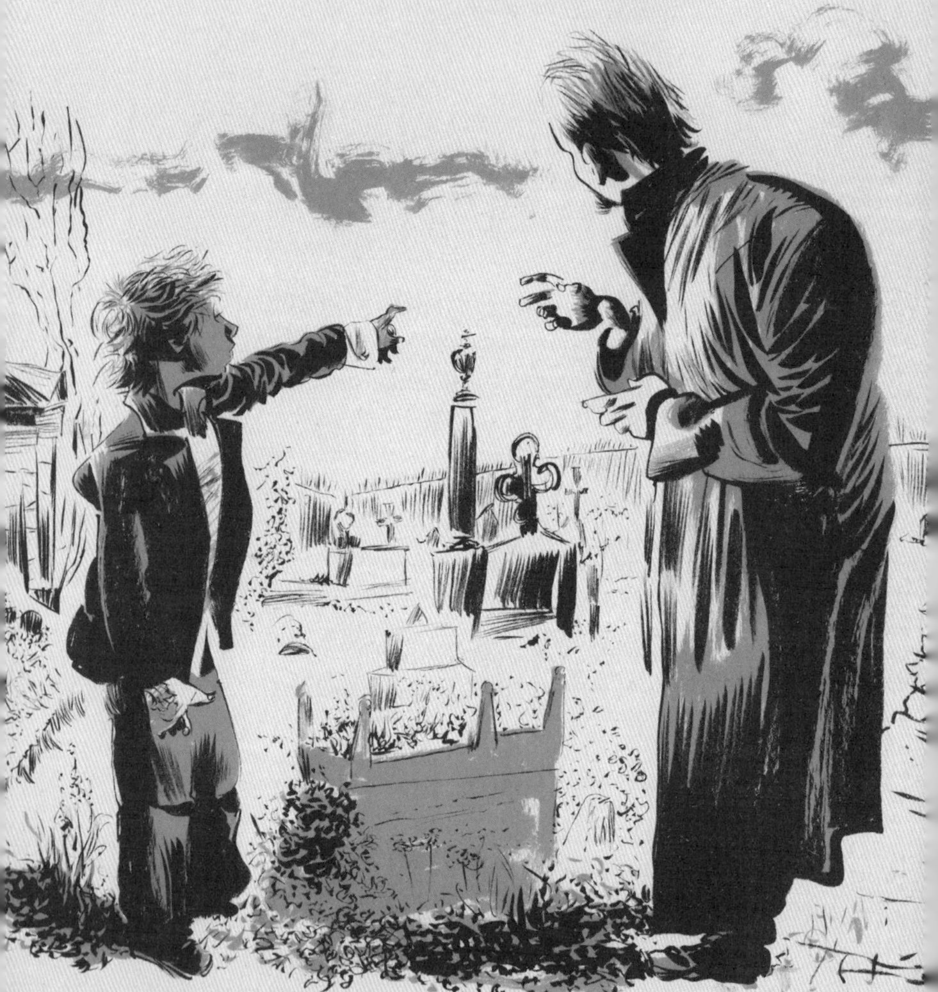

consagrada, a Vala Comum, para enterrar os criminosos, os suicidas e aqueles que não são da mesma fé.

– Então as pessoas enterradas do outro lado da cerca são más?

Silas ergueu uma sobrancelha perfeita.

– Hummm? Ah, não, de forma alguma. Vejamos, já faz algum tempo desde que desci até ali. Mas não me lembro de ninguém particularmente mau. Lembre-se, nos tempos idos, você podia ser enforcado por roubar uma moedinha. E sempre havia gente que achava que a vida tinha ficado tão insuportável que acreditava que a melhor coisa a fazer era apressar a transição para outra dimensão de existência.

– Elas se mataram, é isso? – disse Nin. Ele tinha quase oito anos, de olhos arregalados e inquisitivos, e não era burro.

– De fato.

– E deu certo? Elas foram mais felizes mortas?

– Às vezes. A maioria não. É como as pessoas que acreditam que serão mais felizes se elas se mudarem para outro lugar, mas que logo percebem que não é assim que funciona. Para onde quer que você vá, leva a si mesmo. Acho que está me entendendo.

– Mais ou menos – disse Nin.

Silas afagou o cabelo do menino.

Nin disse:

– E a bruxa?

– Sim. Exatamente – disse Silas. – Suicidas, criminosos e bruxas. Os que morreram inconfessos. – Ele se levantou, uma sombra de madrugada no crepúsculo. – Toda essa conversa – disse ele – e eu ainda nem tomei meu café da manhã. E você vai chegar atrasado para suas aulas. – No crepúsculo do cemitério, houve uma implosão de silêncio, um palpitar de escuridão aveludada, e Silas se foi.

A lua começara a surgir quando Nin chegou ao mausoléu do sr. Pennyworth, e Thomes Pennyworth (*Aqui ele jaz na certeza da gloriosa ressurreição*) já estava esperando, e não exibia lá muito bom humor.

– Está atrasado – disse ele.

– Desculpe, sr. Pennyworth.

Pennyworth deu um muxoxo. Na semana anterior, o sr. Pennyworth ensinara a Nin os Elementos e Humores, e Nin se esquecia o tempo todo do que era o quê. Ele esperava um teste, mas em vez disso o sr. Pennyworth disse:

– Acho que está na hora de nos ocuparmos por alguns dias com questões práticas. Afinal, o tempo está passando.

– Está? – perguntou Nin.

– Receio que sim, jovem sr. Owens. Agora, como está seu Sumiço?

Nin tinha esperanças de que essa pergunta não lhe fosse feita.

– Está tudo bem – disse ele. – Quer dizer. Sabe como é.

– Não, sr. Owens. Eu não sei. Por que não demonstra para mim?

O coração de Nin afundou. Ele respirou fundo e fez o máximo que pôde, apertando os olhos e tentando sumir.

O sr. Pennyworth não ficou impressionado.

– Bá. Não é assim. Não é assim mesmo. Deslizar e Sumir, menino, do jeito dos mortos. Deslizar pelas sombras. Sumir da consciência. Tente de novo.

Nin se esforçou mais.

— Você está tão evidente quanto esse nariz na sua cara – disse o sr. Pennyworth. – E seu nariz se destaca extraordinariamente. Como o resto de sua cara, jovenzinho. Como você inteiro. Pelo amor de tudo o que é sagrado, esvazie sua mente. Agora. Você é uma viela vazia. Você é uma soleira vazia de porta. Você não é nada. Os olhos não o verão. As mentes não o apreenderão. Onde você está, não há nada nem ninguém.

Nin tentou de novo. Fechou os olhos e se imaginou sumindo em uma pedra entalhada e manchada da parede do mausoléu, tornando-se uma sombra na noite e nada mais. Ele espirrou.

— Pavoroso – disse o sr. Pennyworth com um suspiro. – Deveras pavoroso. Creio precisar dar uma palavrinha com seu guardião a esse respeito. – Ele sacudiu a cabeça. – E então. Os humores. Liste-os.

— Hummm. Sanguíneo. Colérico. Fleumático. E o outro. Hummm, Melancólico, acho.

E assim continuou, até que chegou a hora de gramática e composição com a srta. Letitia Borrows, Solteirona desta Paróquia (*Que Não Fez Mal a Nenhum Homem Em Todos os Dias de sua Vida. Leitor, Podes Dizer o Mesmo?*). Nin gostava da srta. Borrows, do aconchego de sua pequena cripta e de que ela pudesse ser manipulada com muita facilidade.

— Dizem que tem uma bruxa no terreno não cons… não consagrado – disse ele.

— Sim, querido. Mas você não vai querer ir até lá.

— E por que não?

A srta. Borrows abriu o sorriso sincero dos mortos.

— Não são da nossa espécie — disse ela.

— Mas *é* o cemitério, não é? Quer dizer, eu tenho permissão para ir lá, se eu quiser, não tenho?

— Isso — disse a srta. Borrows — não seria aconselhável.

Nin era obediente, mas curioso, e assim, quando as aulas da noite terminaram, ele passou por Harrison Westwood, padeiro, e o memorial de sua família, um anjo de braço quebrado, mas não desceu a colina até a Vala Comum. Em vez disso, subiu a encosta até um local de piquenique que uns trinta anos antes tinha deixado sua marca na forma de uma grande macieira.

Havia algumas lições que Nin dominava. Ele já enchera a barriga de maçãs verdes, ácidas e cheias de sumo da árvore alguns anos antes, e se arrependera por dias, os intestinos doendo de cólicas enquanto a sra. Owens lhe passava um sermão sobre o que não comer. Agora ele sempre esperava até que as maçãs estivessem maduras e jamais comia mais de duas ou três numa noite. Tinha terminado a última das maçãs na semana anterior, mas gostava da macieira como um lugar para pensar.

Ele trepou no tronco, até seu lugar preferido na junção de dois galhos, e olhou a Vala Comum abaixo, um trecho cheio de mato e grama não aparada à luz da lua. Nin se perguntou se a bruxa seria velha e de dentes de ferro, e se viajava em uma casa sobre pernas de galinha, ou se ela seria magra e de nariz pontudo e carregaria uma vassoura.

O estômago de Nin roncou e ele percebeu que estava ficando com fome. Queria não ter devorado todas as maçãs da árvore. Se tivesse sobrado só uma...

Ele olhou para cima e pensou ter visto alguma coisa. Olhou uma vez, olhou duas vezes para ter certeza: uma maçã, vermelha e madura.

Nin se orgulhava de sua habilidade de trepar em árvores. Ele se lançou para cima, de galho em galho, e imaginou que era Silas, pulando suavemente um muro de tijolos. A maçã, seu vermelho quase preto ao luar, pendia fora de alcance. Nin se movimentou lentamente pelo galho, até que ficou bem abaixo da maçã. Depois se esticou, e as pontas de seus dedos tocaram a maçã perfeita.

Ele nunca sentiu o gosto da maçã.

Houve um estalo, alto como um tiro de caçador, enquanto o galho cedia embaixo dele.

Foi despertado por um clarão de dor, afiado como gelo, da cor de um trovão lento, na relva daquela noite de verão.

O chão embaixo dele parecia relativamente macio e estranhamente quente. Ele baixou a mão e sentiu algo como um pelo quente por baixo. Tinha caído numa pilha de grama, onde o zelador do cemitério deixara as aparas do mato, e isso amortecera sua queda. Ainda assim, sentia uma dor no peito e sua perna doía como se ele tivesse caído primeiro nela e depois torcido.

Nin gemeu.

– Fique aí bem quietinho – disse uma voz por trás dele. – De onde você veio? Caindo como um raio. Isso é jeito de aparecer?

– Eu estava na macieira – disse Nin.

– Ah. Deixe-me ver sua perna. Quebrada como um galho de árvore, vou atar. – Dedos frios sondaram sua perna esquerda. – Não quebrou. Torceu, sim, talvez tenha deslocado. Você teve uma sorte dos diabos, menino, caindo no monturo. Não é o fim do mundo.

– Ah, que bom – disse Nin. – Mas está doendo.

Ele virou a cabeça, olhou para cima e para trás. Ela era mais velha que ele, mas não adulta, e também não parecia nem simpática, nem antipática. Mas parecia preocupada. Tinha uma cara inteligente e nem um pouco bonita.

– Meu nome é Nin – disse ele.

– O menino vivo? – perguntou ela.

Nin assentiu.

– Achei que devia ser você – disse ela. – Ouvimos falar de você, mesmo aqui, na Vala Comum. Como você se chama?

– Owens – disse ele. – Ninguém Owens. O apelido é Nin.

– Como vai, jovem sr. Nin?

Nin olhou para ela de cima a baixo. Tinha um vestido solto, branco e simples. O cabelo era cor de rato e comprido, e havia algo de duende em seu rosto – um meio sorriso de lado que parecia fixo, independentemente do que o resto da cara estivesse fazendo.

– Você era uma suicida? – perguntou ele. – Roubou uma moedinha?

– Nunca roubei nadinha – disse ela. – Nem mesmo um lenço. De qualquer modo – disse ela, com insolência –, os suicidas estão em toda parte, do outro lado deste espinheiro, e os enforcados estão no caminho das amoreiras. Um era um falsário, o outro, um assaltante, ou assim ele diz, mas, se quer minha opinião, duvido que ele passasse de um bandoleiro comum.

– Ah – disse Nin. Depois, com a desconfiança se formando, inseguro, falou: – Dizem que uma bruxa está enterrada aqui.

Ela assentiu.

– Afogada, queimada e enterrada aqui sem nem uma lápide para marcar o local.

– Você foi afogada *e* queimada?

Ela se acomodou no monte de aparas de grama ao lado dele e com as mãos geladas segurou sua perna que latejava.

– Eles apareceram em meu pequeno chalé ao amanhecer, antes de eu estar totalmente acordada, e me arrastaram para o campo. "Você é uma bruxa", gritavam, gordos e recém-lavados, todos rosados na manhã, como tantos porquinhos esfregados para o dia da feira. Um por um, eles se levantaram sob o céu e falaram do leite que ficou azedo e de cavalos que ficaram coxos, e por fim a sra. Jemima se levantou, a mais gorda, a mais rosada, a mais esfregada deles todos, e disse que Solomon Porritt agora fingia que não a conhecia e zanzava por toda a casa da lavanderia como uma vespa perto de um pote de mel, e fora tudo minha magia, dizia ela, que o deixara assim, e que o pobre jovem devia estar enfeitiçado. Então eles me amarraram na cadeira de afogamento e me forçaram debaixo da água do lago dos patos, dizendo que se eu fosse uma bruxa não iria me afogar nem me importar, mas que se eu não fosse bruxa, iria sentir. E o pai da sra. Jemima deu a cada um deles um centavo de prata para segurar a cadeira debaixo da água verde e parada por um longo tempo, para ver se eu sufocava ali.

– E você sufocou?

– Ah, sim. Engoli muita água. Acabou comigo.

– Ah – disse Nin. – Então você não era bruxa, afinal de contas.

A garota fixou nele os olhos de conta de fantasma e deu um sorriso torto. Ainda parecia um duende, mas agora parecia um duende bonito, e Nin não achava que tivesse precisado de magia para atrair Solomon Porritt, não com um sorriso daqueles.

– Que absurdo. É claro que eu era uma bruxa. Eles souberam disso quando me desamarraram da cadeira e me esticaram no campo, quase morta, toda coberta de alga e esterco fedorento do lago dos patos. Revirei os olhos na cabeça e amaldiçoei cada um deles da aldeia ali no campo, naquela manhã, gritei que nenhum deles descansaria em paz no túmulo. Fiquei surpresa com a facilidade com que saiu a praga que roguei. Era como dançar, quando seus pés pegam o ritmo de uma nova música que seus ouvidos nunca ouviram e sua cabeça não conhece, e eles dançam até o amanhecer. – Ela se levantou, girou e chutou, e os pés descalços faiscaram ao luar. – Foi assim que eu os xinguei, com meu último fôlego gorgolejando água do lago. Depois morri. Eles queimaram meu corpo no campo até que eu não passasse de carvão preto, e me enfiaram num buraco na Vala Comum sem nem uma lápide para marcar meu nome. – Ela então parou, e por um momento pareceu tristonha.

– Então alguns deles estão enterrados no cemitério? – perguntou Nin.

– Nem um – disse a garota, com uma piscadela. – No sábado, depois que me afogaram e me torraram, um tapete foi entregue ao sr. Porringer, vindo de Londres, e era um tapete fino. Mas por acaso havia mais no tapete do que lã resistente e uma boa tecelagem, pois trazia a peste em sua padronagem, e, na segunda-feira, cinco deles tossiram sangue e suas peles ficaram pretas como a minha quando eles me arrastaram do fogo. Passou uma semana e a peste tinha tomado toda a aldeia, e atiraram os corpos na maior promiscuidade em uma fossa da peste que cavaram nos arredores da cidade e que encheram depois.

– Todo mundo da aldeia morreu?

Ela deu de ombros.

– Todo mundo que me viu ser afogada e queimada. Como está a sua perna agora?

– Melhor – disse ele. – Obrigado.

Nin se levantou lentamente e mancou pela pilha de aparas de grama. Encostou-se na grade de ferro.

– Então você sempre foi uma bruxa? – perguntou ele. – Quer dizer, antes de lançar uma praga em todo mundo?

– Como se fosse preciso bruxaria – disse ela com uma fungadela – para fazer Solomon Porritt sonhar acordado perto do meu chalé.

Isso, Nin pensou mas não disse, não era bem a resposta à sua pergunta, de forma alguma.

– Qual é o seu nome? – perguntou ele.

– Não tem lápide – disse ela, virando os cantos da boca para baixo. – Pode ser qualquer um. Não pode?

– Mas você deve ter um nome.

– Liza Hempstock, a seu dispor – disse ela com sarcasmo. Depois disse: – Não é pedir demais, é? Alguma coisa para marcar meu túmulo. Eu estou bem ali, está vendo? Sem nada, só aquela urtiga para mostrar onde descanso. – E ela ficou tão triste, só por um momento, que Nin teve vontade de abraçá-la. Depois lhe veio a ideia, enquanto se espremia entre a grade da cerca. Ele encontraria uma lápide para Liza Hempstock, com seu nome gravado. Ele a faria sorrir.

Nin se virou para se despedir ao começar a subir a colina, mas ela havia desaparecido.

Havia nacos quebrados das lápides e estátuas de outras pessoas no cemitério, mas Nin sabia que teria sido inteiramente errado levar essas coisas para a bruxa de olhos cinzentos na

Vala Comum. Seria preciso mais que isso. Ele decidiu não contar a ninguém o que estava planejando, com base no raciocínio não inteiramente racional de que lhe diriam para não fazer aquilo.

Nos dias que se seguiram, sua mente se encheu de planos, cada um mais complicado e extravagante que o anterior. O sr. Pennyworth entrou em desespero.

– Acredito – anunciou ele, esticando o bigode empoeirado – que você está piorando, se é que isto é possível. Você não está Sumindo. Você é *óbvio*, menino. É difícil deixar de ver. Se vier a mim em companhia de um leão roxo, um elefante verde e um unicórnio escarlate, trazendo o rei da Inglaterra em seu manto real, acredito que seja você, e somente você, que as pessoas olharão, menosprezando os outros como irrelevâncias menores.

Nin simplesmente o fitou sem dizer nada. Estava se perguntando se havia lojas especiais de lápides nos lugares onde os vivos se reuniam e, se fosse assim, como encontraria uma, e o Sumiço era o menor de seus problemas.

Ele se aproveitou da disposição da srta. Borrows de se distrair do tema da gramática e composição para falar de qualquer outra coisa e lhe perguntar sobre dinheiro – como funcionava exatamente, como era usado para conseguir as coisas que se queria. Nin tinha várias moedas que encontrara com o passar dos anos (ele aprendera que o melhor lugar para encontrar dinheiro era ir aonde casais de namorados tinham usado a grama do cemitério como lugar para se aninhar, se aconchegar, se beijar e rolar. Em geral encontrava moedas de metal no chão, por ali), e ele pensou que talvez pudesse finalmente fazer algum uso delas.

– Quanto deve custar uma lápide? – perguntou ele à srta. Borrows.

– No meu tempo – disse ela – custava quinze guinéus. Não sei quanto pode ser hoje. Mais, imagino. Muito, muito mais.

Nin tinha duas libras e cinquenta e três pences. Ele tinha certeza de que não seria o suficiente.

Já haviam se passado quatro anos, quase metade de sua vida, desde que Nin visitara o túmulo do Homem Anil, mas ainda se lembrava do caminho. Ele subiu até o alto da colina, até ficar acima de toda a cidade, acima até do alto da macieira, acima até do pináculo da pequena capela, onde o mausoléu dos Frobisher se encravava feito um dente podre. Escorregou para dentro, atrás do caixão, e desceu e desceu e desceu ainda mais, desceu até a apertada escada de pedra entalhada no meio da colina, e dali desceu até chegar à câmara de pedra. Estava escuro naquele túmulo, escuro como uma mina de estanho, mas Nin enxergava como os mortos e a sala lhe cedia seus segredos.

O Executor estava enroscado perto da parede do túmulo. Nin podia sentir. Era como se lembrava, uma coisa invisível, toda rebentos fumarentos, ódio e ganância. Desta vez, porém, Nin não teve medo dele.

TEMA-NOS, sussurrou o Executor, POIS GUARDAMOS COISAS PRECIOSAS E JAMAIS PERDIDAS.

– Não tenho medo de você – disse Nin. – Lembra? Preciso pegar uma coisa aqui.

NADA JAMAIS SAI DAQUI, foi a resposta da coisa enroscada no escuro. A ADAGA, O BROCHE, O CÁLICE. O EXECUTOR OS GUARDA NO ESCURO. NÓS ESPERAMOS.

– Perdoe-me por perguntar – disse Nin –, mas este é seu túmulo?

O AMO NOS COLOCA AQUI NA PLANÍCIE PARA PROTEGER, ENTERRA NOSSOS CRÂNIOS EMBAIXO DESTA PEDRA, DEIXA-NOS AQUI SABENDO O QUE TEMOS DE FAZER. PROTEGEMOS OS TESOUROS ATÉ QUE O AMO RETORNE.

– Espero que ele tenha se esquecido completamente de vocês – observou Nin. – Tenho certeza de que ele mesmo está morto há décadas.

NÓS SOMOS O EXECUTOR, NÓS GUARDAMOS.

Nin se perguntou quanto tempo tinha se passado desde que o túmulo mais fundo dentro da colina era numa planície, e ele sabia que devia ser um tempo extremamente longo. Podia sentir o Executor enviando suas ondas de medo em volta dele, como as gavinhas de uma planta carnívora. Começava a se sentir frio e lento, como se tivesse sido picado no coração por uma víbora do Ártico e ela começasse a bombear o veneno gelado por seu corpo.

Ele avançou um passo, até se encostar na laje de pedra, abaixou-se e fechou os dedos em volta da frieza do broche.

sssssss!, sussurrou o Executor. GUARDAMOS ISTO PARA O AMO.

— Ele não irá se importar — disse Nin. Ele recuou um passo, andando para a escada de pedra, evitando os restos secos de pessoas e animais no chão.

O Executor se retorceu, furioso, enroscando-se pela minúscula câmara como fumaça de fantasma. Depois ficou mais lento. ELE VAI VOLTAR, disse o Executor, em sua voz tripla e emaranhada. SEMPRE VOLTA.

Nin subiu a escada de pedra no interior da colina com a maior rapidez que pôde. A certa altura, imaginou que havia alguma coisa atrás, mas quando saiu no topo, entrando no mausoléu dos Frobisher e respirando o ar frio do amanhecer, nada se mexia nem o seguia.

Nin se sentou ao ar livre no alto da colina e olhou o broche. De início, pensou que era todo preto, mas o sol saiu e ele pôde ver que a pedra no meio do metal preto era de um vermelho espiralado. Era do tamanho de um ovo de pintarroxo e Nin olhou a pedra se perguntando se havia coisas se movendo em seu cerne, com a alma e os olhos imersos no mundo vermelho. Se Nin fosse menor, teria tido vontade de colocá-la na boca.

A pedra estava presa por um engaste de metal preto, por coisas que pareciam garras, com outra coisa rastejando em volta. A outra coisa quase parecia uma serpente, mas tinha cabeças demais. Nin se perguntou se o Executor seria assim à luz do dia.

Ele desceu a colina, pegando todos os atalhos que conhecia, atravessando o emaranhado de trepadeiras que cobria a catacumba da família Bartleby (ouviu no interior, o som dos Bartleby murmurando e se preparando para dormir) e prosseguiu, passou pelas grades e entrou na Vala Comum.

Ele chamou.

– Liza! Liza! – E olhou em volta.

– Bom dia, jovem palerma – respondeu a voz de Liza. Nin não conseguia vê-la, mas havia uma sombra a mais sob o espinheiro e, ao se aproximar, a sombra se definiu numa coisa iridescente e transparente na luz de início da manhã. Uma coisa parecida com uma garota. Uma coisa de olhos cinzentos. – Eu devia estar dormindo decentemente – disse ela. – Mas o que o traz aqui?

– Sua lápide – disse ele. – Eu queria saber o que você quer nela.

– Meu nome – disse ela. – Deve ter meu nome, com um "E" grande, de Elizabeth, como a velha rainha que morreu quando eu nasci, e um "H" grande, de Hempstock. Mais que isso não me importo, pois nunca dominei meu abecedário.

– E as datas? – perguntou Nin.

– No ano de Guilherme, o Conquistador, de 1066 – entoou ela, no sussurro do vento do amanhecer no espinheiro. – Um "E" grande, por gentileza. E um "H" grande.

– Você tinha um emprego? – perguntou Nin. – Quer dizer, quando ainda não era bruxa?

— Eu era lavadeira — disse a garota morta. Depois o sol da manhã inundou o descampado e Nin ficou só.

Eram nove horas da manhã, quando todo o mundo está dormindo. Nin estava decidido a ficar acordado. Afinal, tinha uma missão. Tinha oito anos e o mundo para além do cemitério não lhe provocava terrores.

Roupas. Precisaria de roupas. Sabia bem que sua vestimenta de sempre, uma mortalha cinza, era errada. Servia no cemitério, pois era da mesma cor da pedra e das sombras. Mas se iria se atrever no mundo além dos muros do cemitério, teria de se misturar por lá.

Havia algumas roupas na cripta sob a igreja em ruínas, mas Nin não queria descer até a cripta, nem mesmo à luz do dia. Embora Nin estivesse preparado para se justificar com a sra. e o sr. Owens, não estava pronto para se explicar com Silas; só pensar naqueles olhos escuros com raiva, ou pior ainda, decepcionados, enchiam-no de vergonha.

Havia uma cabana de jardineiro na extremidade do cemitério, uma pequena construção verde que tinha cheiro de óleo de motor, em que o velho cortador de grama ficava e enferrujava, sem uso, junto com um sortimento de ferramentas antigas de jardim. A cabana fora abandonada quando o último jardineiro se aposentou, antes de Nin nascer, e a tarefa de manter o cemitério era dividida entre a Câmara de Vereadores (que mandava um homem cortar a grama e limpar os caminhos, uma vez por mês, de abril a setembro) e os voluntários locais dos Amigos do Cemitério.

Um cadeado enorme na porta protegia o conteúdo da cabana, mas Nin há muito tempo descobrira as tábuas de madeira frouxas nos fundos. Às vezes, quando queria ficar sozinho consigo mesmo, ia à cabana do jardineiro e se sentava, e pensava.

Desde a primeira vez que que ele tinha ido à cabana, havia um casaco marrom de trabalhador pendurado atrás de uma porta, esquecido ou abandonado anos antes, junto com jeans de jardineiro, sujos de verde. Os jeans eram grandes demais, mas ele enrolou a bainha até seus pés aparecerem, depois fez um cinto com uma corda de jardim e a amarrou na cintura. Havia botas a um canto e ele as experimentou, mas eram grandes demais e tão incrustadas de lama e concreto que ele mal conseguia se arrastar nelas. Se desse um passo, as botas ficariam no chão do telheiro. Ele empurrou o casaco pelo espaço na tábua frouxa, espremeu-se por ali, depois o vestiu. Se enrolasse as mangas, concluiu, caberia bem. Tinha bolsos grandes e ele enfiou as mãos neles, sentindo-se bem elegante.

Nin andou até o portão principal do cemitério e olhou através da grade. Um ônibus passou chacoalhando na rua; havia carros ali, barulho e lojas. Atrás dele, uma sombra verde e fria, tomada de árvores e hera; seu lar.

Com o coração aos saltos, Nin saiu para o mundo.

Abanazer Bolger tinha visto pessoas estranhas na vida; quando se era dono de uma loja como a Abanazer's, via-se todo tipo de gente. A loja, nas populosas ruas na Cidade Velha – parte lojinha de antiguidades, parte loja de quinquilharias, um pouco casa de penhores (e nem o próprio Abanazer tinha certeza de que parte era o quê) –, atraía tipos estranhos e gente esquisita, alguns querendo comprar, outros precisando vender. Abanazer Bolger negociava no balcão, comprando e vendendo, e fazia os melhores negócios atrás do balcão e na sala dos fundos, aceitando objetos que podiam não ter sido adquiridos lá muito honestamente, e, em seguida, transferindo-os de mãos silenciosamente. Seus verdadeiros negócios eram um iceberg. Só a lojinha empoeirada era visível na superfície. O resto estava oculto, e era assim que Abanazer Bolger queria que fosse.

Abanazer Bolger usava óculos grossos e tinha uma permanente expressão de nojo, como se tivesse acabado de perceber que o leite em seu chá estava passado e não conseguisse se livrar do gosto azedo. A expressão lhe servia bem quando as pessoas tentavam lhe vender coisas. "Sinceramente", ele lhes dizia, de cara azeda, "não vale grande coisa. Vou lhe dar o que posso, porém, por ter valor sentimental." Era preciso ter sorte para conseguir de Abanazer Bolger algo perto do que se queria.

Um empreendimento como o de Abanazer Bolger atraía gente estranha, mas o menino que entrou naquela manhã era um dos mais esquisitos que Abanazer se lembrava de ter visto em toda uma vida de trapaças, tentando extinguir preciosidades de gente esquisita. Ele parecia ter uns sete anos e se vestia com as roupas do pai. Tinha cheiro de telheiro. O cabelo era comprido e desgrenhado, e parecia extremamente sério. As mãos estavam enterradas no fundo dos bolsos de um casaco marrom sujo, mas mesmo com as mãos fora de vista, Abanazer podia ver que a mão direita do menino segurava alguma coisa com muita firmeza – protegendo-a.

– Com licença – disse o menino.

– Sim sim, rapazinho – disse Abanazer Bolger com cautela. "Crianças", pensou ele. "Ou elas surrupiaram alguma coisa, ou estão tentando vender seus brinquedos." De qualquer modo, ele em geral dizia não. Compre propriedade roubada de uma criança e logo você verá um adulto enfurecido acusando-o de ter dado dez libras ao pequeno Johnnie ou Matilda por sua aliança de casamento. Mais problemas do que valem, as crianças.

– Preciso de uma coisa para uma amiga minha – disse o menino. – E pensei que talvez o senhor pudesse comprar uma coisa que eu tenho.

– Não compro coisas de crianças – disse Abanazer Bolger categoricamente.

Nin tirou a mão do bolso e colocou o broche no balcão sujo. Bolger o olhou de relance, depois com mais atenção. Retirou os óculos. Pegou um monóculo debaixo do balcão e o apertou no olho. Acendeu uma luzinha no balcão e examinou o broche através da lente.

– Pedra da serpente? – disse ele para si mesmo, e não para o menino. Depois tirou o monóculo, recolocou os óculos e fixou o olhar azedo e desconfiado no menino.

– Onde conseguiu isto? – perguntou Abanazer Bolger.

– Quer comprar? – disse Nin.

– Você roubou. Você o surrupiou de um museu ou de outro lugar, não foi?

– Não – disse Nin com franqueza. – Vai comprar, ou devo sair e encontrar alguém que queira?

O humor azedo de Abanazer Bolger se alterou. De repente, ele era todo afabilidade. Abriu um sorriso largo.

– Desculpe – disse ele. – É que não vejo muitas peças como esta aqui. Não numa loja dessas. Não fora de um museu. Mas certamente eu gostaria dela. Vou lhe dizer uma coisa. Por que não nos sentamos e tomamos um chá com biscoitos... Tenho um pacote de biscoitos de chocolate na sala dos fundos... E decidimos quanto vale uma coisa dessas? Hein?

Nin ficou aliviado ao ver que o homem finalmente estava sendo simpático.

– Preciso do suficiente para comprar uma laje – disse ele. – Uma lápide para uma amiga minha. Bom, ela não é bem minha amiga. Só alguém que eu conheço. Ela ajudou a deixar minha perna melhor, entendeu?

Abanazer Bolger, prestando pouca atenção na tagarelice do menino, levou-o para trás do balcão e abriu a porta do depósito, um espaço pequeno e sem janelas, com cada centímetro apinhado de quinquilharias. Havia um cofre ali, no canto, um cofre grande e antigo. Havia uma caixa cheia de violinos, um amontoado de animais mortos e empalhados, cadeiras sem assento, livros e gravuras.

Havia uma pequena mesa ao lado da porta e Abanazer Bolger puxou uma única cadeira, sentando-se e deixando Nin de pé. Abanazer vasculhou uma gaveta, em que Nin pôde ver uma garrafa de uísque pela metade, e pegou um pacote quase acabado de biscoitos de chocolate, oferecendo um ao menino; acendeu a luminária de mesa, olhou o broche de novo, os redemoinhos de laranja e vermelho na pedra, e examinou a faixa de metal preto que circundava, reprimindo um pequeno tremor com a expressão das cabeças da coisa-cobra.

– Isto é antigo – disse ele. – É... – "inestimável", pensou ele. – Provavelmente não vale grande coisa, mas nunca se sabe. – A cara de Nin desabou. Abanazer Bolger tentou parecer tranquilizador. – Eu só preciso saber que não foi roubado, antes de poder lhe dar algum dinheiro. Você tirou da cômoda de sua mãe? Afanou de um museu? Pode me contar. Não vou te meter em problemas. Só preciso saber.

Nin sacudiu a cabeça. Ele mastigou um biscoito.

– Então, onde conseguiu?

Nin não disse nada.

Abanazer Bolger não queria recusar o broche, mas o empurrou pela mesa para o menino.

– Se não vai me contar – disse ele –, é melhor levar de volta. Afinal, deve haver confiança entre as duas partes. Foi um prazer negociar com você. Lamento não poder ir além disso.

Nin ficou preocupado. Depois disse:

– Eu o achei num antigo túmulo. Mas não posso dizer onde. – Ele parou, porque a ganância e a excitação tinham substituído a amizade na cara de Abanazer Bolger.

– E há mais como este por lá?

Nin disse:

– Se não quer comprar, vou encontrar outra pessoa. Obrigado pelo biscoito.

Bolger disse:

– Está com pressa, hein? A mamãe e o papai esperam por você, imagino.

O menino sacudiu a cabeça, depois desejou ter concordado.

– Ninguém esperando. Que bom. – Abanazer Bolger fechou as mãos no broche. – Agora, diga exatamente onde encontrou isto. Hein?

– Não me lembro – disse Nin.

– Tarde demais para isso – disse Abanazer Bolger. – Imagino que tenha de pensar um pouquinho sobre onde veio. Depois, quando tiver pensado, vamos ter uma conversinha e você vai me contar.

Ele se levantou e saiu da sala, fechando a porta. Trancou-a com uma chave de metal grande.

Ele abriu a mão, olhou o broche e sorriu, ávido.

Houve um *ding* do sino no alto da porta da loja, avisando que alguém havia entrado, e ele levantou a cabeça com um ar de culpa, mas não havia ninguém ali. Mas a porta estava entreaberta e Bolger a fechou; depois, por segurança, virou a placa na vitrine para que dissesse FECHADA. Ele empurrou a tranca. Não queria nenhum abelhudo aparecendo hoje.

O dia de outono passou de ensolarado a cinzento, e uma chuva leve bateu na vitrine encardida da loja.

Abanazer Bolger pegou o telefone no balcão e apertou os botões com dedos que mal tremiam.

– Mina de ouro, Tom – disse ele. – Venha para cá assim que puder.

Nin percebeu que estava preso quando ouviu a tranca girar na porta. Ele a empurrou, mas estava bem trancada. Sentiu-se idiota por ter sido atraído para dentro, tolo por não confiar em seus primeiros impulsos, de se afastar do homem de cara azeda o mais rápido possível. Tinha quebrado todas as regras do cemitério e tudo dera errado. O que Silas ia dizer? Ou os Owens? Ele sentiu que entrava em pânico e o reprimiu, empurrando a preocupação de volta para dentro. Tudo ia ficar bem. Sabia disso. É claro que ele precisava sair...

Nin examinou a sala em que estava preso. Era pouco mais do que um depósito com uma mesa. A única entrada era a porta.

Ele abriu a gaveta da mesa, sem encontrar nada além de pequenos potes de tinta (usados para realçar antiguidades) e um pincel. Perguntou-se se seria capaz de atirar tinta na cara do homem e cegá-lo por tempo suficiente para fugir. Abriu a tampa de um pote e mergulhou o dedo ali.

– O que está fazendo? – perguntou uma voz junto a seu ouvido.

– Nada – disse Nin, fechando a tampa do pote de tinta e largando-o em um dos enormes bolsos do casaco.

Liza Hempstock olhou para ele, sem se impressionar.

– Por que você está aqui? – perguntou ela. – E quem é o velho saco de banha lá fora?

– Essa é a loja dele. Eu estava tentando vender uma coisa a ele.

– Por quê?

– Não é da sua conta.

Ela fungou.

– Bem – disse ela –, devia voltar ao cemitério.

– Não posso. Ele me trancou aqui.

– É claro que pode. É só passar pela parede...

Ele sacudiu a cabeça.

– Não posso. Só posso fazer isso em casa, porque eles me deram a Liberdade do Cemitério quando eu era bebê. – Ele olhou para ela sob a lâmpada elétrica. Era difícil vê-la direito, mas Nin passou a vida toda falando com os mortos. – Mas e você, o que está fazendo aqui? O que está fazendo longe do cemitério? É dia. Você não é como Silas. Devia ficar no cemitério.

Ela disse:

— Essas são regras para os dos cemitérios, mas não para os que foram enterrados em solo não consagrado. Ninguém diz a *mim* o que fazer ou aonde ir. – Ela olhou furiosa para a porta. – Não gosto daquele homem – disse ela. – Vou ver o que ele está fazendo.

Um bruxulear e Nin mais uma vez ficou sozinho na sala. Ouviu um trovão distante.

Na escuridão abarrotada da loja Antiguidades do Bolger, Abanazer Bolger olhou para cima desconfiado, certo de que alguém o observava, depois percebeu que estava sendo tolo.

— O menino está trancado na sala – disse a si mesmo. – A porta da frente está trancada. – Ele polia o engaste de metal que cercava a pedra da serpente, com a delicadeza e o cuidado de um arqueólogo em uma escavação, retirando o preto e revelando a prata cintilante por baixo.

Ele começava a se arrepender de ter ligado para Tom Hustings, embora Hustings fosse grandalhão e soubesse assustar as pessoas. Também começava a lamentar ter de vender o broche, quando tivesse acabado. Quanto mais o broche brilhava, sob a luz mínima do balcão, mais Abanazer queria que fosse dele, e só dele.

Mas havia mais de onde veio. O menino diria a ele. O menino o levaria até lá.

O menino...

Ele teve uma ideia. Baixou o broche, relutantemente, e abriu uma gaveta atrás do balcão, pegando uma lata de metal para biscoitos, cheia de envelopes, cartões e tiras de papel.

Pôs a mão dentro da lata e tirou um cartão, pouco maior que um cartão de visitas. Tinha bordas pretas. Mas não trazia nome nem endereço. Só uma palavra, escrita à mão no meio, com uma tinta que havia desbotado para o marrom: *Jack*.

No verso do cartão, a lápis, Abanazer Bolger escrevera instruções para si mesmo, com sua letra pequenininha e precisa, como um lembrete, embora não fosse provável que se esquecesse da utilidade do cartão, como usá-lo para convocar o homem chamado Jack. Não, convocar não. *Convidar*. Não se convoca pessoas como ele.

Uma batida na porta da loja.

Bolger atirou o cartão no balcão e foi até a porta, espiando a tarde úmida.

– Rápido – chamou Tom Hustings –, está uma droga aqui fora. Lúgubre. Estou ficando ensopado.

Bolger destrancou a porta e Tom Hustings entrou, pingando água do sobretudo e do cabelo.

– O que é tão importante para você não poder falar ao telefone, então?

– Nossa fortuna – disse Abanazer Bolger, com a cara azeda. – É isso.

Hustings tirou o sobretudo e o pendurou atrás da porta da loja.

– O que é? Alguma coisa boa caiu da traseira de um caminhão?

– Tesouros – disse Abanazer Bolger. – De dois tipos. – Ele levou o amigo até o balcão e lhe mostrou o broche sob a luz baixa.

– É antigo, não é?

– Dos tempos pagãos – disse Abanazer. – Antes. Dos tempos dos druidas. Antes da chegada dos romanos. Chama-se pedra da serpente. Já vi em museus. Nunca vi um trabalho em metal como esse, nem nada tão refinado. Deve ter pertencido a um rei. O camarada que o achou disse que veio de um túmulo... Acho que de uma sepultura cheia de coisas assim.

– Pode valer bem se for legítimo – disse Hustings, pensativo. – Declare que descobriu um tesouro antigo. Eles têm de pagar a nós o valor de mercado, e podemos fazer com que coloquem o nosso nome. O Legado Hustings-Bolger.

– Bolger-Hustings – disse Abanazer, automaticamente. E continuou: – Conheço algumas pessoas, gente com dinheiro de verdade, que pagaria mais do que o valor de mercado se pudesse colocar as mãos nisso como você está fazendo agora – porque Tom Hustings estava passando o dedo no broche, delicadamente, como um homem afagando um gatinho – e não iriam fazer perguntas. – Ele estendeu a mão e, com relutância, Hustings lhe entregou o broche.

– Você falou dois tipos de tesouro – disse Hustings. – Qual é o outro?

Abanazer Bolger pegou o cartão de borda preta, estendendo-o para que o amigo examinasse.

– Sabe o que é isto?

O amigo balançou a cabeça.

Abanazer colocou o cartão no balcão.

– Há um indivíduo procurando por outro indivíduo.

– E daí?

– Pelo que eu soube – disse Abanazer Bolger – o outro indivíduo é um menino.

– Há meninos em todo lugar – disse Tom Hustings. – Correndo para todos os lados. Metendo-se em enrascadas. Não os suporto. E então, há um indivíduo procurando por um determinado menino?

– Este camarada parece ter a idade certa. Está vestido... Bom, você verá como está vestido. E ele encontrou isto. Pode ser ele.

– E se for?

Abanazer Bolger pegou o cartão novamente, pela beira, e o agitou de um lado a outro, devagar, como se o passasse pela borda de uma chama imaginária.

– Lá vem uma vela para sua cama iluminar... – começou ele.

– ... e lá vem um cutelo para sua cabeça cortar – concluiu Tom Hustings, pensativamente. – Mas veja bem. Se ligarmos para o homem chamado Jack, perderemos o menino. E se perdermos o menino, perderemos o tesouro.

E os dois homens ficaram dando voltas em torno disso, pesando os méritos e desvantagens de entregar o garoto ou recolher o tesouro, que cresceu na mente dos dois, transformando-se numa imensa caverna subterrânea cheia de objetos preciosos e, enquanto debatiam, Abanazer pegou uma garrafa de gim debaixo do balcão e serviu uma dose generosa para os dois, "para ajudar nas comemorações".

Liza logo ficou entediada com a discussão da dupla, que ia e voltava e girava como um pião, sem chegar a lugar algum, então voltou ao depósito, encontrando Nin de pé no meio da sala com os olhos bem fechados, os punhos cerrados e a cara toda enrugada, como se estivesse com dor de dentes, quase roxo de prender a respiração.

– Tá fazendo o que agora? – perguntou ela, sem se impressionar.

Ele abriu os olhos e relaxou.

– Tentando Sumir – disse ele.

Liza fungou.

– Tente de novo – disse ela.

Ele tentou, desta vez prendendo a respiração por mais tempo.

– Pare com isso – disse ela. – Ou vai estourar.

Nin respirou fundo e suspirou.

– Não está dando certo – disse ele. – Talvez eu possa bater nele com uma pedra e fugir. – Não havia pedra nenhuma, então ele pegou um peso de papéis de vidro colorido e o sopesou, perguntando-se se podia atirar com força suficiente para impedir o avanço de Abanazer Bolger.

– Agora são dois lá fora – disse Liza. – E se um não te pegar, o outro pega. Eles disseram que querem que você mostre onde conseguiu o broche, e depois cavar o túmulo e pegar o tesouro. – Ela não contou sobre as outras discussões que eles tiveram, nem sobre o cartão de bordas pretas. Liza balançou a cabeça. – Aliás, por que fez uma coisa tão idiota? Você conhece as regras sobre sair do cemitério. Estava pedindo por problemas, isso sim.

Nin sentiu-se muito insignificante e muito tolo.

– Eu queria comprar uma lápide para você – admitiu ele, numa vozinha mínima. – E pensei que custaria muito dinheiro. Então vim vender o broche a ele, para comprar para você.

Ela não disse nada.

– Está zangada?

Ela sacudiu a cabeça.

– É a primeira coisa gentil que alguém faz por mim em quinhentos anos – disse ela, com uma sugestão de sorriso de duende. – Por que eu ficaria zangada? – Depois ela perguntou: – O que você faz quando tenta Sumir?

– O que o sr. Pennyworth me disse. "Eu sou uma soleira vazia de porta, eu sou uma viela vazia, não sou nada. Olhos não me verão, olhares passarão por mim." Mas nunca dá certo.

– É porque você está vivo – disse Liza, com uma fungadela. – Há coisas que funcionam conosco, os mortos, que têm de lutar para serem percebidos na maior parte das vezes, mas não dão certo para gente como você.

Ela se abraçou com força, movendo o corpo para frente e para trás, como se debatesse alguma coisa. Depois disse:

– Foi por minha causa que você se meteu nisso... Venha cá, Ninguém Owens.

Ele se aproximou dela, naquela salinha mínima, e ela pôs a mão fria em sua testa. Parecia um cachecol de seda molhada em sua pele.

– Agora – disse ela. – Talvez eu possa lhe retribuir com algum bem.

E com isso ela começou a murmurar palavras que Nin não conseguia distinguir. Depois disse, alto e claro:

"*Seja buraco, seja pó, seja sonho, seja vento*
Seja noite, seja escuro, vontade e mente sem freio,
Agora deslize, escorregue, sem ser visto no aposento
No alto, embaixo, por entre e no meio."

Algo imenso o tocou, roçou-o da testa aos pés, e ele tremeu. Seu cabelo se eriçou e sua pele ficou toda arrepiada. Algo tinha mudado.

– O que você fez? – perguntou ele.

– Só lhe dei uma ajudinha – disse ela. – Posso estar morta, mas sou uma *bruxa* morta, lembre-se. E nós não esquecemos.

– Mas...

– Quieto – disse ela. – Eles estão voltando.

A chave matraqueou na porta do depósito.

– Muito bem agora, amiguinho – disse uma voz que Nin não ouvira com clareza antes. – Sei que vamos todos ser ótimos amigos – e com isso Tom Hustings empurrou a porta e a abriu. Depois parou na soleira, olhando em volta, confuso. Ele era um homem bem grande, de cabelo ruivo e nariz vermelho de batata. – Ei, Abanazer? Pensei que tivesse dito que ele estava aqui.

– E está – disse Bolger, de trás dele.

– Bom, não estou vendo nem um fio de cabelo dele.

A cara de Bolger apareceu atrás do homem vermelho e espiou a sala.

– Escondido – disse ele, fitando direto onde Nin estava de pé. – Não adianta se esconder – anunciou ele, em voz alta. – Posso ver que está aí. Saia.

Os dois homens entraram na salinha, Nin ficou preso entre eles e pensou nas aulas do sr. Pennyworth. Não reagiu, não se mexeu. Deixou que os olhos dos homens passassem por ele sem que o vissem.

– Vai querer ter saído quando eu chamei – disse Bolger, e fechou a porta. – Muito bem – disse ele a Tom Hustings. – Bloqueie a porta, assim ele não pode passar. – E andou pela sala, espiando atrás das coisas, curvando-se, desajeitado, para ver embaixo da mesa. Passou direto por Nin e abriu o armário. – Agora te peguei! – gritou ele. – Saia!

Liza riu.

– O que foi isso? – perguntou Tom Hustings, girando o corpo.

– Não ouvi nada – disse Abanazer Bolger.

Liza riu novamente. Depois uniu os lábios e soprou, fazendo um ruído que começou como um assobio, depois parecia um vento distante. A luz elétrica da salinha palpitou e zumbiu, depois se apagou.

– Porcaria de fusíveis – disse Abanazer Bolger. – Vamos. Isso é uma perda de tempo.

A chave estalou na fechadura, e Liza e Nin ficaram sozinhos na sala.

– Ele escapou – disse Abanazer Bolger. Nin agora podia ouvi-lo, através da porta. – De uma sala como aquela. Não havia onde pudesse ter se escondido. Nós o veríamos se estivesse ali.

– O homem chamado Jack não vai gostar disso.

– Quem vai contar a ele?

Uma pausa.

– Ei, Tom Hustings. Para onde foi o broche?

– Hummm? Isso? Toma. Eu estava mantendo em segurança.

– Mantendo em segurança? No seu bolso? Lugar engraçado para mantê-lo em segurança, se quer minha opinião. Mais parece que você estava planejando sumir de repente com ele... Como se pretendesse ficar com meu broche só para você.

– Seu broche, Abanazer? *Seu* broche? Nosso broche, quer dizer.

– Nosso, ah é. Não me lembro de você estar aqui quando eu o peguei do garoto.

– Quer dizer esse garoto que você nem conseguiu prender para o homem chamado Jack? Posso imaginar o que ele vai fazer quando descobrir que *você* tinha o garoto que ele procurava e *você* o deixou escapar, hein?

— Não devia ser o mesmo garoto. Existem muitos garotos no mundo, qual é a chance de ser o que ele estava procurando? Saiu pela porta dos fundos assim que dei as costas, posso apostar. — E depois Abanazer Bolger disse, numa voz alta e cheia de voltas: — Não se preocupe com o homem chamado Jack, Tom Hustings. Tenho certeza de que era um menino diferente. Minha cabeça velha anda me pregando peças. E estamos quase sem gim... Gostaria de um bom scotch? Tenho uísque na sala dos fundos. Espere aqui só um momento.

A porta do depósito estava destrancada e Abanazer entrou, segurando uma bengala e uma lanterna, com a cara parecendo mais azeda do que antes.

— Se ainda estiver aqui — disse ele, num murmúrio azedo —, nem pense em fugir. Chamei a polícia para te pegar, foi o que eu fiz. — Uma inspeção na gaveta resultou na garrafa de uísque pela metade, depois num vidrinho preto. Abanazer pingou duas gotas do vidrinho na garrafa, depois colocou o vidrinho no bolso. — Meu broche é só meu — murmurou ele e continuou, ladrando: — Já estou indo, Tom!

Ele olhou a sala escura, passando por Nin, depois saiu do depósito, carregando o uísque à frente do corpo. Trancou a porta depois de sair.

— Aí está você — disse a voz de Abanazer Bolger através da porta. — Me dê seu copo, Tom. Um bom gole de scotch levanta os fracos. Diga quando parar.

Silêncio.

— Lixo vagabundo. Não vai beber?

— Aquele gim mexeu com as minhas tripas. Me dê um minuto para meu estômago se acomodar... — Depois: — Ei... Tom! O que você fez com meu broche?

— Agora é o *seu* broche? Caramba... O que você fez... Pôs alguma coisa na minha bebida, seu verme!

— E se foi mesmo? Eu podia ler na sua cara o que você estava planejando, Tom Hustings. Ladrão.

Depois houve uma gritaria, várias pancadas e baques altos, como se móveis pesados estivessem sendo virados...

... Em seguida, silêncio.

Liza disse:

— Agora, rápido. Vamos dar o fora daqui.

— Mas a porta está trancada. — Ele olhou para ela. — Há alguma coisa que você possa fazer?

— Eu? Não tenho nenhuma magia que o tire de uma sala trancada, menino.

Nin se agachou e espiou pelo buraco da fechadura. Estava bloqueado; a chave estava ali. Nin pensou, depois sorriu por um instante, e sua face se iluminou como uma lâmpada. Ele puxou uma folha de jornal amassada de uma caixa de embalagem, alisou-a ao máximo, depois a empurrou por baixo da porta, deixando só uma ponta de seu lado.

— Está brincando do que aí? — perguntou Liza, impaciente.

— Preciso de alguma coisa como um lápis. Só que mais fino... — disse ele. — Lá vamos nós. — E ele pegou um pincel fino na mesa, colocando a ponta sem cerdas pela tranca, remexeu e empurrou mais um pouco.

Houve um som metálico abafado enquanto a chave era empurrada para fora e caía da fechadura no jornal. Nin puxou o jornal por baixo da porta, agora com a chave nele.

Liza riu, deliciada.

– Muito inteligente, meu jovem – disse ela. – Isto sim é sabedoria.

Nin colocou a chave na fechadura, girou e abriu a porta do depósito.

Havia dois homens no chão, no meio da loja de antiguidades apinhada. Os móveis tinham mesmo caído; o lugar era um caos de relógios e cadeiras destruídas, e no meio disso jazia o corpanzil de Tom Hustings, caído por cima da figura menor de Abanazer Bolger. Nenhum dos dois se mexia.

– Eles estão mortos? – perguntou Nin.

– Não temos tanta sorte – disse Liza.

No chão, ao lado dos homens, estava um broche de prata cintilante; uma pedra laranja-avermelhado, presa com garras e com cabeças de cobra, e a expressão nas cabeças de cobra era de triunfo, ganância e satisfação.

Nin colocou o broche no bolso, onde ele se acomodou ao lado do pesado peso de papéis, o pincel e o potinho de tinta.

– Leve isto também – disse Liza.

Nin olhou o cartão de bordas pretas com a palavra *Jack* escrita à mão. Isso o perturbou. Havia algo de familiar nele, algo que agitava antigas lembranças, algo perigoso.

– Não quero isso.

— Não pode deixar aqui com eles — disse Liza. — Eles iam usá-lo para machucar você.

— Não quero isso — disse Nin. — É mau. Queime.

— Não! — Liza ofegou. — Não faça isso. Não deve fazer isso.

— Então vou dar a Silas — disse Nin. E ele colocou o cartão em um envelope, para ter de tocar o mínimo possível nele, e pôs o envelope no bolso interno do antigo casaco de jardineiro, ao lado do coração.

A trezentos quilômetros dali, o homem chamado Jack acordou de seu sono e cheirou o ar. Ele desceu a escada.

— O que foi? — perguntou sua avó, mexendo o conteúdo de uma grande panela de ferro no fogão. — O que deu em você agora?

— Não sei — disse ele. — Alguma coisa está acontecendo... Algo... interessante. — E depois lambeu os lábios. — Cheira bem — disse ele. — Cheira muito bem.

O relâmpago iluminou a rua de paralelepípedos.

Nin corria pela chuva através da Cidade Velha, sempre subindo a colina, na direção do cemitério. O dia cinzento se tornara uma noite precoce enquanto ele estava dentro do depósito, e não foi surpresa para ele quando uma sombra familiar serpenteou por baixo das luzes da rua. Nin hesitou e uma palpitação de veludo negro como a noite se definiu na forma de um homem.

Silas estava diante dele, de braços cruzados. Ele avançou para frente, impaciente.

– E então? – disse ele.

– Desculpe, Silas – Nin disse.

– Estou decepcionado com você, Nin – disse Silas, e balançou a cabeça. – Estou procurando por você desde que acordei. Você está com cheiro de problemas em todo o corpo. E sabe que não tem permissão para vir aqui, no mundo dos vivos.

– Eu sei. Desculpe. – A chuva caía na cara do menino, escorrendo como lágrimas.

– Primeiro de tudo, precisamos colocar você para dentro em segurança. – Silas estendeu a mão e envolveu a criança viva em seu manto, e Nin sentiu a terra ceder embaixo dele.

– Silas – disse ele.

Silas não respondeu.

– Eu fiquei meio assustado – disse ele. – Mas eu sabia que você viria me pegar, se ficasse bem ruim. E Liza estava lá. Ela ajudou muito.

– Liza? – A voz de Silas era áspera.

– A bruxa. Da Vala Comum.

– E diz que ela o ajudou?

– Sim. Ela me ajudou, especialmente com meu Sumiço. Acho que agora posso fazer.

Silas grunhiu.

– Pode me contar tudo quando estivermos em casa. – E Nin ficou em silêncio até que pousaram ao lado da capela. Eles entraram no hall vazio enquanto a chuva engrossava, respingando das poças que cobriam o chão.

Nin pegou o envelope contendo o cartão de bordas pretas.

– Hummm – disse ele. – Pensei que você devia ficar com isso. Bom, a Liza pensou, na verdade.

Silas olhou o envelope. Depois o abriu, retirando o cartão, fitando-o, virou-o e leu o bilhete a lápis de Abanazer Bolger para ele mesmo, numa letra minúscula, explicando a maneira exata de usar o cartão.

– Conte-me tudo – disse ele.

Nin lhe contou tudo de que conseguia se lembrar sobre o dia. E no final Silas balançou a cabeça, devagar, pensativamente.

– Estou encrencado? – perguntou Nin.

– Ninguém Owens – disse Silas. – Você está bem encrencado. Mas acredito que devo deixar que seus pais administrem qualquer corretivo ou reprovação que creiam ser necessária. Nesse meio-tempo, preciso dispor disto.

O cartão de bordas pretas desapareceu dentro do manto de veludo e depois, como faziam os de sua espécie, Silas sumiu.

Nin tirou o casaco pela cabeça e cambaleou pelos caminhos escorregadios até o alto da colina, para o mausoléu dos Frobisher. Empurrou de lado o caixão de Ephraim Pettyfer e desceu, desceu, desceu ainda mais.

Ele recolocou o broche ao lado do cálice e da adaga.

– Aqui está – disse ele. – Todo polido. Está lindo.

ELE VOLTA, disse o Executor, com satisfação na voz de gavinha de fumaça. ELE SEMPRE VOLTA.

Foi uma longa noite.

Nin estava andando, sonolento e meio cauteloso, passando pela pequena tumba da maravilhosamente batizada srta. Liberty Roach (*O que ela gostou está perdido, o que deu descansa com ela para sempre. Leitor, tenha caridade*), pelo lugar de descanso final de Harrison Westwood, Padeiro desta Paróquia, e suas esposas, Marion e Joan, até a Vala Comum. O sr. e a sra. Owens tinham morrido várias centenas de anos antes que fosse decidido que espancar crianças era errado e o sr. Owens, naquela noite e com remorsos, fez o que entendia ser seu dever, e o traseiro de Nin doeu como nunca. Ainda assim, o olhar de preocupação da sra. Owens magoou Nin mais do que qualquer surra que pudesse ter levado.

Ele chegou à grade de ferro que cercava a Vala Comum e deslizou entre elas.

– Olá? – ele chamou. Não houve resposta. Nem mesmo uma sombra a mais no espinheiro. – Espero não ter metido você em problemas também – disse ele.

Nada.

Ele devolvera os jeans à cabana do jardineiro – ficava mais à vontade com a mortalha cinza –, mas ficou com o casaco. Gostava dos bolsos.

Quando foi ao telheiro devolver os jeans, pegou uma pequena foice da parede onde estava pendurada e com ela atacou as urtigas na Vala Comum, fazendo o mato voar, cortando e destruindo até que não havia nada além de tocos se projetando do chão.

No bolso, pegou o grande peso de papéis de vidro, seu interior uma multiplicidade de cores vivas, junto com o pote de tinta e o pincel.

Mergulhou o pincel na tinta e com cuidado pintou, em tinta marrom, na superfície do peso de papéis, as letras...

E.H.
não nos esquecemos

E.H.

e abaixo delas escreveu...

não nos esquecemos

Hora de dormir, logo, e não seria sensato ir tarde para a cama por algum tempo.

Ele pôs o peso de papéis no chão que antigamente era uma moita de urtiga, colocou-o no lugar que estimava que seria a cabeça e parou só para olhar sua obra por um momento, passou pela grade e voltou, menos cauteloso, pela colina.

– Nada mau – disse uma voz perto da Vala Comum, atrás dele. – Nada mau mesmo.

Mas quando Nin se virou para olhar não havia ninguém lá.

CAPÍTULO CINCO

Dança Macabra

Estava acontecendo alguma coisa, Nin tinha certeza disso. Estava ali, no ar claro de inverno, nas estrelas, no vento, na escuridão. Estava presente nos ritmos das noites longas e dos dias fugazes.

A sra. Owens o empurrou para fora da pequena tumba dos Owens.

— Vá brincar sozinho — disse ela. — Tenho assuntos a resolver.

Nin olhou a mãe.

— Mas está frio lá fora — disse ele.

— Espero que esteja mesmo — respondeu ela —, já que é inverno. É assim que deve ser. Agora — disse ela, mais para si mesma do que para Nin —, sapatos. E veja este vestido... Precisa de bainha. E teias de aranha... Há teias de aranha em toda parte, pelo amor de Deus. Vá brincar — disse a Nin mais uma vez. — Tenho muito que fazer e não preciso de você nos meus calcanhares.

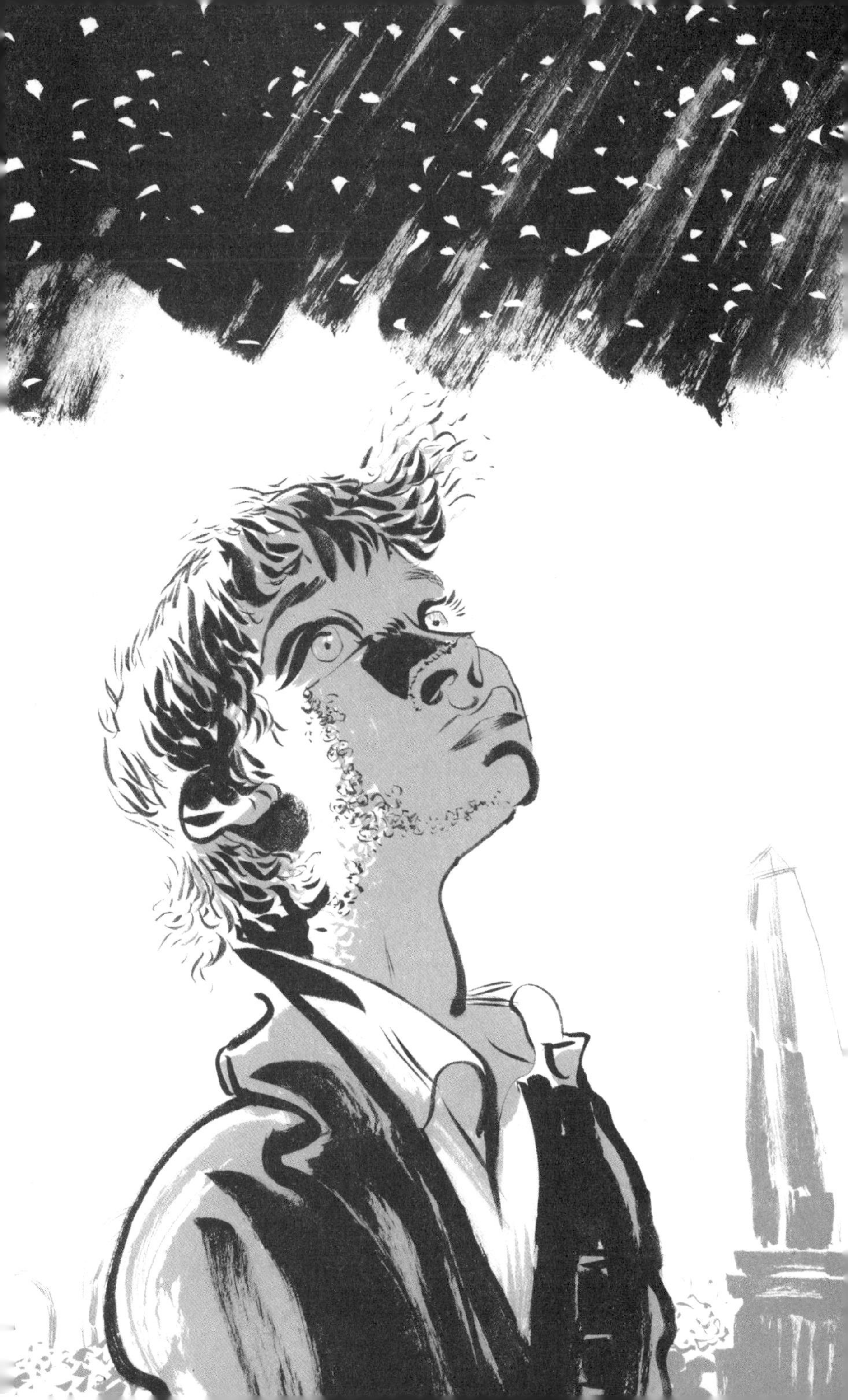

E ela cantarolou uma quadrinha que Nin nunca ouvira na vida.

"*Ricos e pobres, saiam já.*
Venham agora a Macabra dançar."

– O que é isso? – perguntou Nin, mas foi a pergunta errada a se fazer, porque a sra. Owens pareceu sombria como uma nuvem de tempestade, e Nin correu para fora da tumba antes que ela pudesse expressar seu desprazer com mais vigor.

Estava frio no cemitério, frio e escuro, e as estrelas já haviam saído. Nin passou pela Mãe Abate no Passeio Egípcio coberto de hera, semicerrando os olhos para o mato.

– Seus olhos são mais novos que os meus, jovenzinho – disse ela. – Pode ver flores?

– Flores? No inverno?

– Não me olhe com essa cara, jovenzinho – disse ela. – As coisas florescem no tempo devido. Elas brotam e dão botões, florescem e desaparecem. Tudo em sua hora. – Ela se aninhou mais em seu manto e touca e disse:

"*Hora do trabalho e hora de brincar*
Hora de a Macabra dançar. Hein, garoto?"

– Não sei – disse Nin. – O que é a Macabra?

Mas Mãe Abate entrou pela hera e desapareceu de vista.

– Que estranho – disse Nin, em voz alta. Ele procurou calor e companhia no mausoléu alvoroçado dos

Bartleby, mas a família – sete gerações dela – esta noite não tinha tempo para ele. Estavam limpando e arrumando, cada um e todos eles, do mais velho (m. 1831) ao mais novo (m. 1690).

Fortinbras Bartleby, dez anos de idade quando morreu (devorado pela febre, disse ele a Nin, que por vários anos equivocadamente acreditou que Fortinbras tinha sido devorado pelo equivalente a leões ou ursos e ficou muito decepcionado ao saber que era apenas uma doença), agora se desculpava com Nin.

– Não podemos parar para brincar, sr. Nin. Porque logo, logo, a *noite de amanhã* vem. E com que frequência um homem pode dizer isso?

– Toda noite – disse Nin. – A noite de amanhã sempre vem.

– Mas não *esta* – disse Fortinbras. – Só muito de vez em quando, ou num mês de domingos.

– Não é Noite de Guy Fawkes – disse Nin –, nem Dia das Bruxas. Não é Natal, nem Ano-novo.

Fortinbras sorriu, um sorriso imenso que encheu de alegria sua cara sardenta em forma de torta.

– Nenhuma *delas* – disse ele. – *Esta* é especial.

– Como se chama? – perguntou Nin. – O que vai acontecer amanhã?

– É o melhor dia – disse Fortinbras, e Nin teve certeza de que ele teria continuado, mas a mãe dele, Louisa Bartleby (que só tinha vinte anos) chamou-o e disse algo rispidamente ao seu ouvido.

— Nada — disse Fortinbras. Depois, para Nin: — Desculpe. Tenho de trabalhar. — E ele pegou um trapo e começou a polir a lateral de seu caixão empoeirado. — Lá, lá, lá, *ump* — cantava ele. — Lá, lá, lá, *ump*. — E a cada "ump" ele fazia um floreio louco com o corpo todo e seu trapo.

— Não vai cantar aquela música?

— Que música?

— Aquela que todo mundo está cantando?

— Não é a hora ainda — disse Fortinbras. — É *amanhã*, amanhã, finalmente.

— Não é a hora — disse Louisa, que tinha morrido no parto, dando à luz os gêmeos. — Cuide de sua vida.

E em sua voz doce e clara, ela cantou:

"*Uma para os que ficam, uma para os que vão*

E agora a Macabra todos dançarão."

Nin andou até a igrejinha em ruínas. Deslizou entre as pedras e entrou na cripta, onde ficou sentado, esperando que Silas voltasse. Estava com frio, é verdade, mas o frio não incomodava Nin, não mesmo: o cemitério o abraçava e os mortos não se importavam com o frio.

Seu guardião voltou nas primeiras horas da manhã; trazia um grande saco plástico.

— O que tem aí?

— Roupas. Para você. Experimente. — Silas pegou um suéter cinza da cor da mortalha de Nin, uma calça jeans, cueca, e sapatos... tênis verde-claros.

— Para que isso?

— Além de servir para vestir, quer dizer? Bem, primeiro, creio que você tenha idade suficiente... quantos anos tem agora, dez?... e é sensato que pessoas vivas e normais usem roupas. Um dia terá de vesti-las, então por que não adquirir o hábito desde já? E elas também podem ser uma camuflagem.

— O que é camuflagem?

— É quando uma coisa parece muito com outra que as pessoas olham e não sabem o que estão vendo.

— Ah. Entendi. Eu acho. — Nin vestiu as roupas. Os cadarços lhe deram algum trabalho e Silas teve de ensinar a amarrá-los. Pareciam extraordinariamente complicados para Nin, e ele teve de amarrar e reamarrar os cadarços várias vezes antes de satisfazer Silas. Só então Nin se atreveu a fazer a pergunta que queria.

— Silas. O que é uma Macabra?

As sobrancelhas de Silas se ergueram e sua cabeça tombou para o lado.

— Onde ouviu falar nisso?

— Todo mundo no cemitério está falando. Acho que é uma coisa que vai acontecer amanhã à noite. O que é uma Macabra?

— É uma dança — disse Silas.

— *E agora a Macabra todos dançarão* — disse Nin, lembrando-se. — Você a dançou? Que tipo de dança é?

O guardião o fitou com olhos como poças negras e disse:

— Não sei. Sei de muitas coisas, Nin, porque venho andando por esta terra à noite há muito tempo, mas não sei como é dançar a Macabra. É preciso estar vivo ou morto para dançá-la... E não sou nem uma coisa nem outra.

Nin estremeceu. Queria abraçar seu guardião, segurá-lo e lhe dizer que ele nunca o abandonaria, mas o ato era impensável. Ele não podia abraçar Silas mais do que podia abraçar um raio de luar, não porque seu guardião fosse insubstancial, mas porque seria errado. Havia gente que se podia abraçar, e havia Silas.

O guardião pensativo examinou Nin, um menino de roupas novas.

— Muito bem — disse ele. — Agora você parece que viveu fora do cemitério a vida toda.

Nin sorriu com orgulho. Depois o sorriso estacou e ele ficou grave novamente.

— Mas você sempre estará aqui, Silas, não é? E eu nunca vou ter que ir embora, se eu não quiser?

— Tudo tem seu tempo — disse Silas, e não disse mais nada naquela noite.

Nin acordou cedo no dia seguinte, quando o sol era uma moeda prateada no alto do céu cinzento de inverno. Era fácil demais dormir durante o dia, passar todo o inverno em uma longa noite e nunca ver o sol, e assim, a cada noite em que dormia, ele prometia a si mesmo que acordaria de dia e sairia da aconchegante tumba dos Owens.

Havia um cheiro estranho no ar, penetrante e floral. Nin o seguiu pela colina até o Passeio Egípcio, onde a hera de inverno pendia numa desordem verde, um emaranhado sempre verde que escondia os muros, estátuas e hieróglifos que imitavam o estilo egípcio.

O perfume era mais forte ali, e por um momento Nin se perguntou se tinha nevado, porque havia grumos brancos no mato. Nin examinou um grumo mais de perto. Era feito de pequenas flores de cinco pétalas, e ele tinha acabado de colocar a cabeça para cheirar o perfume quando ouviu passos vindo pelo caminho.

Nin sumiu na hera e observou. Três homens e uma mulher, todos vivos, apareceram no caminho e entraram no Passeio Egípcio. A mulher tinha uma corrente ornamentada no pescoço.

– É isso? – perguntou ela.

– Sim, sra. Caraway – disse um dos homens, rechonchudo, de cabelos brancos e pouco fôlego. Como cada um dos homens, ele carregava um cesto de vime grande e vazio.

Ela parecia ao mesmo tempo alheia e confusa.

– Bem, se é o que você diz – disse ela. – Mas não posso afirmar que tenha entendido. – Ela olhou as flores. – O que faço agora?

O mais baixo dos homens colocou a mão no cesto de vime e pegou uma tesoura enegrecida.

– A tesoura, Senhora Prefeita – disse ele.

Ela pegou a tesoura dele e começou a cortar os ramos de flores, e ela e os três homens começaram a encher os cestos.

— Isto — disse a sra. Caraway, a prefeita, depois de um tempinho — é completamente ridículo.

— Isto — disse o gordo — *é* uma *tradição*.

— Completamente ridícula — disse a sra. Caraway, mas continuou a cortar as flores brancas e colocá-las nos cestos de vime. Quando eles encheram o primeiro cesto, ela perguntou: — Já basta?

— Precisamos encher todos os cestos — disse o homem mais baixo — e depois distribuir uma flor a todos na Cidade Velha.

— E que tipo de tradição é essa? — disse a sra. Caraway. — Perguntei ao prefeito antes de mim e ele disse que nunca ouviu falar dela. — Depois completou: — Vocês não têm a sensação de que alguém nos observa?

— Como? — disse o terceiro homem, que só agora abria a boca para falar. Usava barba, um turbante e carregava dois cestos de vime. — Quer dizer fantasmas? Não acredito em fantasmas.

— Não fantasmas — disse a sra. Caraway. — Só uma sensação de que alguém está olhando.

Nin reprimiu o impulso de se enfiar mais na hera.

— Não é de surpreender que o prefeito anterior não soubesse desta tradição — disse o rechonchudo, cujo cesto estava quase cheio. — Foi a primeira vez que as flores de inverno se abriram em oitenta anos.

O homem de barba e turbante, que não acreditava em fantasmas, olhava em volta, nervoso.

— Todo mundo na Cidade Velha recebe uma flor — disse o baixinho. — Homem, mulher e criança. — Depois ele prosseguiu, devagar, como se tentasse se lembrar de uma coisa que aprendera há muito tempo: – *Uma para os que ficam, uma para os que vão, e agora a Macabra todos dançarão.*

A sra. Caraway fungou.

– Coisa absurda – disse ela, e continuou colhendo as flores.

O crepúsculo veio cedo e era noite às quatro e meia da tarde. Nin vagou pelos caminhos do cemitério, procuran-do alguém para conversar, mas não havia ninguém. Andou até a Vala Comum para ver se Liza Hempstock estava lá, mas não encontrou nada. Voltou à tumba dos Owens, mas também estava deserta: nem o pai nem a sra. Owens estavam por ali.

O pânico começou a subir, um pânico leve. Era a primeira vez em seus dez anos que Nin se sentia abandonado no lugar que sempre considerou seu lar: ele desceu a colina correndo até a antiga capela, onde esperou por Silas.

Silas não apareceu.

– Talvez eu tenha me desencontrado dele – pensou Nin, mas não acreditava nisso. Ele subiu a colina até o topo e olhou. As estrelas pendiam no céu gelado, enquanto as luzes da cidade se estendiam abaixo dele, luzes dos postes e faróis de carros e coisas em movimento. Ele desceu lentamente a colina até chegar aos portões principais do cemitério e parou ali.

Podia ouvir música.

Nin já ouvira todo tipo de música: o carrilhão doce do furgão de sorvete, as canções que tocavam nos rádios dos trabalhadores, as músicas que Claretty Jake tocava para os mortos em seu violino sujo, mas nunca ouvira nada parecido com isso: uma série num crescendo surdo, como a música do começo de alguma coisa, um prelúdio, quem sabe, ou uma abertura.

Ele passou por entre o portão trancado, desceu a colina e chegou à Cidade Velha.

Passou pela prefeita, parada numa esquina e viu que ela estendia a mão e prendia uma florzinha branca na lapela de um executivo que passava.

– Não faço donativos – disse o homem. – Isso fica por conta do escritório.

– Não é para a caridade – disse a sra. Caraway. – É uma tradição local.

– Ah – disse ele, e empinou o peito, exibindo a florzinha branca ao mundo, enquanto se afastava, inchado de orgulho.

Uma jovem empurrando um carrinho de bebê foi a próxima a passar.

– Pra que isso? – perguntou ela, desconfiada, enquanto a prefeita se aproximava.

– Uma para você, outra para o neném – disse a prefeita.

Ela espetou a flor no casaco de inverno da jovem. E prendeu outra no casaco do bebê, com fita adesiva.

– Mas *para que* isso? – perguntou a jovem.

– É uma coisa da Cidade Velha – disse a prefeita, vagamente. – Uma espécie de tradição.

Nin andou. A toda parte a que ia via gente usando as flores brancas. Passou pelos homens que estiveram com a prefeita, cada um deles com um cesto, oferecendo flores brancas. Nem todos aceitavam a flor, mas a maioria sim.

A música ainda tocava: em algum lugar, à margem da percepção, solene e estranha. Nin tombou a cabeça para um lado, tentando localizar de onde vinha, sem sucesso. Estava no ar, em toda volta. Tocava no tremular de bandeiras e toldos, no ronco do trânsito distante, no estalar de saltos nas pedras secas da calçada...

E havia uma estranheza, pensou Nin, enquanto ele olhava as pessoas indo para casa. Elas andavam no ritmo da música.

O homem de barba e turbante já tinha distribuído praticamente todas as flores. Nin foi até ele.

— Com licença — disse Nin.

O homem se assustou.

— Eu não vi você — disse ele num tom acusador.

— Desculpe — disse Nin. — Posso ficar com uma flor também?

O homem de turbante olhou desconfiado para Nin.

—Você mora por aqui? — perguntou ele.

— Ah, sim — disse Nin.

O homem entregou uma flor branca a Nin. Nin a pegou, depois disse "Ai", como se alguma coisa tivesse espetado a base de seu polegar.

— Espete em seu casaco — disse o homem. — Cuidado com a ponta.

Uma conta vermelha se formou no polegar de Nin. Ele a chupou enquanto o homem prendia a flor no suéter de Nin.

— Nunca vi você por aqui — disse ele a Nin.

— Eu moro aqui, moro sim — disse Nin. — Para que são as flores?

— É uma tradição da Cidade Velha — disse o homem —, antes de a cidade crescer. Quando as flores de inverno brotam no cemitério da colina, elas são cortadas e dadas a todos, homem e mulher, jovem ou velho, ricos ou pobres.

Agora a música soava mais alta. Nin se perguntou se podia ouvir melhor por estar usando a flor — ele podia distinguir uma batida, como de tambores distantes, e uma melodia hesitante e aguda que lhe dava vontade de bater os calcanhares e marchar no ritmo do som.

Nin jamais havia andado em lugar algum à plena vista. Tinha se esquecido das proibições de sair do cemitério, esqueceu-se de que esta noite no cemitério da colina os mortos não estavam mais em seus lugares; só no que pensava era na Cidade Velha, e trotou para o jardim municipal na frente da Antiga Prefeitura (que agora era um museu e centro de informações turísticas, a própria prefeitura tendo se transferido para um prédio muito mais imponente, embora mais novo e mais sombrio, do outro lado da cidade).

Já havia gente por ali, vagando pelo jardim municipal — agora, no meio do inverno, pouco mais que um grande campo gramado com alguns degraus, um arbusto e uma estátua aqui e ali.

Nin ouviu a música, em transe. Havia pessoas chegando aos poucos à praça, sozinhas ou aos pares, em famílias ou não. Ele nunca vira tanta gente viva junta. Devia haver centenas, todas respirando, cada uma delas tão viva quanto ele, cada uma delas com uma flor branca.

"É isso que os vivos fazem?", pensou Nin, mas ele sabia que não era: que *isto*, o que quer que fosse, era especial.

A jovem que ele tinha visto empurrando o carrinho de bebê parou ao lado dele, segurando o filho, balançando a cabeça com a música.

— Até quando a música vai continuar? — perguntou Nin, mas ela não disse nada, só balançava e sorria. Nin não achou aquele sorriso normal. E só então teve certeza de que ela não o ouvira, que ele tinha Sumido ou simplesmente não era alguém a quem ela desse atenção. Ela disse: "Que barato. Parece Natal." Falou isso como uma mulher num sonho, como se estivesse se vendo de fora. No mesmo tom de voz não-estou-aqui, ela disse:

— Me faz lembrar a irmã da minha avó, a tia Clara. Na véspera de Natal íamos à casa dela, depois que minha avó morreu, e ela tocava música no piano antigo, e cantava às vezes, e a gente comia chocolate e nozes, e eu não conseguia me lembrar de nenhuma das músicas que ela cantava. Mas essa música é como todas elas tocando juntas.

O bebê parecia dormir com a cabeça em seu ombro, mas até o bebê estava balançando as mãos gentilmente no ritmo da música.

E depois a música parou e houve silêncio na praça, um silêncio abafado, como o silêncio de neve caindo, todo o ruído tragado pela noite, e os corpos na praça, ninguém batendo o pé nem se remexendo, mal respiravam.

Um relógio começou a bater em algum lugar ali perto: o toque da meia-noite, e eles chegaram.

Desceram a colina numa procissão lenta, todos caminhando com gravidade, no mesmo passo, enchendo a rua, em linhas de cinco. Nin os conhecia ou conhecia a maioria deles. Na primeira fila, reconheceu Mãe Abate e Josiah Worthington, e o velho conde que se ferira nas Cruzadas e viera morrer em seu país natal, e o doutor Trefusis, todos eles com um ar solene e importante.

Ouviu-se o ofegar das pessoas na praça. Alguém começou a gritar: "Deus tenha piedade, é o nosso Juízo, é isto sim." A maioria das pessoas simplesmente olhava, muito pouco surpresas, como se tudo aquilo estivesse acontecendo num sonho.

Os mortos andaram, em fila, e chegaram à praça.

Josiah Worthington subiu a escada até alcançar a sra. Caraway, a prefeita. Estendeu o braço e disse, alto o bastante para que toda a praça ouvisse:

— Graciosa senhora, quero vos rogar: juntai-vos a mim para a Macabra dançar.

A sra. Caraway hesitou. Olhou o homem ao lado procurando orientação: ele vestia um roupão, pijama e chinelos, e tinha uma flor branca presa na lapela do roupão. Ele sorriu e assentiu para a sra. Caraway.

— É claro — disse o sr. Caraway.

Ela estendeu a mão. Enquanto os dedos dela tocavam os de Josiah Worthington, a música recomeçou. A música que Nin tinha ouvido até então parecia um prelúdio, mas não era mais assim. Esta era a música que todos vieram ouvir, uma melodia que puxava seus pés e seus dedos.

Eles se deram as mãos, os vivos com os mortos, e começaram a dançar. Nin viu a Mãe Abate dançando com o homem de turbante, enquanto o executivo dançava com Louisa Bartleby. A sra. Owens sorriu para Nin ao pegar a mão do velho jornaleiro, e o sr. Owens estendeu a mão e tocou a de uma menina pequena, sem arrogância, e ela segurou aquela mão como se estivesse esperando para dançar com ele a vida toda. Depois Nin parou de olhar porque a mão de alguém se fechava na dele e a dança começou.

Liza Hempstock sorriu para Nin.

– Isso é bom – disse ela, enquanto eles começaram a fazer, juntos, os passos da dança.

Depois ela cantou, na melodia da dança:

"*Pisar e virar, depois andar e parar,*
Agora vamos a Macabra dançar."

A música encheu a cabeça e o peito de Nin de uma alegria imensa, e seus pés se mexeram como se já conhecessem os passos, desde sempre.

Ele dançou com Liza Hempstock e depois, quando aquela música terminou, descobriu que sua mão estava na de Fortinbras Bartleby, e ele dançou com Fortinbras, passando por filas de dançarinos, filas que se dividiam à medida que se formavam.

Nin viu Abanazer Bolger dançando com a srta. Borrows, sua velha ex-professora. Ele viu os vivos dançando com os mortos. E as danças aos pares transformaram-se em longas filas de pessoas dançando juntas, em uníssono, andando e chutando (*Lá-lá-lá ump! Lá-lá-lá ump!*), uma dança em fila que já era antiga há mil anos.

Agora ele estava na fila ao lado de Liza Hempstock. Ele disse:

– De onde a música vem?

Ela deu de ombros.

– Quem está fazendo tudo isso acontecer?

– Sempre acontece – disse ela. – Os vivos podem não se lembrar, mas nós sempre nos lembramos... – E ela se separou dele, animada. – *Veja!*

Nin jamais havia visto um cavalo de verdade, só nas páginas dos livros de figuras, mas o cavalo branco que bateu os cascos pela rua até eles não era nada parecido com os cavalos que ele imaginava. Era maior, muito maior, com uma cara comprida e séria. Havia uma mulher montada no dorso em pelo do animal, usando um vestido cinza e longo que pendia e cintilava sob a lua de dezembro como teias de aranha no orvalho.

Ela chegou à praça, o cavalo parou e a mulher de cinza deslizou facilmente dele, colocando-se de pé na terra, de frente para todos, os vivos e os mortos.

Ela fez uma reverência.

E, como um só, eles se curvaram ou retribuíram a reverência, e a dança recomeçou.

"*A Dama de Cinza agora irá*
Pela dança Macabra a todos levar."

Cantou Liza Hempstock, antes que o giro da dança a afastasse de Nin. Eles pisavam firme com a música, giravam e chutavam, e a dama dançou com eles, pisando, girando e chutando com entusiasmo. Até o cavalo branco balançava a cabeça, pisoteava e se mexia com a música.

A dança se acelerou e os dançarinos com ela. Nin estava sem fôlego, mas não podia imaginar que a dança um dia fosse parar: a Macabra, a dança dos vivos e dos mortos, a dança com a Morte. Nin sorria e todos sorriam.

De vez em quando ele via a dama de vestido cinza, enquanto girava e pisava pelo jardim municipal.

"Todo mundo", pensou Nin, "todo mundo está dançando!" Assim ele pensou e, assim que pensou, percebeu que estava enganado. Nas sombras perto da Antiga Prefeitura, um homem todo de preto estava parado. Não dançava. Ele os olhava.

Nin se perguntou se era desejo o que via na cara de Silas, ou tristeza, ou outra coisa, mas a cara do guardião era indecifrável.

Ele chamou "Silas!", na esperança de atrair o guardião para eles, e se juntar à dança, se divertir como eles se divertiam, mas, ao ouvir o próprio nome, Silas recuou para as sombras e se perdeu de vista.

– Última dança! – exclamou alguém, e a música ressoou como algo majestoso, lento e definitivo.

Cada um dos dançarinos pegou um parceiro, os vivos com os mortos, aos pares. Nin estendeu a mão e se viu tocando os dedos e olhando nos olhos cinza da dama do vestido de teia de aranha.

Ela sorriu para ele.

– Olá, Nin – disse ela.

– Olá – disse ele, enquanto dançava com ela. – Não sei o seu nome.

– Os nomes não têm nenhuma importância – disse ela.

– Eu adoro o seu cavalo. É tão grande! Não sabia que os cavalos podiam ser tão grandes.

– Ele é gentil o bastante para suportar o mais poderoso de vocês em seu dorso largo, e forte o bastante para os menores de vocês.

– Posso montar nele? – pergunto Nin.

– Um dia – disse-lhe ela, e sua saia de teia reluziu. – Um dia. Todo mundo monta.

– Promete?

– Prometo.

E com isso, a dança acabou. Nin se curvou para a sua parceira de dança e então, e só então, sentiu-se exausto, como se tivesse dançado por horas. Podia sentir todos os músculos doendo e protestando. Estava sem fôlego.

Um relógio em algum lugar começou a soar a hora e Nin contou. Doze badaladas. Ele se perguntou se estavam dançando por doze, vinte e quatro horas ou por tempo nenhum.

Nin endireitou o corpo e olhou em volta. Os mortos se foram, e também a Dama de Cinza. Só os vivos ficaram e começavam a ir para casa – deixando a praça sonolentos, rígidos, como pessoas que despertavam de um sono profundo, andando sem verdadeiramente andar.

A praça estava coberta de florzinhas brancas. Parecia que tinha acontecido um casamento.

Nin acordou na tarde seguinte na tumba dos Owens sentindo que conhecia um segredo imenso, que tinha feito algo importante, e ardia de vontade de falar nisso.

Quando a sra. Owens se levantou, Nin disse:

— A noite passada foi incrível!

A sra. Owens disse:

— Ah, sim?

— Nós dançamos — disse Nin. — Todo mundo. Na Cidade Velha.

— É mesmo? — perguntou a sra. Owens, bufando. — Dançando? Você sabe que não tem permissão para ir à cidade.

Nin sabia muito bem que não devia nem tentar conversar com a mãe quando ela estava nesse humor. Ele saiu da tumba e foi para o anoitecer.

Subiu a colina até o obelisco preto e a lápide de Josiah Worthington, onde havia um anfiteatro natural e ele podia olhar a Cidade Velha e as luzes da cidade em volta.

Josiah Worthington estava parado ao lado dele.

Nin disse:

— Você começou a dança. Com a prefeita. Você dançou com ela.

Josiah Worthington olhou para ele e não disse nada.

— Você *dançou* — disse Nin.

Josiah Worthington disse:

— Os mortos e os vivos não se misturam, menino. Não fazemos mais parte do mundo deles; eles não fazem parte do nosso. Se por acaso dançamos a *danse macabre* com eles, a dança da morte, não falaríamos disso, e certamente não falaríamos disso com os vivos.

— Mas *eu* sou um de vocês.

— Ainda não, menino. Falta uma vida inteira.

E Nin percebeu que ele tinha dançado como um dos vivos, e não como parte da turma que desceu a colina, e disse apenas:

— Entendi... Acho.

Ele desceu a colina correndo, um menino de dez anos com pressa, tão veloz que quase tropeçou em Digby Poole (1785-1860, *Sou o Que Você Será*), endireitou-se por força de vontade, e disparou para a antiga capela, com medo de se desencontrar de Silas, que seu guardião já tivesse ido quando chegasse lá.

Nin se sentou no banco.

Houve um movimento ao lado, embora ele não ouvisse movimento algum, e seu guardião disse:

— Boa noite, Nin.

— Você estava lá ontem à noite — disse Nin. — Não venha me dizer que não estava lá ou coisa assim porque eu sei que estava.

— Sim — disse Silas.

— Eu dancei com ela. Com a dama do cavalo branco.

— Dançou?

— Você viu! Você nos olhou! Os vivos e os mortos! Estávamos dançando. Por que ninguém *fala* nisso?

— Porque existem mistérios. Porque existem coisas de que as pessoas não podem falar. Porque existem coisas de que elas não se lembram.

— Mas você está falando disso agora. Estamos falando da Macabra.

— Eu não dancei — disse Silas.

— Mas você viu.

Silas disse apenas:

— Não sei o que vi.

— Eu dancei com a dama, Silas! — exclamou Nin. Seu guardião pareceu quase magoado e Nin se viu com medo, como uma criança que despertou uma pantera adormecida.

Mas Silas só disse:

— Esta conversa chegou ao fim.

Nin podia ter dito alguma coisa — havia umas cem coisas que queria dizer, por mais insensatas que fossem — quando algo distraiu sua atenção: um farfalhar, suave e gentil, e um toque frio e leve como de algo roçando seu rosto.

Todos os seus pensamentos com a dança foram esquecidos e seu medo foi substituído por prazer e assombro.

Era a terceira vez na vida que ele a via.

— Olha, Silas, está nevando! — disse ele, a alegria enchendo seu peito e sua cabeça, sem deixar espaço para mais nada.

— É neve de verdade!

INTERLÚDIO

A convocação

Um pequeno cartaz no saguão do hotel anunciava que o Salão Washington estava ocupado naquela noite por um evento particular, embora não houvesse nenhuma informação sobre que tipo de evento seria. Na verdade, se você olhasse os ocupantes do Salão Washington naquela noite, não teria uma ideia muito clara do que acontecia por ali, embora uma relanceada lhe dissesse que não havia mulheres no grupo. Todos eram homens, isto estava bem claro, e sentavam-se às mesas redondas de jantar, terminando a sobremesa.

Havia cerca de cem deles, todos de ternos pretos e sóbrios, e era só o terno que tinham em comum. Os cabelos eram brancos, ou escuros, ou louros, ou ruivos, ou não havia cabelo nenhum. Tinham rostos simpáticos ou inamistosos, prestativos ou rabugentos, receptivos ou reservados, cruéis ou sensíveis. A maioria tinha a pele rosada, mas havia

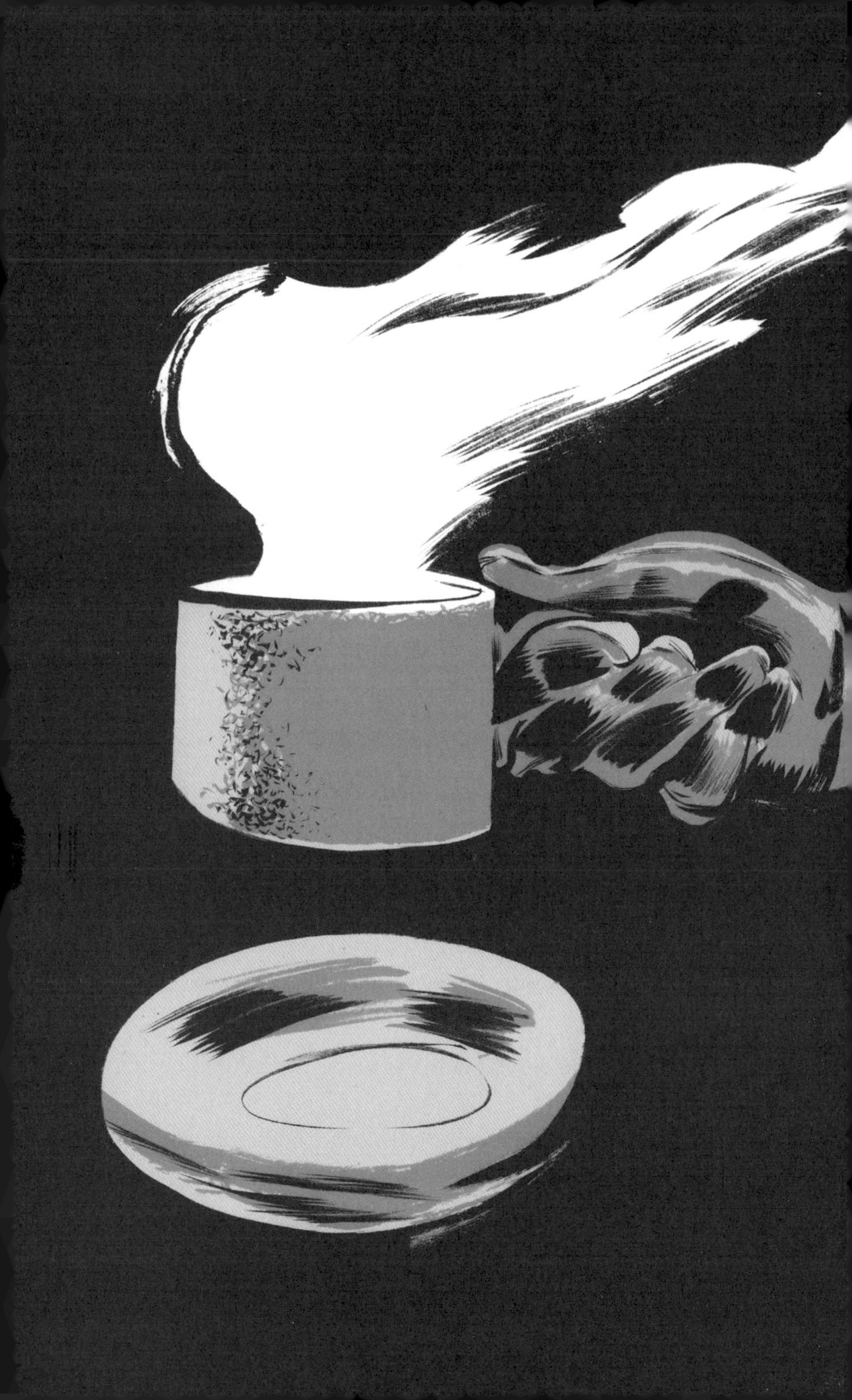

homens de pele negra e marrom. Eram europeus, africanos, indianos, chineses, sul-americanos, filipinos, americanos. Todos falavam inglês quando se dirigiam aos companheiros ou aos garçons, mas os sotaques eram tão variados quanto os cavalheiros. Vinham de toda a Europa e de todo o mundo.

Os homens de terno preto sentavam-se a suas mesas enquanto num palco um deles, um homem grande e animado de fraque, como se tivesse acabado de vir de um casamento, anunciava as Boas Ações Realizadas. Crianças de lugares pobres que ganharam férias exóticas. Um ônibus que foi comprado para levar necessitados em excursões.

O homem chamado Jack sentava-se à mesa da frente, no meio do salão, ao lado de um homem elegante de cabelos de um branco prateado. Esperavam pelo café.

– O tempo não para – disse o homem de cabelos prateados – e nenhum de nós fica mais novo com isso.

O homem chamado Jack disse:

– Eu andei pensando. Aquela história em San Francisco quatro anos atrás...

– Foi falta de sorte, mas, como as flores que brotam na primavera, trá-lá-lá, não tem rigorosamente nada a ver com o caso. Você falhou, Jack. Devia ter cuidado de todos eles. Isso incluía o bebê. Especialmente o bebê. *Quase* é uma palavra que só serve para o jogo das ferraduras e para granadas de mão.

Um garçom de paletó branco serviu café a cada um dos homens na mesa: um baixinho de bigode preto e fino, um louro alto, bem-apessoado o bastante para ser astro de cinema ou modelo, e um moreno com uma cabeça imensa que olhava o mundo como um touro furioso. Esses homens faziam questão de não ouvir a conversa de Jack e prestavam atenção ao orador, até batendo palmas de vez em quando. O homem de cabelos prateados colocou várias colheres cheias de açúcar no café e mexeu animadamente.

– *Dez anos* – disse ele. – O tempo e a maré não esperam por homem nenhum. O bebê logo será adulto. E então?

– Ainda tenho tempo, sr. Dandy – começou o homem chamado Jack, mas o homem de cabelos prateados o interrompeu, apontando-lhe um dedo rosa e grande.

– Você *teve* tempo. Agora, tem um prazo limite. Precisa ficar esperto. Não suportaremos mais negligências, não podemos mais. Estamos enjoados de esperar, cada um de nós.

O homem chamado Jack assentiu brevemente.

– Tenho pistas a seguir – disse ele.

O homem de cabelos prateados bebeu o café forte.

– É mesmo?

– É mesmo. E, repito, creio que está relacionado com o problema que tivemos em San Francisco.

– Você discutiu isso com o secretário? – O sr. Dandy indicou o homem no palco, que naquele momento contava a todos sobre o equipamento hospitalar comprado no ano anterior graças à generosidade deles. ("Não um, nem dois, mas *três* aparelhos de diálise renal", dizia ele. Os homens no salão aplaudiram-se mútua e discretamente por sua generosidade.)

O homem chamado Jack assentiu.

— Eu toquei no assunto.

— E?

— Ele não se interessou. Só quer resultados. Quer que eu termine o que comecei.

— Todos nós queremos, meu caro — disse o homem de cabelos prateados. — O menino ainda está vivo. E o tempo não é mais nosso amigo.

Os outros homens na mesa, que fingiam não ouvir, grunhiram e assentiram sua aquiescência.

— Como eu disse — falou o sr. Dandy, sem emoção. — O tempo não para.

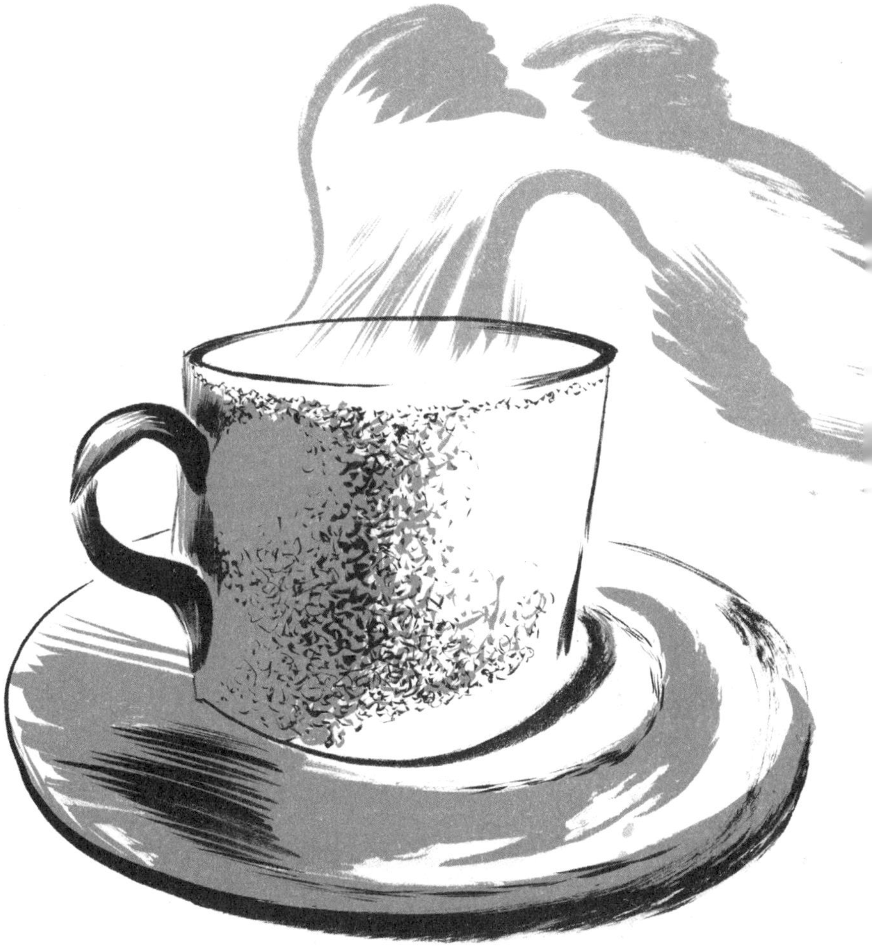

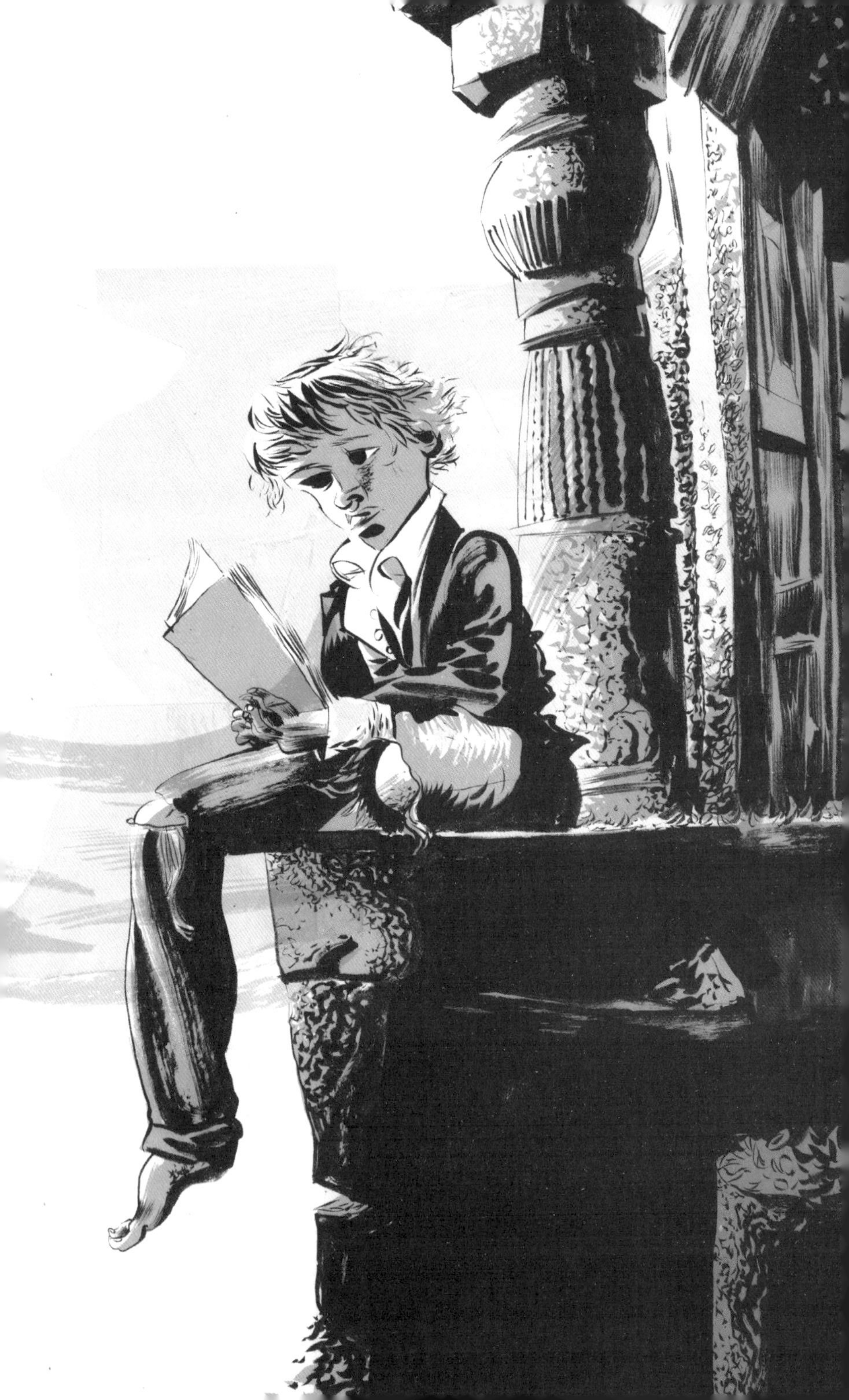

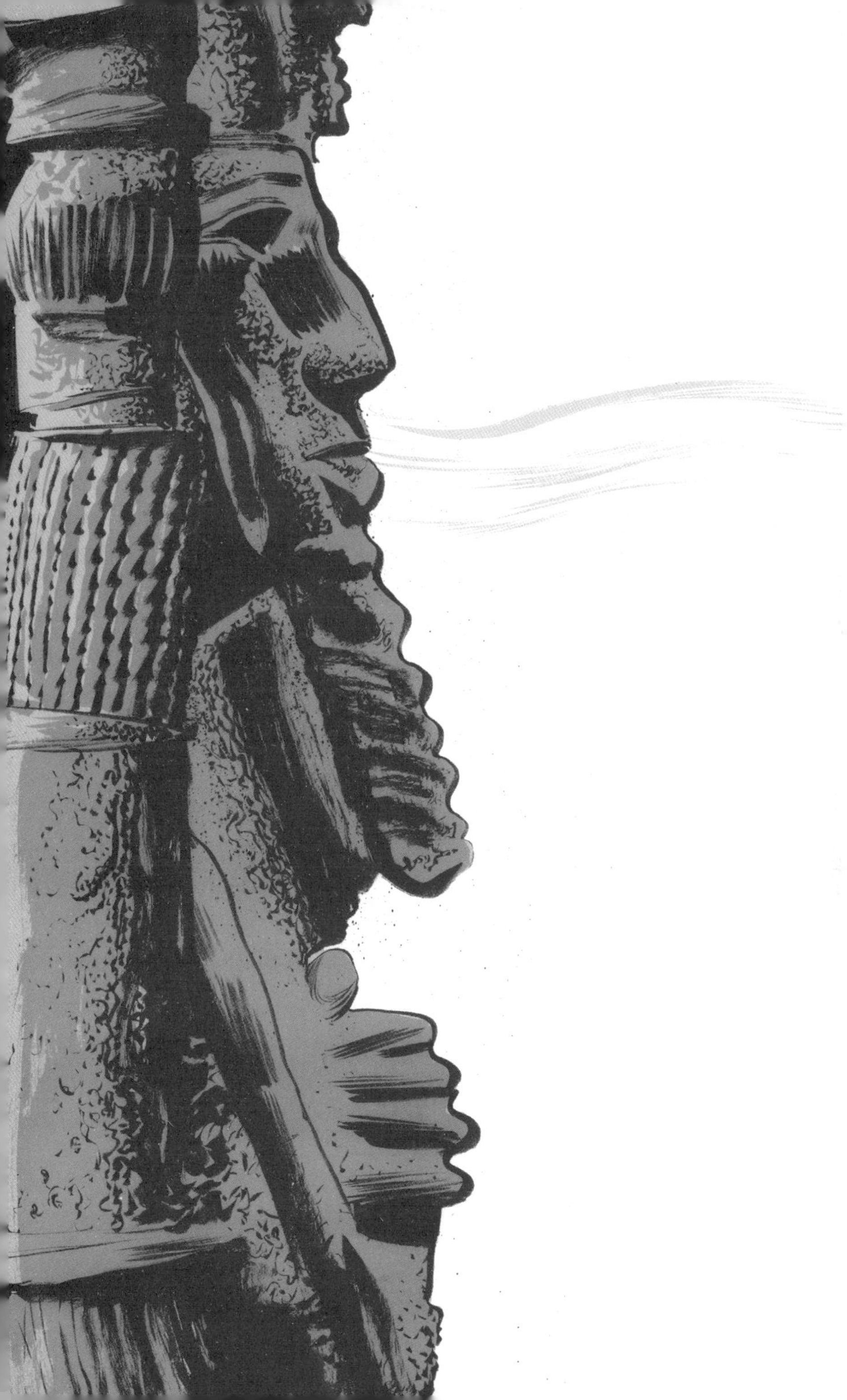

CAPÍTULO SEIS

Os tempos de escola de Ninguém Owens

Chuva no cemitério e o mundo empoçado em reflexos borrados. Nin sentado, escondido de todos, vivos ou mortos, que pudessem procurar por ele, sob o arco que separava do resto do cemitério o Passeio Egípcio e o descampado noroeste além dele, lia seu livro.

— Maldição! — Veio um grito ao longe no caminho. — Maldito seja, e malditos sejam seus olhos! Quando eu o pegar... e verá que pegarei... farei com que se arrependa do dia em que nasceu!

Nin suspirou e baixou o livro, curvando-se o bastante para ver Thackeray Porringer (1720-1734, *Filho do Supracitado*) vir batendo os pés pelo caminho escorregadio. Thackeray era um menino grandalhão — tinha catorze anos quando morreu, logo após sua iniciação como aprendiz de um mestre pintor: recebeu oito pennies de cobre e recebeu a ordem de não voltar sem meio galão de tinta listrada de vermelha e branca para pintar postes de barbeiro. Thackeray passou cinco horas sendo mandado por toda a cidade numa manhã lamacenta de janeiro, sendo ridicularizado em cada estabelecimento que visitava e enviado ao seguinte; quando percebeu que o fizeram de bobo, teve uma crise furiosa de apoplexia, que durou uma semana, e morreu olhando furiosamente os outros aprendizes e até o sr. Horrobin, o mestre pintor, que suportara coisa muito pior quando *ele* era aprendiz e não entendia o porquê de toda aquela algazarra.

Assim Thackeray Porringer morreu furioso, agarrado a seu exemplar de *Robinson Crusoé,* que era tudo o que possuía, além de uma moeda de prata de seis pences com as bordas recortadas e as roupas com que havia acordado, e a pedido da mãe foi enterrado com seu livro. A morte não melhorou o mau gênio de Thackeray Porringer e agora ele gritava.

– Sei que está aí em algum lugar! Saia e receba seu castigo, seu, seu ladrão!

Nin fechou o livro.

– Não sou ladrão, Thackeray. Só peguei emprestado. Prometo que vou devolver quando terminar.

Thackeray olhou para cima, viu Nin aninhado atrás da estátua de Osíris.

Eu disse para não pegar!

Nin suspirou.

– Mas aqui tem tão poucos livros. E agora cheguei a uma parte boa. Ele acaba de encontrar uma pegada. Não é dele. Isso quer dizer que tem mais alguém na ilha!

– O livro é meu – disse Thackeray Porringer, obstinado. – Devolva.

Nin estava pronto para discutir ou simplesmente negociar, mas viu o olhar de mágoa em Thackeray e cedeu. Desceu da lateral do arco, pulando a curta distância que restava. Estendeu o livro.

– Tome.

Thackeray o pegou rudemente e o fuzilou com os olhos.

– Eu podia ler para você – ofereceu-se Nin. – Posso fazer isso.

– Você pode é ferver essa sua cabeça gorda – disse Thackeray e meteu um murro na orelha de Nin. O soco pegou e doeu, embora, a julgar pelo olhar de Thackeray Porringer, Nin tenha percebido que deve ter doído no punho dele tanto quanto em Nin.

O menino maior desceu o caminho pisando duro e Nin o observou ir, a orelha doendo, os olhos ardendo. Depois andou pela chuva até o caminho coberto da hera traiçoeira. A certa altura, escorregou e raspou o joelho, rasgando os jeans.

Havia uma alameda de salgueiros ao lado do muro e Nin quase esbarrou na srta. Euphemia Horsfall e em Tom Sands, que andavam juntos há muitos anos. Tom fora enterrado há tanto tempo que sua lápide era apenas uma pedra engastada, e tinha vivido e morrido durante a Guerra dos Cem Anos com a França, enquanto a srta. Euphemia (1861-1883, *Ela Dorme, Sim, Mas Dorme com os Anjos*) fora enterrada na era vitoriana, depois que o cemitério fora expandido e se tornara um empreendimento comercial de sucesso por cerca de cinquenta anos. Ela possuía todo um mausoléu só para si, atrás de uma porta escura no Passeio do Salgueiro. Mas o casal parecia não ter problemas com a diferença em seus períodos históricos.

— Precisa andar devagar, jovem Nin — disse Tom. — Vai acabar se machucando.

— Já se machucou — disse a srta. Euphemia. — Ah, Nin, querido. Não tenho dúvidas de que sua mãe terá de lhe passar um sermão por isso. Não podemos consertar essas calças.

— Hummm. Desculpe — disse Nin.

— E seu guardião estava procurando por você — acrescentou Tom.

Nin olhou o céu cinzento.

— Mas ainda é dia — disse.

— Ele acordou em tempo — disse Tom com uma expressão que, Nin sabia, significava *cedo* — e disse para falar com você que queria vê-lo. Se o encontrássemos.

Nin assentiu.

— Há avelãs maduras no bosque pouco depois do monumento a Littlejohns — disse Tom com um sorriso, como se atenuasse um golpe.

— Obrigado — disse Nin. E disparou atabalhoadamente pela chuva e desceu o caminho sinuoso para os declives mais baixos do cemitério, correndo até chegar à antiga capela.

A porta da capela estava aberta e Silas, que não gostava de chuva nem dos últimos raios da luz do dia, estava de pé dentro dela, nas sombras.

— Soube que está procurando por mim — disse Nin.

— Sim — disse Silas. — Parece que rasgou suas calças.

— Eu estava correndo – disse Nin. – Humm. Tive uma briguinha com Thackeray Porringer. Eu queria ler *Robinson Crusoé*. É um livro sobre um homem num barco... É uma coisa que anda no mar, que é feito uma poça imensa de água... E o barco naufraga numa ilha, que é um lugar no mar onde você pode ficar e...

Silas disse:

— Já faz onze anos, Nin. Onze anos que está conosco.

— É verdade – disse Nin. – Se você diz.

Silas olhou para seu protegido. O menino era magro e o cabelo cor de rato tinha escurecido um pouco com o tempo.

Dentro da antiga capela, só existiam sombras.

— Acredito – disse Silas – que está na hora de conversar sobre sua origem.

Nin respirou fundo.

— Não precisa ser agora. Não se você não quiser. – Nin disse isso com a maior tranquilidade que pôde, mas seu coração martelava no peito.

Silêncio. Só o bater da chuva e o correr da água nos canos de drenagem. Um silêncio que se estendeu até Nin achar que ia estourar.

Silas disse:

— Você sabe que é diferente. Que é vivo. Que trouxemos você para cá... *Eles* o trouxeram para cá... E que eu concordei em ser seu guardião.

Nin não disse nada.

Silas continuou em sua voz de veludo.

– Você tinha pais. Uma irmã mais velha. Eles foram mortos. Creio que você também teria sido morto e que não teria a menor chance se não fosse pela intervenção dos Owens.

– E a sua – disse Nin, que com o passar dos anos ouvira a descrição daquela noite por muitas pessoas, algumas que ainda estavam lá. Aquela foi uma grande noite no cemitério.

Silas disse:

– Lá fora, o homem que matou sua família ainda procura por você, segundo creio, ainda pretende matá-lo.

Nin deu de ombros.

– E daí? – disse ele. – É só a morte. Quer dizer, todos os meus melhores amigos estão mortos.

– Sim. – Silas hesitou. – Estão. E eles, na maior parte, acabaram para o mundo. Você, não. Você está *vivo*, Nin. Isso quer dizer que tem potencial infinito. Pode fazer qualquer coisa, construir qualquer coisa, sonhar qualquer coisa. Se mudar o mundo, o mundo mudará. Potencial. Depois que estiver morto, acabou-se. Foi-se. Você fez o que fez, sonhou seus sonhos, escreveu seu nome. Pode ser enterrado aqui, pode até andar. Mas o potencial foi encerrado.

Nin pensou nisso. Parecia quase verdade, embora ele pudesse pensar em exceções – seus pais adotivos, por exemplo. Mas os mortos e os vivos eram diferentes, ele sabia disso, mesmo que ele simpatizasse mais com os mortos.

– E você? – perguntou ele a Silas.

– O que tem eu?

– Bom, você não está vivo. E anda por aí e faz coisas.

– Eu – disse Silas – sou precisamente o que sou, e nada mais. Como você diz, não estou vivo. Mas, se eu terminar, simplesmente deixarei de ser. Minha espécie ou *é* ou não *é*. Espero que esteja entendendo.

– Pra falar a verdade, não.

Silas suspirou. A chuva passara e o pôr do sol nublado transformara-se num verdadeiro crepúsculo.

– Nin – disse ele –, existem muitos motivos para que seja importante manter você seguro.

Nin disse:

– A pessoa que feriu minha família. Aquela que quer me matar. Você tem certeza de que ainda está por aí? – Esta era uma coisa em que ele pensava já havia um bom tempo, e ele sabia o que queria.

– Sim. Ele ainda está por aí.

– Então – disse Nin, e disse o indizível –, quero ir a uma escola.

Silas ficou imperturbável. O mundo podia acabar e ele não teria um fio de cabelo fora do lugar. Mas agora sua boca se abriu e a testa se franziu, e ele disse apenas:

– Como é?

– Eu aprendi muito neste cemitério – disse Nin. – Posso Sumir e posso Assombrar. Posso abrir um portal ghoul e conheço as constelações. Mas existe um mundo lá fora, com o mar, e ilhas, e naufrágios e porcos. Quer dizer, está cheio de coisas que não conheço. E os professores aqui me ensinaram muita coisa, mas preciso de mais. Se um dia tiver de sobreviver lá fora.

Silas não pareceu se deixar impressionar.

– Está fora de cogitação. Aqui podemos manter você em segurança. Como o manteríamos seguro lá fora? Lá fora, qualquer coisa pode acontecer.

– Sim – concordou Nin. – Está é a coisa potencial de que estava falando. – Ele silenciou. – Alguém matou minha mãe, meu pai e minha irmã.

– Sim. Alguém matou.

– Um homem?

– Um homem.

– Isso quer dizer – disse Nin – que você está fazendo a pergunta errada.

Silas ergueu uma sobrancelha.

– Como assim?

– Bom – disse Nin. – Se eu for lá fora, no mundo, a pergunta não é "quem vai me manter seguro dele?".

– Não?

– Não. É "quem vai mantê-lo seguro de mim?".

Galhos rasparam as janelas altas, como se precisassem entrar. Silas deu um peteleco em um grão de poeira imaginário de sua manga com uma unha afiada como navalha.

– Precisamos encontrar uma escola para você – disse ele.

Ninguém deu pela presença do menino, não no início. E ninguém sequer percebeu que não deu pela presença dele. Ele se sentava meio no fundo da sala. Não respondia muito, a não ser que fizessem uma pergunta diretamente a ele, e mesmo assim suas respostas eram curtas e esquecíveis, sem cor: ele sumia, na mente e na memória.

– Acha que a família dele é religiosa? – perguntou o sr. Kirby, na sala dos professores. Ele corrigia os trabalhos dos alunos.

– A família de quem? – perguntou a sra. McKinnon.

– Owens, da Oito B – disse o sr. Kirby.

– O sujeito alto e sardento?

– Acho que não. Mais para estatura mediana.

A sra. McKinnon deu de ombros.

– O que tem ele?

– Escreve tudo à mão – disse o sr. Kirby. – Numa linda caligrafia. Que antigamente se chamava *copperplate*.

– E isso o torna religioso porque...?

– Ele diz que eles não têm computador.

– E?

– Ele nem tem telefone.

– Não entendo por que isso o torna religioso – disse a sra. McKinnon, que passara a fazer crochê quando proibiram fumar na sala dos professores, e estava sentada fazendo um manto de bebê para ninguém em particular.

O sr. Kirby deu de ombros.

– Ele é um sujeito inteligente – disse ele. – Apenas há coisas que ele não sabe. E em história, ele se lança em detalhes inventados, coisas que não estão nos livros...

– Que tipo de coisas?

O sr. Kirby terminou de corrigir o trabalho de Nin e o baixou na pilha. Sem nada imediatamente diante dele, toda a questão parecia vaga e sem importância.

— Coisas — disse ele, e se esqueceu do assunto. Assim como tinha se esquecido de colocar o nome de Nin na lista de chamada. Exatamente como o nome de Nin não seria encontrado no banco de dados da escola.

O menino era um aluno modelo, esquecível e facilmente esquecido, e passava grande parte do tempo livre nos fundos da sala de inglês, onde havia prateleiras de antigos livros em brochura, e na biblioteca da escola, uma sala grande, cheia de livros e poltronas antigas, onde lia histórias com o mesmo entusiasmo com que algumas crianças comiam.

Até as outras crianças se esqueciam dele. Não quando ele estava sentado diante delas, então, elas se lembravam. Mas quando aquele menino Owens estava fora de vista, ficava fora da mente. Nem pensavam nele. Não precisavam pensar. Se alguém pedisse a todas as crianças da turma Oito B para fechar os olhos e relacionar os vinte e cinco meninos e meninas da turma, aquele Owens não estaria na lista. Sua presença era quase espectral.

É claro que era diferente se ele estivesse presente.

Nick Farthing tinha doze anos, mas podia passar — e às vezes passava — por um menino de dezesseis: um garoto grande com um sorriso torto e pouca imaginação. Era prático, de um jeito básico, um ladrãozinho de loja eficiente e criminoso ocasional, que não se importava de não ser apreciado desde que as outras crianças, todas menores, fizessem o que ele mandasse. De qualquer modo, ele tinha uma amiga. O nome era Maureen Quilling, mas todos a chamavam de Mo; ela era magra, tinha pele clara e cabelo amarelo-claro, olhos azuis aquosos e um nariz pontudo e inquisitivo. Nick gostava de roubar, mas Mo dizia a ele o que roubar. Nick podia bater, machucar e intimidar, mas Mo apontava as pessoas que precisavam ser intimidadas. Eles formavam, como Mo às vezes lhe dizia, uma dupla perfeita.

Eles estavam sentados no canto da biblioteca dividindo o dinheiro miúdo que tiraram de alunos da quinta série. Oito ou nove dos meninos de onze anos eram treinados para lhes entregar seus trocados toda semana.

– O garoto Singh ainda não cuspiu – disse Mo. – Vai ter que encontrá-lo.

– É – disse Nick –, ele vai pagar.

– O que foi que ele roubou? Um CD?

Nick assentiu.

– Só aponte o erro que ele cometeu – disse Mo, que queria parecer uma história policial da televisão.

– Tranquilo – disse Nick. – Somos uma boa dupla.

– Como Batman e Robin – disse Mo.

– Mais como Doutor Jekyll e Mister Hyde – disse alguém, que estava lendo, sem ser percebido, em um nicho da janela, e se levantou e atravessou a sala.

Paul Singh estava sentado em um peitoril perto do vestiário, as mãos fundas nos bolsos, com ideias sombrias. Tirou uma das mãos do bolso, abriu-a, olhou o punhado de moedas, sacudiu a cabeça, fechou a mão em volta das moedas mais uma vez.

– É isso que Nick e Mo estão querendo? – perguntou alguém, e Paul deu um salto, espalhando dinheiro por todo o chão.

O outro menino ajudou a pegar as moedas, entregando-as. Ele era mais velho e Paul pensou que o tinha visto antes, mas não tinha certeza. Paul disse:

– Você está com eles? Nick e Mo?

O outro menino sacudiu a cabeça.

– Não. Acho que são muito repulsivos. – Ele hesitou. Depois disse: – Na verdade, eu vim lhe dar um pequeno conselho.

– É?

– Não pague a eles.

– É fácil falar.

– Porque eles não estão me chantageando?

O menino olhou para Paul e Paul virou a cara, envergonhado.

– Eles batem em você ou ameaçam até que você roube um CD para eles. Depois eles te dizem que a não ser que entregue o dinheiro, eles vão te dedurar. O que eles fazem, filmam você agindo?

Paul assentiu.

– Simplesmente diga não – disse o menino. – Não faça isso.

– Eles vão me matar. E eles disseram...

– Diga a eles que você acha que a polícia e as autoridades da escola podem estar tão interessadas em uma dupla de crianças fazendo com que outras mais novas roubem para eles e depois as obriguem a entregar seu dinheiro, que nem se importariam com uma criança forçada a roubar um CD. Que se eles tocarem em você novamente, você vai chamar a polícia. E que você escreveu tudo isso, e se alguma coisa te acontecer, qualquer coisa, se ficar de olho roxo ou outra coisa qualquer, seus amigos automaticamente mandarão o que você escreveu para as autoridades da escola e a polícia.

Paul disse:

— Mas... Não posso.

— Então vai dar a eles seu dinheiro pelo resto de seu tempo na escola. E vai ficar com medo deles.

Paul pensou.

— Por que eu não conto à polícia de qualquer jeito? – perguntou ele.

— Pode contar, se preferir.

— Vou tentar do seu jeito primeiro – disse Paul. Ele sorriu. Não era um sorriso largo, mas era um sorriso, um sorriso de verdade, o primeiro em três semanas.

Assim Paul Singh explicou a Nick Farthing como e por que não pagaria mais nada a ele, e se afastou enquanto Nick Farthing ficou parado e não disse nada, cerrando e descerrando os punhos. E no dia seguinte outros cinco meninos de onze anos encontraram Nick Farthing no pátio e disseram que queriam seu dinheiro de volta, todas as moedas que entregaram no mês anterior, ou *eles* iam à polícia, e agora Nick Farthing era um jovem extremamente infeliz.

Mo disse:

— Foi *ele*. *Ele* começou. Se não fosse por ele... Eles nunca teriam pensado nisso sozinhos. É ele que precisa aprender uma lição. Depois todos vão se comportar.

— Quem? – disse Nick.

– Aquele que está sempre lendo. Aquele da biblioteca. Tim Owens. Ele.

Nick assentiu devagar. Depois disse:

– Como ele é?

– Vou apontar para você – disse Mo.

Nin estava acostumado a ser ignorado, a existir nas sombras. Quando os olhares naturalmente deslizam por você, você se torna muito consciente dos olhos e de olhares em sua direção, da atenção de alguém. E se você mal existe na mente das pessoas como outro ser vivo, depois de ser apontado, ser seguido por todo lado... Essas coisas não passam despercebidas.

Eles o seguiram pela escola e pela rua, passaram a banca de jornais da esquina e atravessaram a ponte ferroviária. Ele não teve pressa, certificando-se de que os dois que o seguiam, um menino fortão e uma menina de cara fina e loura, não o perdessem, depois entrou no minúsculo cemitério da igreja local no final da rua e esperou atrás do túmulo de Roderick Persson e sua esposa Amabella, e também sua segunda esposa, Portunia (*Eles Dormem para Despertar Outra Vez*).

– Você é aquele garoto – disse uma voz de menina. – Tim Owens. Bom, você está com um problemão, Tim Owens.

– Na verdade é Nin – disse Nin, e olhou para eles. – Com N. E vocês são Jekyll e Hyde.

– Foi você – disse a menina. – Você pegou os meninos da quinta série.

– Então vamos te ensinar uma lição – disse Nick Farthing, e sorriu sem humor nenhum.

– Gosto muito de lições – disse Nin. – Se prestassem mais atenção nas suas, não teriam de chantagear crianças mais novas para conseguir umas moedas.

A testa de Nick se franziu. Depois ele disse:

–Você está morto, Owens.

Nin sacudiu a cabeça e gesticulou, abrangendo o local.

– Na verdade não estou – disse ele. – *Eles* estão.

– Quem? – disse Mo.

– As pessoas deste lugar – disse Nin. – Olhem. Trouxe vocês aqui para lhes dar uma chance...

–Você não trouxe a gente aqui – disse Nick.

–Vocês estão aqui – disse Nin. – Eu queria que estivessem aqui. Eu vim para cá. Vocês me seguiram. Dá no mesmo.

Mo olhou em volta, nervosa.

–Você tem amigos aqui? – perguntou ela.

Nin disse:

–Acho que está se desviando do assunto. Vocês dois precisam parar com isso. Parem de se comportar como se todos os outros não importassem. Parem de machucar as pessoas.

Mo abriu um sorriso ríspido.

– Pelo amor de Deus – disse ela a Nick. – Bata nele.

– Eu te dei uma chance – disse Nin. Nick girou um punho cruel para Nin, que não estava mais ali, e o punho de Nick bateu na lateral de uma lápide.

– Pra onde ele foi? – disse Mo. Nick xingava e sacudia a mão. Ela olhou o cemitério escuro, desnorteada. – Ele estava aqui. Você sabe que estava.

Nick tinha pouca imaginação e não ia ser agora que começaria a pensar.

– Vai ver ele fugiu – disse ele.

– Ele não correu – disse Mo. – Só não está mais aqui. – Mo tinha imaginação. As ideias eram dela. O sol se punha em um cemitério sinistro e os pelos de sua nuca se eriçaram. – Alguma coisa está muito, muito errada mesmo – disse Mo. Depois ela falou, numa voz aguda de pânico: – Temos que dar o fora daqui.

– Vou encontrar aquele garoto – disse Nick Farthing. – Vou arrancar as tripas dele de tanta pancada. – Mo sentiu uma inquietude na boca do estômago. As sombras pareciam se mover em volta deles.

– Nick – disse Mo –, estou com medo.

O medo é contagiante. Pode pegar em você. Às vezes só é preciso alguém dizer que está com medo para o medo se tornar real. Mo estava apavorada, e agora Nick também estava.

Nick não disse nada. Só correu, e Mo correu em seus calcanhares. Eles corriam de volta ao mundo enquanto as luzes de rua se acendiam e o pôr do sol se transformava em noite, fazendo das sombras lugares escuros em que qualquer coisa podia estar acontecendo.

Eles correram até a casa de Nick, entraram e acenderam todas as luzes, e Mo ligou para a mãe e exigiu, quase chorando, que ela a pegasse e a levasse de carro pela curta distância até sua casa, porque ela não queria ir a pé naquela noite.

Satisfeito, Nin os observava correr.

– Essa foi boa, meu caro – disse alguém atrás dele, uma mulher alta de branco. – Um bom Sumiço, primeiro. Depois o Medo.

– Obrigado – disse Nin. – Eu nem tinha experimentado ainda o Medo com gente viva. Quer dizer, eu conhecia em teoria, mas... Bom.

– Funcionou muito bem – disse ela, animada. – Meu nome é Amabella Persson.

– Nin. Ninguém Owens.

– O menino *vivo*? Do cemitério grande da colina? É mesmo?

– Hummm. – Nin não tinha percebido que alguém sabia quem ele era fora de seu próprio cemitério. Amabella estava batendo na lateral do túmulo. – Roddy? Portunia? Venham ver quem está aqui!

Então havia três deles ali, Amabella apresentava Nin e ele trocava apertos de mãos e dizia: "Encantado, sem dúvida", porque ele podia cumprimentar as pessoas com educação apesar de novecentos anos de mudanças nas maneiras.

– O sr. Owens aqui estava assustando umas crianças que sem dúvida mereciam – explicava Amabella.

– Um bom espetáculo – disse Roderick Persson. – Malcriados culpados por comportamento repreensível, hein?

– Eles eram valentões – disse Nin. – Obrigavam crianças a entregar seu dinheiro. Coisas assim.

– Um Susto certamente é um bom começo – disse Portunia Persson, que era uma mulher robusta, muito mais velha do que Amabella. – E o que pretende fazer se não funcionar?

– Ainda não pensei bem nisso... – começou Nin, mas Amabella o interrompeu.

– Sugiro o Passeio nos Sonhos como um remédio eficiente. Você *sabe* Passear nos Sonhos, não sabe?

– Não sei bem – disse Nin. – O sr. Pennyworth me mostrou como fazer, mas eu na verdade... Bom, há coisas que só sei em teoria e...

Portunia Persson disse:

– O Passeio nos Sonhos é muito bom, mas posso sugerir uma boa Visita? É a única linguagem que essa gente entende.

– Oh – disse Amabella. – Uma Visita? Portunia, minha cara, não penso assim...

– Não, não pensa. Por sorte, *uma de nós* pensa.

– Tenho que ir para casa – disse Nin, apressado. – Vão ficar preocupados comigo.

"Claro", disse a família Persson, e "Foi um prazer conhecê-lo" e "Uma ótima noite para você, meu jovem". Amabella Persson e Portunia Persson se fuzilaram com os olhos. Roderick Persson disse:

– Se me permite perguntar, mas seu guardião. Ele está bem?

– Silas? Sim, está bem.

– Dê-lhe lembranças minhas. Receio que numa pequena igrejinha como esta, bem, jamais conheceremos um verdadeiro membro da Guarda de Honra. Ainda assim... É bom saber que eles estão aqui.

– Boa noite – disse Nin, que não fazia ideia do que o homem falava, mas arquivou para investigar mais tarde. – Vou dizer a ele.

Nin pegou a mochila de livros e foi para casa, reconfortando-se nas sombras.

Ir à escola com os vivos não eximia Nin de suas aulas com os mortos. As noites eram longas e às vezes Nin se desculpava e arrastava-se para a cama, exausto, antes da meia-noite. Na maioria das noites, ele simplesmente ia em frente.

O sr. Pennyworth tinha pouco a se queixar desses dias. Nin se esforçava muito e fazia perguntas. Nesta noite, Nin perguntou sobre Assombrações, ficando cada vez mais específico, o que exasperou o sr. Pennyworth, que jamais suportou esse tipo de coisa.

"Como exatamente faço um ponto frio no ar?" e "Acho que consegui fazer o Medo, mas como eu aumento tudo para o Terror?" E o sr. Pennyworth suspirou, bufou e fez o máximo para explicar, e eram quatro horas da manhã quando eles terminaram.

No dia seguinte, na escola, Nin estava cansado. A primeira aula era de história – uma matéria de que Nin gostava muito, embora costumasse resistir ao impulso de dizer que não tinha acontecido daquele jeito, não segundo as pessoas que estiveram lá –, mas nesta manhã Nin lutava para ficar acordado.

Ele fazia tudo o que podia para se concentrar na aula, então não prestava atenção em muita coisa que acontecia em volta. Pensava no rei Carlos I, e nos pais, no sr. e na sra. Owens, e na outra família, a que ele não lembrava, quando houve uma batida na porta. A turma e o sr. Kirby olharam para ver quem estava ali (era um aluno da quinta série, que fora mandado para pegar um livro). E enquanto eles viravam de volta, Nin sentiu uma coisa cravar nas costas de sua mão. Ele não gritou. Só olhou.

Nick Farthing sorriu duro para ele, com um lápis afiado em punho.

– Não tenho medo de você – sussurrou Nick Farthing. Nin olhou para a mão. Uma pequena gota de sangue se empoçava onde a ponta do lápis havia perfurado.

Mo Quilling passou por Nin no corredor naquela tarde, os olhos tão arregalados que ele podia ver o branco em volta deles.

– Você é esquisito – disse ela. – Não tem amigo algum.

– Não venho aqui para fazer amigos – disse Nin com sinceridade. – Venho aqui para aprender.

O nariz de Mo franziu.

– Sabe como *isso* é esquisito? – perguntou ela. – Ninguém vem à escola para *aprender*. Quer dizer, você vem porque tem que vir.

Nin deu de ombros.

– Não tenho medo de você – disse ela. – Mesmo com o truque que usou ontem. Você não me mete medo.

– Tudo bem – disse Nin, e andou pelo corredor.

Ele se perguntou se tinha cometido um erro, se envolvendo no problema. Tinha avaliado tudo mal, isso era certo. Mo e Nick começaram a falar dele, provavelmente os alunos da quinta série também. Outras crianças o olhavam, apontando. Ele estava se tornando uma presença, em vez de uma ausência, e isso o deixava pouco à vontade. Silas o alertara para ser discreto, disse-lhe para ir à escola parcialmente Sumido, mas tudo estava mudando.

Ele conversou com seu guardião naquela noite, contou toda a história. Não esperava pela reação de Silas.

– Não acredito – disse Silas – que você pôde ser tão... tão idiota. Tudo o que lhe falei sobre continuar deste lado da invisibilidade. E agora você virou assunto de fofoca na escola?

– Bom, o que você queria que eu fizesse?

– Não isso – disse Silas. – Não é como nos velhos tempos. Eles podem localizá-lo, Nin. Podem encontrar você. – O exterior inalterado de Silas era como uma crosta dura de pedra sobre lava derretida. Nin só sabia que Silas estava com raiva porque conhecia Silas. Ele parecia reprimir a raiva, controlando-a.

Nin engoliu em seco.

– O que vou fazer? – disse ele simplesmente.

– Não volte – disse Silas. – Essa história da escola foi uma experiência. Vamos simplesmente reconhecer que não deu certo.

Nin ficou em silêncio. Depois disse:

— Não é só pelo aprendizado. É outra coisa. Sabe como é bom estar numa sala cheia de pessoas e todas elas estarem respirando?

— Não é algo que me dê prazer — disse Silas. — Então. Você não voltará à escola amanhã.

— Eu *não* vou fugir. Não de Mo, Nick ou da escola. Prefiro ir embora daqui primeiro.

— Você fará o que mandarem, menino — disse Silas, um nó de raiva aveludada no escuro.

— Ou o quê? — disse Nin, o rosto ardendo. — O que vai fazer para me prender aqui? Me *matar*? — E ele girou nos calcanhares e desceu o caminho que leva aos portões e para fora do cemitério.

Silas começou a chamar o menino, depois parou e ficou ali, sozinho na noite.

Nos momentos mais amenos, a cara dele era indecifrável. Agora sua cara era um livro escrito em uma língua há muito esquecida, em um alfabeto que ninguém nunca imaginou. Silas envolveu-se nas sombras como num manto, começou a partir atrás do menino e por fim não o seguiu.

Nick Farthing estava em sua cama, dormindo e sonhando com piratas no mar azul ensolarado, quando tudo deu errado. Num momento ele era o capitão de seu próprio navio pirata — um lugar feliz, com uma tripulação obediente de meninos de onze anos, exceto pelas meninas, que eram todas um ou dois anos mais velhas do que Nick e estavam especialmente bonitas com seus trajes piratas — e no momento seguinte ele estava sozinho no convés, e um barco imenso e escuro, do tamanho de um petroleiro, com velas pretas esfarrapadas e um crânio como figura de proa, partia pela tempestade na direção dele.

E depois, como acontece nos sonhos, ele estava de pé no convés escuro do novo barco e alguém o olhava de cima.

– Você não tem medo de mim – disse o homem parado diante dele.

Nick olhou para cima. Ele *tinha* medo, em seu sonho, medo desse sujeito com cara de morto e roupa de pirata, a mão no punho de um cutelo.

– Acha que é um pirata, Nick? – perguntou seu captor, e de repente alguma coisa nele pareceu familiar a Nick.

– Você é aquele garoto – disse ele. – Tim Owens.

– Eu – disse seu captor – sou Ninguém. E você precisa mudar. Virar a página. Reformar-se. Tudo isso. Ou as coisas vão ficar muito ruins para você.

– Ruins como?

– Ruins na sua cabeça – disse o Rei Pirata, que agora era só o menino de sua turma, e eles estavam no corredor da escola, não no convés de um navio pirata, embora a tempestade não tivesse abrandado e o chão do corredor se inclinasse e rolasse como um barco no mar.

– Isto é um sonho – disse Nick.

– É claro que é um sonho – disse o outro menino. – Eu teria de ser uma espécie de monstro para fazer isso na vida real.

— O que você pode me fazer num sonho? — perguntou Nick. Ele sorriu. — Não tenho medo de você. Ainda está com meu lápis cravado na mão. — Ele apontou para as costas da mão de Nin, para a marca preta feita pela ponta de grafite.

— Eu tinha esperança de que não fosse assim — disse o outro menino. Ele tombou a cabeça de lado como se ouvisse alguma coisa. — Eles estão com fome — disse ele.

— Eles quem? — perguntou Nick.

— As coisas no porão. Ou convés inferior. Depende, se isso for uma escola ou um navio, não é?

Nick sentiu que entrava em pânico.

— Não são... aranhas... são? — disse ele.

— Pode ser — disse o outro menino. — Você vai descobrir, não vai?

Nick sacudiu a cabeça.

— Não — disse ele. — *Por favor,* não.

— Bom — disse o outro menino. — Tudo depende de você, né? Mude seu jeito de ser ou visite o porão.

O barulho ficou mais alto — uma correria, como um ruído de briga, e embora não fizesse ideia do que seria, Nick Farthing estava completa e inteiramente certo de que, fosse o que fosse, seria a coisa mais apavorante e terrível que encontrara na vida...

Acordou aos gritos.

Nin ouviu o grito, um grito de terror, e ficou satisfeito com o trabalho bem-feito.

Estava na calçada em frente à casa de Nick Farthing, a cara molhada pela névoa densa da noite. Estava alegre e exausto: mal sentiu que controlava o Passeio nos Sonhos, estivera consciente demais de que não havia nada no sonho além dele próprio e de Nick, e que Nick tivera medo apenas de um ruído.

Mas Nin estava satisfeito. O outro menino hesitaria antes de atormentar crianças menores.

E agora?

Nin pôs as mãos nos bolsos e começou a andar, sem ter certeza de onde ia. Ele sairia da escola, pensou, como tinha saído do cemitério. Iria para um lugar em que ninguém o conhecesse e se sentaria numa biblioteca o dia todo, lendo livros e ouvindo as pessoas respirando. Ele se perguntou se ainda haveria ilhas desertas no mundo, como aquela em que naufragou Robinson Crusoé. Ele poderia viver numa delas.

Nin não levantou a cabeça. Se tivesse levantado, teria visto um par de olhos azuis aquosos observando-o atentamente de uma janela de quarto.

Ele entrou numa viela, sentindo-se mais à vontade longe da luz.

– Então está fugindo, hein? – disse uma voz de menina. Nin não disse nada.

– Esta é a diferença entre os vivos e os mortos, né? – disse a voz. Era Liza Hempstock falando, Nin sabia, embora a garota-bruxa não estivesse em lugar nenhum à vista. – Os mortos não o decepcionam. Eles tiveram sua vida, fizeram o que fizeram. Nós não mudamos. Os vivos, eles sempre o decepcionam, não é? Você conhece um menino que é todo coragem e nobreza, e ele cresce e foge.

— Isso não é justo! — disse Nin.

— O Ninguém Owens que eu conheço não fugiria do cemitério sem ao menos se despedir dos que gostam dele. Você vai magoar muito a sra. Owens.

Nin não tinha pensado nisso.

— Eu briguei com Silas.

— E daí?

— Ele quer que eu volte para o cemitério. Que pare de ir à escola. Ele acha que é perigoso demais.

— Por quê? Com seus talentos e meus encantamentos, eles mal vão dar pela sua presença.

— Eu me meti num problema. Tinha umas crianças atormentando outras. Eu queria que elas parassem. Chamei atenção para mim...

Liza agora podia ser vista, uma forma nevoenta na viela acompanhando Nin.

— Ele está aqui fora, em algum lugar, e quer você morto — disse ela. — Aquele que matou sua família. Nós, no cemitério, queremos que você fique vivo. Queremos que você nos surpreenda, nos decepcione, nos impressione e nos maravilhe. Volte para casa, Nin.

— Eu acho... Eu disse umas coisas a Silas. Ele vai ficar zangado.

— Se ele não gostasse de você, você não o teria aborrecido. — Foi só o que ela disse.

As folhas de outono caídas estavam escorregadias sob os pés de Nin e a neblina toldava a borda do mundo. Nada era tão evidente como ele pensara alguns minutos antes.

– Eu fiz um Passeio nos Sonhos – disse ele.

– Como foi?

– Foi bom – disse ele. – Bom, saiu tudo bem.

– Devia contar ao sr. Pennyworth. Ele vai ficar contente.

– Tem razão – disse ele. – Devia mesmo.

Ele chegou ao final da viela e, em vez de virar à direita, como tinha planejado, e partir para o mundo, entrou à esquerda, na High Street, a rua que o levaria de volta à Dunstan Road e ao cemitério na colina.

– Que foi? – disse Liza Hempstock. – O que está fazendo?

– Indo para casa – disse Nin. – Como você disse.

Agora havia as luzes das lojas. Nin podia sentir a gordura quente da lanchonete da esquina. As pedras da calçada cintilavam.

– Que bom – disse Liza Hempstock, agora só uma voz de novo. Depois a voz disse: – Corra! Ou Suma! Tem alguma coisa errada!

Nin estava prestes a dizer que não havia nada de errado, que ela estava sendo boba, quando um carro grande com uma luz que piscava no alto apareceu acelerando pela rua e parou diante dele.

Dois homens saíram do carro.

– Com licença, meu jovem – disse um dos homens. – Polícia. Posso perguntar o que está fazendo na rua tão tarde da noite?

– Eu não sabia que existia uma lei contra isso – disse Nin.

O maior dos policiais abriu a porta traseira do carro.

– Foi este o jovem que viu, senhorita? – disse ele.

Mo Quilling saiu do carro, olhou para Nin e sorriu.

– Foi ele mesmo – disse ela. – Estava no nosso quintal quebrando coisas. E depois correu. – Ela fitou Nin nos olhos. – Eu te vi da janela do meu quarto – disse ela. – Acho que foi ele que andou quebrando janelas.

– Qual é o seu nome? – perguntou o policial mais baixo. Ele tinha um bigode ruivo.

– Ninguém – disse Nin. E depois: – Ow... – porque o policial ruivo pegou a orelha de Nin entre o polegar e o indicador e lhe deu um bom apertão.

– Não me venha com essa – disse o policial. – Apenas responda às perguntas com educação. Entendeu?

Nin não disse nada.

– Onde exatamente você mora? – perguntou o policial.

Nin não disse nada. Tentou Sumir, mas o Sumiço – mesmo quando incitado por uma bruxa – depende de a atenção das pessoas se desviar de você, e a atenção de todos – para não falar dc duas mãos grandes de autoridade – estavam nele.

Nin disse:

– Não podem me prender por não dizer meu nome e meu endereço.

– Não – disse o policial. – Não posso. Mas posso levar você para a delegacia até que nos dê o nome de um de seus pais, guardião, adulto responsável, a cujos cuidados possamos liberá-lo.

Ele pôs Nin no banco traseiro do carro, onde Mo Quilling estava sentada, com o sorriso na cara de um gato que tinha comido todos os canários.

– Eu vi você da minha janela – disse ela baixinho. – Então chamei a polícia.

– Eu não estava fazendo nada – disse Nin. – Nem estive no seu quintal. E por que eles trouxeram você para me encontrar?

– Silêncio aí atrás! – disse o policial grandão. Todos ficaram em silêncio até que o carro parou na frente da casa que devia ser de Mo. O policial grandão abriu a porta para ela e Mo saiu.

– Vamos ligar amanhã, contar a sua mãe e seu pai o que descobrirmos – disse o policial grandão.

– Obrigada, tio Tam – disse Mo, e sorriu.

– Só estou cumprindo meu dever.

Eles rodaram pela cidade em silêncio, Nin tentando ao máximo Sumir, sem sucesso. Sentia-se enjoado e infeliz. Numa só noite, tivera sua primeira briga de verdade com Silas, tentou fugir de casa, não conseguiu fugir e agora não conseguia voltar para casa. Não podia contar à polícia onde morava, nem seu nome. Ele passaria o resto da vida numa cela de delegacia, ou em uma prisão para crianças. "Será que eles têm prisão para crianças?", ele não sabia.

– Com licença? Existem prisões para crianças? – perguntou ele aos homens do banco da frente.

— Agora está ficando preocupado, né? – disse o tio Tam de Mo. – Não o culpo. Ah, crianças. Sempre tresloucadas. Alguns de vocês precisam mesmo ser trancafiados, vou te contar.

Nin não sabia se isso era um sim ou um não. Olhou pela janela do carro. Algo imenso voava pelo ar, acima do carro e para um lado, algo mais escuro e maior do que a maior ave possível. Algo do tamanho de um homem que tremeluzia e palpitava enquanto se movia, como o voo circular de um morcego.

O policial ruivo disse:

— Quando chegarmos à delegacia, é melhor dar seu nome, nos dizer para quem telefonar para vir buscar você, vamos dizer a eles que lhe demos uma bronca, eles podem levar você para casa. Entendeu? Você coopera, nós temos uma noite tranquila, menos papelada para todos. Somos seus amigos.

— Está facilitando demais para ele. Uma noite no xadrez não é assim tão ruim – disse o policial grandão ao amigo. Depois olhou para Nin e disse: – A não ser que seja uma noite movimentada e que tenhamos de colocar você com uns bêbados. *Eles* podem ser bem desagradáveis.

Nin pensou: "Ele está mentindo! Estão fazendo isso de propósito, o simpático e o durão..."

Depois a viatura policial virou uma esquina e houve um *tump!*. Algo grande rolou no capô do carro e foi derrubado no escuro. Um guincho de freios enquanto o carro parava e o policial ruivo começou a xingar em voz baixa.

– Ele apareceu correndo pela rua! – disse. – Você viu!

– Não sei bem o que vi – disse o policial grandão. – Mas você bateu em alguma coisa.

Eles saíram do carro, apontando as lanternas. O policial ruivo disse:

– Ele estava de preto! Não dava para ver.

– Ele está bem aqui – gritou o policial grandão. Os dois homens correram até o corpo no chão, segurando as lanternas.

Nin experimentou as maçanetas da porta do banco de trás. Não funcionavam. E havia uma grade de metal entre a traseira e a frente. Mesmo que Sumisse, ainda estava preso na traseira de uma viatura policial.

Ele se inclinou ao máximo, espremendo-se para ver o que tinha acontecido, o que estava na rua.

O policial ruivo estava agachado ao lado de um corpo, olhando para ele. O outro, o grandão, estava de pé, lançando a luz da lanterna na cara dele.

Nin olhou a cara do corpo caído – depois começou a bater na janela, freneticamente, desesperado.

O policial grandão veio até o carro.

– Que foi? – disse ele, irritado.

– Você atropelou... meu pai – disse Nin.

– Está brincando.

– Parece ele – disse Nin. – Posso ver direito?

Os ombros do policial grandão arriaram.

– Ei! Simon, o garoto diz que é o pai dele.

– Deve estar de sacanagem comigo.

— Acho que ele fala sério. — O policial grandão abriu a porta e Nin saiu.

Silas estava esparramado de costas, no chão, onde o carro o havia atingido. Estava mortalmente imóvel.

Os olhos de Nin arderam.

Ele disse:

— Pai?

Depois disse:

— Você o matou. — Ele não estava mentindo, disse a si mesmo; não estava mesmo.

— Chamei uma ambulância — disse Simon, o policial de bigode ruivo.

— Foi um acidente — disse o outro.

Nin se agachou ao lado de Silas e apertou sua mão fria. Se eles já chamaram uma ambulância, não havia muito tempo. Ele disse:

— Então é o fim da sua carreira.

— Foi um acidente... Você viu!

— Ele simplesmente apareceu...

— O que eu vi — disse Nin — foi que você concordou em fazer um favor a sua sobrinha e assustou uma criança com quem ela estava brigando na escola. Então você me prendeu sem mandado por ser tarde demais, e depois, quando meu pai correu pela rua para tentar impedi-lo ou descobrir o que estava acontecendo, você o atropelou de propósito.

— Foi um acidente! — repetiu Simon.

— Você estava brigando com Mo na escola? — disse o tio Tam de Mo, mas não parecia muito convencido.

— Nós dois somos da turma Oito B da Escola da Cidade Velha — disse Nin. — E você matou meu pai.

Longe, ele podia ouvir a sirene.

— Simon — disse o grandão —, temos de conversar sobre isso.

Eles foram para o outro lado do carro, deixando Nin sozinho nas sombras com Silas caído. Nin podia ouvir os dois policiais discutindo acaloradamente — "Sua maldita sobrinha!", foi usado, assim como "Se *você* estivesse de olho na rua!". Simon meteu o dedo no peito de Tam...

Nin sussurrou:

— Eles não estão olhando. Agora. — E ele Sumiu.

Houve um redemoinho de escuridão mais funda e o corpo no chão estava de pé ao lado dele.

Silas disse:

— Vou levar você para casa. Coloque os braços em meu pescoço.

Nin obedeceu, segurando-se com força em seu guardião, e eles mergulharam na noite, indo para o cemitério.

— Desculpe — disse Nin.

— Eu também peço desculpas — disse Silas.

— Doeu? — perguntou Nin. — Deixar o carro bater em você desse jeito?

— Sim — disse Silas. — Você deve agradecer à sua amiguinha bruxa. Ela me procurou, contou que você estava com problemas, em que tipo de problema tinha se metido.

Eles pousaram no cemitério. Nin olhou sua casa como se fosse a primeira vez que a via. E disse:

— O que aconteceu esta noite foi idiotice, não foi? Quer dizer, eu coloquei as coisas em risco.

– Mais do que você imagina, meu jovem Ninguém Owens. Sim.

– Você tinha razão – disse Nin. – Não vou voltar. Não para aquela escola, e não desse jeito.

Maureen Quilling teve a pior semana de sua vida: Nick Farthing não falava mais com ela; o tio Tam gritou com ela por causa da história do garoto Owens, depois disse para não falar nada sobre aquela noite com ninguém, porque ele podia perder o emprego e ele não queria estar na pele dela se isso acontecesse; seus pais estavam furiosos com ela; ela se sentia traída pelo mundo; nem os alunos da quinta série tinham mais medo dela. Era podre. Ela queria ver aquele garoto Owens, que ela culpava por tudo o que acontecera com ela até agora, se retorcendo numa agonia deprimente. Se ele achava que ser *preso* era ruim... E depois ela bolou esquemas elaborados de vingança em sua cabeça, complexos e cruéis. Eram a única coisa que a fazia se sentir melhor, e nem eles ajudavam de verdade.

Se havia um trabalho que dava arrepios em Mo, era limpar o laboratório de ciências – guardar os bicos de Bunsen, averiguar se todos os tubos de ensaio, placas de Petri, filtros de papel não usados e semelhantes tinham sido colocados em seus lugares. Ela só precisava fazer isso num sistema de rodízio estrito, uma vez a cada dois meses, mas por acaso naquele dia, na pior semana de sua vida, ela estaria no laboratório de ciências.

Pelo menos a sra. Hawkins, que dava aulas de ciências, estava lá, recolhendo trabalhos, guardando as coisas no final do dia. Tê-la ali, ter qualquer pessoa ali, era reconfortante.

– Está fazendo um bom trabalho, Maureen – disse a sra. Hawkins.

Uma cobra branca num vidro de conservante encarava cegamente as duas. Mo disse:

– Obrigada.

– Não devia haver dois de vocês? – perguntou a sra. Hawkins.

– Eu devia estar fazendo isso com o Owens – disse Mo. – Mas ele não tem vindo à escola.

A professora franziu a testa.

– De que turma ele era? – perguntou ela, distraída. – Ele não está na minha lista de chamada.

– Tim Owens. Cabelo castanho, meio comprido demais. Não fala muito. Ele deu o nome de todos os ossos do esqueleto no teste. Lembra?

– Na verdade, não – admitiu a sra. Hawkins.

– Tem que se lembrar! Ninguém se lembra dele! Nem mesmo o sr. Kirby!

A sra. Hawkins empurrou o resto dos papéis na bolsa e disse:

– Bem, agradeço por fazer isso sozinha, querida. Não se esqueça de limpar as bancadas antes de ir embora. – E saiu, fechando a porta.

O laboratório de ciências era antigo. Havia mesas de madeira longas e escuras com bicos de gás, torneiras e pias embutidas, e havia estantes de madeira escura que exibiam uma seleção de coisas em grandes frascos. As coisas que flutuavam nos frascos estavam mortas, foram mortas há muito tempo. Havia até um esqueleto humano amarelado num canto da sala: Mo não sabia se era real ou não, mas agora lhe dava arrepios.

Cada barulho que fazia ecoava naquela sala grande. Ela acendeu todas as luzes, até a luz do quadro branco, só para que o lugar ficasse menos assustador. A sala começou a ficar fria. Ela queria poder ligar o aquecedor. Foi até um dos grandes radiadores de metal e o tocou. Estava ardendo de quente. Ainda assim, ela tremia.

A sala estava vazia e inquietante em seu vazio, e Mo sentia que não estava só, como se estivesse sendo observada.

"Bom, é claro que estou sendo observada", pensou ela. "Cem coisas mortas em vidros olham para mim, para não falar do esqueleto." Ela olhou as prateleiras.

Foi quando as coisas mortas nos vidros começaram a se mexer. Uma cobra com olhos leitosos que nada viam se desenrolou em seu vidro cheio de álcool. Uma criatura do mar, espinhenta e sem cara, se retorceu e revirou em seu lar fluido. Um filhote de gato, morto há décadas, mostrou os dentes e meteu a pata no vidro.

Mo fechou os olhos. "Isso não está acontecendo", disse ela a si mesma. "Estou imaginando."

– Não estou assustada – disse ela em voz alta.

– Que bom – disse alguém, de pé nas sombras, perto da porta dos fundos. – Seria muito chato ficar assustada.

Ela disse:

— Nenhum dos professores se lembra de você.

— Mas você se lembra de mim — disse o menino, o arquiteto de todas as suas infelicidades.

Ela pegou um béquer de vidro e o atirou nele, mas sua mira foi ruim e o frasco se espatifou na parede.

— Como está o Nick? — perguntou Nin, como se nada tivesse acontecido.

— Você sabe como ele está — disse ela. — Ele nem fala mais comigo. Só fica de boca fechada em aula, vai para casa e faz o dever. Deve estar construindo modelos de trem.

— Que bom — disse ele.

— E você — disse ela — não vem à escola há uma semana. Você está ferrado, Tim Owens. A polícia apareceu outro dia. Estavam procurando por você.

— Isso me lembra uma coisa... Como está seu tio Tam? — disse Nin.

Mo não falou nada.

— De certa maneira — disse Nin —, você venceu. Estou deixando a escola. E de outras maneiras, não venceu nada. Você já foi assombrada, Maureen Quilling? Já se olhou no espelho se perguntando se os olhos que estão olhando são seus? Já se sentou numa sala vazia e percebeu que não estava sozinha? Não é agradável.

— Você vai me assombrar? — A voz dela tremia.

Nin não disse absolutamente nada. Só olhou para ela. No canto mais distante da sala, alguma coisa bateu: a bolsa de Mo tinha escorregado da cadeira para o chão e, quando ela olhou para trás, estava sozinha na sala. Ou, pelo menos, não havia ninguém que ela pudesse ver ali.

A volta para casa parecia muito longa e muito escura para Mo.

O menino e seu guardião estavam no alto da colina, olhando as luzes da cidade.

– Ainda dói? – perguntou o menino.

– Um pouco – disse o guardião. – Mas eu me curo rápido. Logo estarei bem, como sempre estive.

– Podia ter matado você? Se colocar na frente do carro?

O guardião sacudiu a cabeça.

– Há maneiras de matar pessoas como eu – disse ele. – Mas não envolvem carros. Eu sou muito velho e muito duro.

Nin disse:

– Eu *estava mesmo* errado, não é? Toda a ideia era fazer tudo sem que ninguém percebesse. E depois me envolvi com as crianças da escola, e então, de repente, tinha polícia e todo tipo de coisas. Porque fui egoísta.

Silas ergueu uma sobrancelha.

– Você não foi egoísta. Você precisa ficar em meio à sua própria gente. É muito compreensível. Só que é mais difícil lá fora, no mundo dos vivos, e não podemos proteger você com tanta facilidade, lá. Eu queria mantê-lo em completa segurança – disse Silas. – Mas só existe um lugar completamente seguro para sua espécie, e você só chegará lá depois que todas as suas aventuras terminarem e nada mais importar.

Nin passou a mão na lápide de Thomas R. Stout (1817-1851. *Profundamente pranteado por todos os que o conheciam*), sentindo o musgo esfarelar sob os dedos.

– Ele ainda está lá fora – disse Nin. – O homem que matou minha primeira família. Ainda preciso aprender sobre as pessoas. Vai me impedir de sair do cemitério?

– Não. Este foi um erro e nós dois aprendemos com ele.

– E então?

– Precisamos fazer o máximo para satisfazer seus interesses em histórias, nos livros e no mundo. Existem bibliotecas. Existem outras maneiras. E há muitas situações em que pode haver outros vivos perto de você, como no teatro ou no cinema.

– O que é isso? É como o futebol? Eu gostei de ver um jogo de futebol na escola.

– Futebol. Hummm. No meu tempo, estava meio no início – disse Silas. – Mas a srta. Lupescu pode levar você para ver uma partida de futebol na próxima vez em que ela vier aqui.

– Eu gostaria muito – disse Nin.

Eles começaram a descer a colina. Silas disse:

– Nós dois deixamos rastros e vestígios demais nas últimas semanas. Ainda estão te procurando, você sabe disso.

– Você já disse – disse Nin. – Como você sabe? E quem são *eles*? E o que querem?

Mas Silas só sacudiu a cabeça. Dali não sairia mais nada e, com isso, por ora, Nin tinha de se satisfazer.

CAPÍTULO SETE

Todos os homens chamados Jack

Silas esteve preocupado por vários meses. Começara a ficar fora do cemitério por dias, às vezes semanas de uma vez. No Natal, a srta. Lupescu passou três semanas no lugar de Silas e Nin dividiu com ela as refeições em seu pequeno apartamento na Cidade Velha. Ela até o levou a uma partida de futebol, como Silas havia prometido que faria, mas teve de voltar ao lugar que chamava de "o Velho País" depois de apertar as bochechas de Nin e o chamar de *Nimini*, que passou a ser o seu apelido para ela.

Agora Silas se fora e a srta. Lupescu também. O sr. e a sra. Owens estavam sentados na tumba de Josiah Worthington conversando com Josiah Worthington. Nenhum deles estava feliz.

Josiah Worthington disse:

— Quer dizer que ele não conta a nenhum de vocês aonde vai, nem como a criança está sendo cuidada?

Quando os Owens sacudiram a cabeça, Josiah Worthington disse:

— Bem, onde ele *está*?

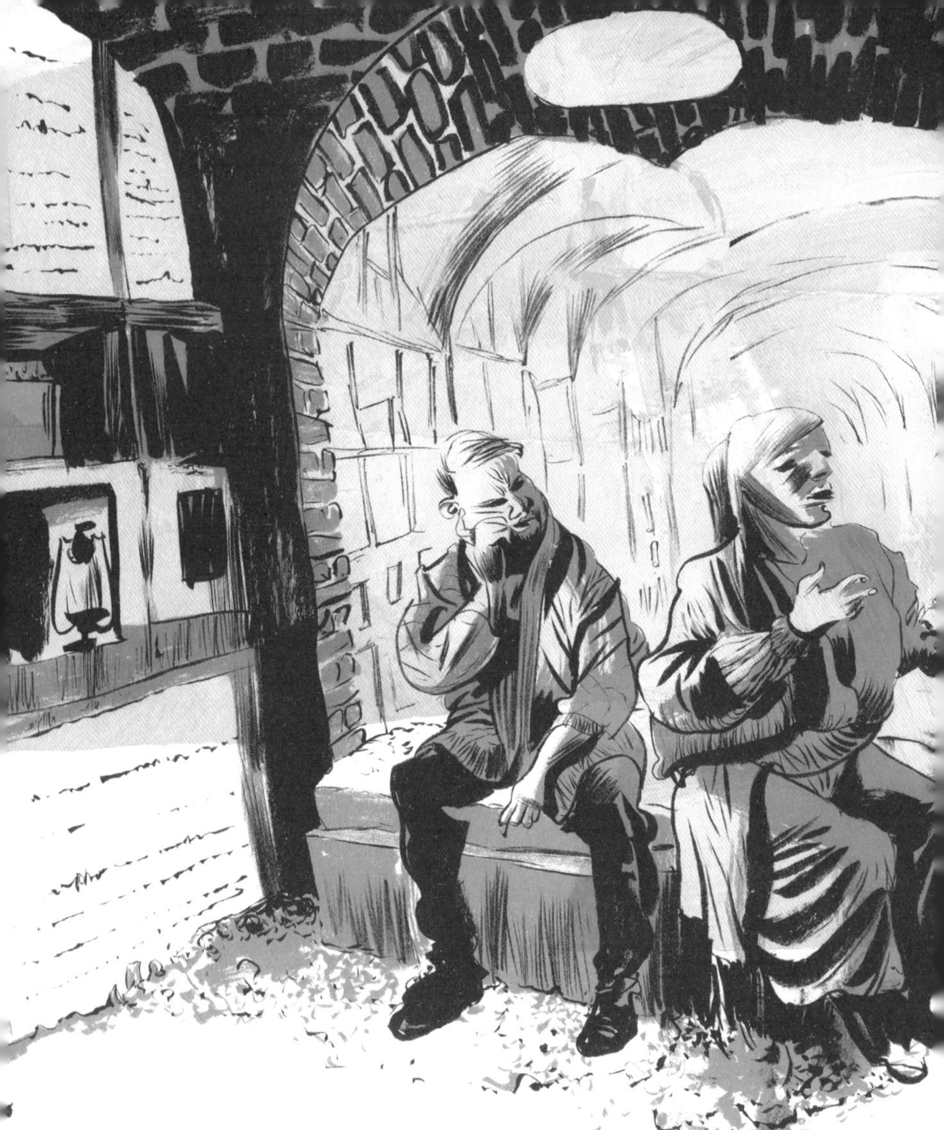

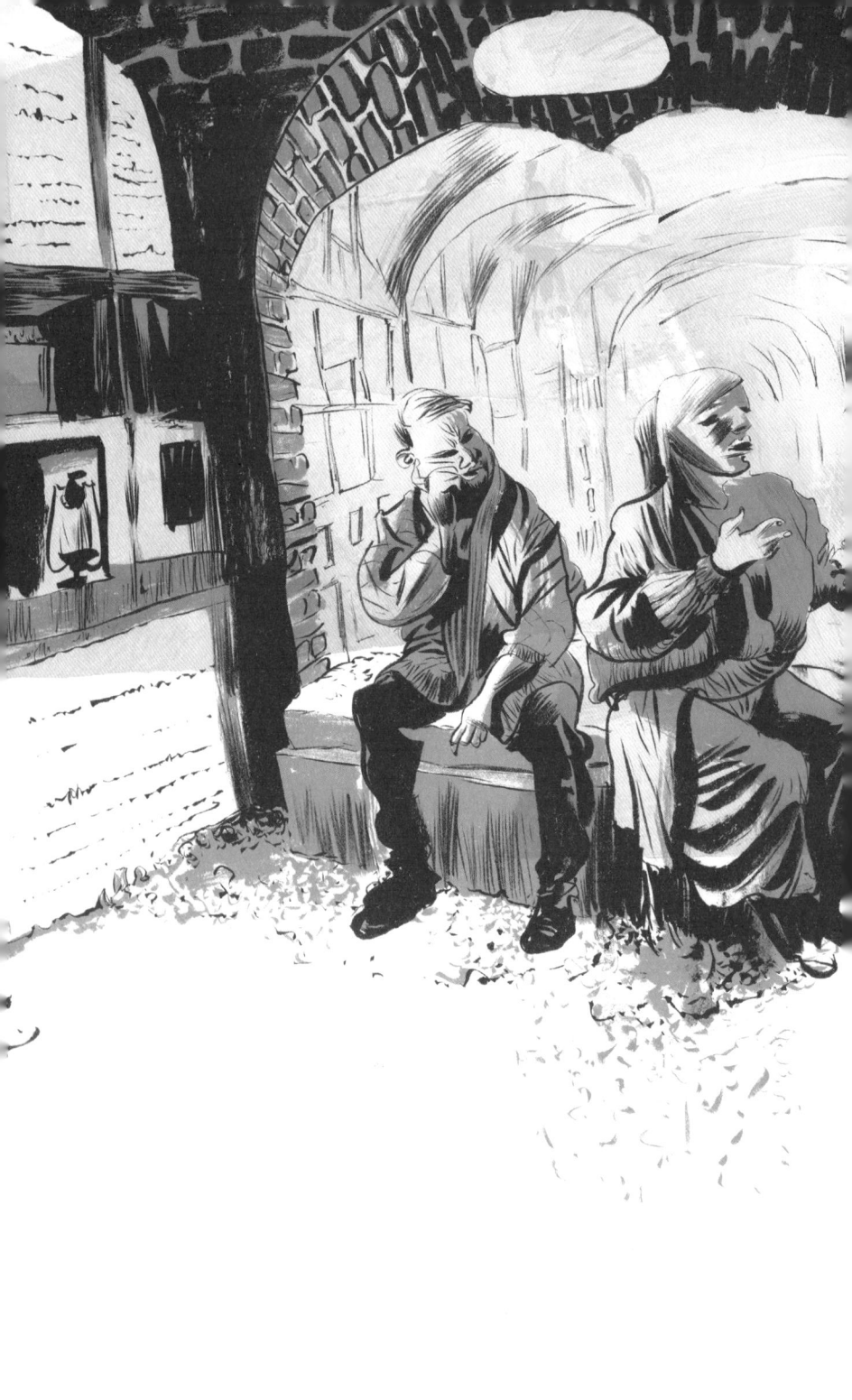

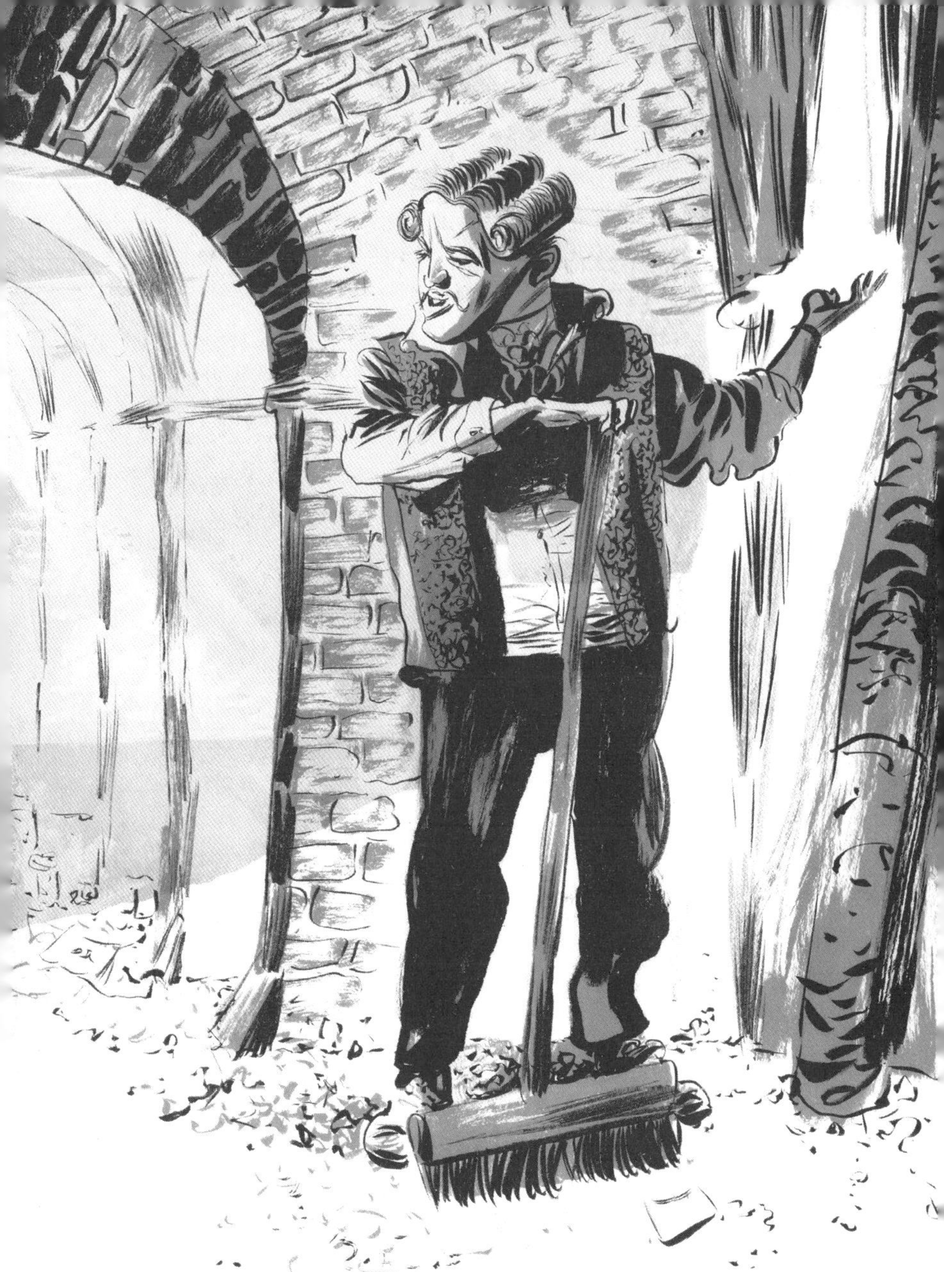

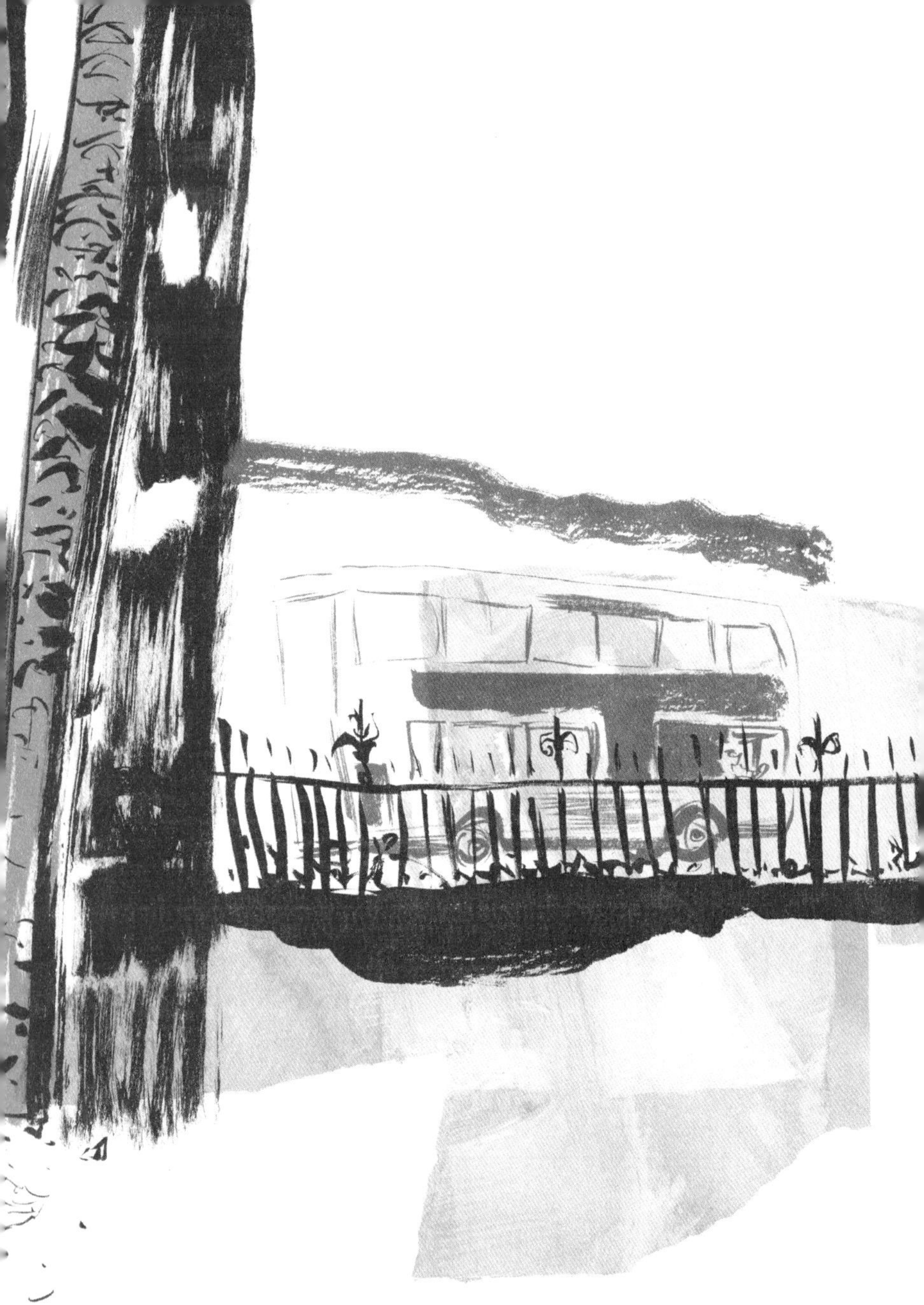

Nenhum dos Owens pôde responder. O sr. Owens disse:

— Ele nunca ficou tanto tempo fora. E ele prometeu, quando a criança veio a nós, que estaria aqui, ou outra pessoa estaria aqui para nos ajudar a cuidar dele. Ele *prometeu*.

A sra. Owens disse:

— Preocupo-me que alguma coisa tenha acontecido com ele. — Ela parecia à beira das lágrimas, depois suas lágrimas se transformaram em raiva e ela falou: — Isso é péssimo da parte dele! Não haverá um jeito de encontrá-lo, de chamá-lo de volta?

— Que eu saiba, nenhum — disse Josiah Worthington. — Mas creio que ele deixou dinheiro na cripta, para a comida do menino.

— Dinheiro! — exclamou a sra. Owens. — Que utilidade tem o *dinheiro*?

— Nin precisará de dinheiro, se sair daqui para comprar comida — começou o sr. Owens, mas a sra. Owens virou-se para ele.

— Você é tão imprestável quanto o outro! — disse ela.

Ela saiu da tumba de Worthington e foi procurar pelo filho, que encontrou, como esperava, no alto da colina, olhando a cidade.

— Um penny por seus pensamentos — disse a sra. Owens.

— Você não tem um penny — disse Nin. Ele agora tinha catorze anos e era mais alto do que a mãe.

— Eu tinha dois no caixão — disse a sra. Owens. — A essa altura devem estar meio verdes, mas ainda os tenho lá.

– Eu estava pensando no mundo – disse Nin. – Como podemos saber se a pessoa que matou minha família ainda está viva? Que está lá fora?

– Silas disse que está – disse a sra. Owens.

– Mas Silas não nos contou mais nada.

– Ele só quer o melhor para você. Sabe disso.

– Obrigado – disse Nin, sem se impressionar. – E onde ele está?

A sra. Owens não respondeu.

Nin disse:

– Você viu o homem que matou minha família, não viu? No dia em que me adotou.

A sra. Owens assentiu.

– Como ele era?

– Eu praticamente só olhava para você. Deixe-me ver... Ele tinha cabelos escuros, muito escuros. E eu tive medo dele. Tinha um rosto afiado. Ávido e furioso ao mesmo tempo, ele era assim. Silas o viu melhor.

– Por que Silas não o matou? – disse Nin com ferocidade. – Devia tê-lo matado naquele dia.

A sra. Owens tocou as costas da mão de Nin com os dedos frios.

– Ele não é um monstro, Nin.

– Se Silas o tivesse matado na época, eu estaria seguro agora. Poderia ir a qualquer lugar.

– Silas sabe mais do que você sobre tudo isso, mais do que qualquer um de nós. E Silas sabe sobre a vida e a morte – disse a sra. Owens. – Não é assim tão fácil.

Nin disse:

— Qual era o nome dele? O homem que os matou.

— Ele não falou. Não na época.

Nin tombou a cabeça de lado e a fitou com olhos cinzentos como nuvens de tempestade.

— Mas você sabe, não é?

— Não há nada que você possa fazer, Nin.

— Há, sim. Eu posso aprender. Posso aprender *tudo* o que preciso saber, tudo o que posso. Aprendi sobre os portais ghoul. Aprendi a Passear nos Sonhos. A srta. Lupescu me ensinou a observar as estrelas. Silas me ensinou o silêncio. Eu sei Assombrar. Sei Sumir. Conheço cada centímetro deste cemitério.

A sra. Owens estendeu a mão, tocando o ombro do filho.

— Um dia — disse ela... depois hesitou. Um dia, ela não seria capaz de tocar nele. Um dia, ele os deixaria. Um dia. E depois ela disse: — Silas me disse que o homem que matou sua família se chamava Jack.

Nin não disse nada. Depois assentiu.

— Mãe?

— Que foi, filho?

— Quando Silas vai voltar?

O vento da noite era frio e vinha do norte.

A sra. Owens não estava mais com raiva. Temia pelo filho. E disse apenas:

— Quisera eu saber, meu menino querido, quisera eu saber.

Scarlett Amber Perkins tinha quinze anos e naquele momento, sentada no segundo andar do ônibus velho, era uma mixórdia de ódio colérico. Odiava os pais por se separarem. Odiava a mãe por se mudar da Escócia, odiava o pai porque ele não parecia se importar com que ela tivesse ido embora. Odiava esta cidade por ser tão diferente – nada parecida com Glasgow, onde ela fora criada – e odiava a cidade porque de vez em quando virava uma esquina, via uma coisa e o mundo ficava dolorosa e terrivelmente familiar.

Ela se perdera com a mãe esta manhã.

– Pelo menos em Glasgow eu tinha amigos! – dissera Scarlett, e ela não estava nem bem gritando, nem bem chorando. – Nunca mais vou vê-los!

A mãe respondeu:

– Pelo menos você está num lugar em que já esteve. Quero dizer, moramos aqui quando você era pequena.

– Eu não me lembro – disse Scarlett. – E eu não conheço mais ninguém mesmo. Quer que eu encontre meus velhos amigos de quando eu tinha cinco anos? É *isso* que você quer?

– Bem, não a estou impedindo.

Scarlett passou todo o dia de aula zangada e estava zangada agora. Odiava sua escola e odiava o mundo, e neste momento odiava particularmente o serviço de ônibus da cidade.

Todo dia, quando as aulas terminavam, o ônibus 97 para o centro da cidade a pegava nos portões da escola e a levava até o final da rua, onde a mãe tinha alugado um pequeno apartamento. Ela esperou por quase meia hora no ponto de ônibus, naquele dia tempestuoso de abril, e nada do ônibus 97. Então, quando viu um ônibus 121 tendo Centro como destino, embarcou. Mas onde o ônibus dela sempre entrava à direita, este virou à esquerda, entrou na Cidade Velha, passou pelo jardim municipal na praça da Cidade Velha, passou pela estátua de Josiah Worthington, baronete, e subiu uma colina sinuosa ladeada por casas altas, enquanto o coração de Scarlett afundava e sua raiva era substituída pela infelicidade.

Ela desceu para o primeiro andar do ônibus, avançou, viu a placa que dizia para não falar com o motorista quando o veículo estivesse em movimento e disse:

– Com licença. Queria ir para a avenida Acácia.

A motorista, uma mulher grandona, de pele ainda mais morena que a de Scarlett, disse:

– Então devia ter pegado o 97.

– Mas este vai para o Centro.

– No final. Mas, quando chegar lá, ainda precisará voltar. – A mulher suspirou. – O melhor que você pode fazer é saltar aqui e descer a colina. Há um ponto de ônibus na frente da prefeitura. Dali, pode pegar o número 4 ou o 58, os dois a levarão para perto da avenida Acácia. Você pode descer no centro esportivo e ir a pé a partir dali. Entendeu tudo?

– O 4 ou o 58.

– Vou deixar que salte aqui. – Era um ponto na encosta da colina, pouco depois de dois portões de ferro abertos, e parecia pouco convidativo e funesto. Scarlett ficou parada na porta aberta do ônibus até a motorista dizer: "Ande. Salte." Ela desceu na calçada e o ônibus arrotou fumaça preta, afastando-se aos rugidos.

O vento chacoalhava as árvores do outro lado do muro.

Scarlett começou a descer a colina – era por *isso* que precisava de um celular, pensou. Se chegasse no máximo cinco minutos atrasada, a mãe entrava em *pânico*, mas ela ainda não tinha comprado um celular só para Scarlett. Ah, que fosse. Ela teria de suportar outra briga aos gritos. Não seria a primeira nem seria a última.

Agora estava junto dos portões abertos. Ela olhou para dentro e...

– Que estranho – disse ela em voz alta.

Existe uma expressão, *déjà vu*, que significa que você sente que já esteve num lugar, que de algum modo já sonhou ou viveu o lugar em sua mente. Scarlett já vivera isso – saber que um professor estava prestes a dizer que foi a Inverness nas férias, ou alguém deixar cair uma colher exatamente como antes. Mas isto era diferente. Não era uma sensação de ter estado ali. Era real.

Scarlett passou pelos portões abertos e entrou no cemitério.

Um corvo-de-riacho voou enquanto ela entrava, um clarão de preto, branco e verde iridescente, e se acomodou nos galhos de um teixo, olhando-a. "Depois daquela curva", pensou ela, "tem uma igreja, com um banco na frente", e ela virou a curva e viu a igreja – muito menor que a de sua mente, uma construção gótica, pequena e sinistra, com blocos de pedra cinza e um pináculo. Na frente havia um banco de madeira desgastado. Ela se aproximou, sentou-se no banco e balançou as pernas como se ainda fosse uma garotinha.

– Olá. Humm, olá? – disse uma voz atrás dela. – Muito abuso de minha parte, eu sei, mas me ajudaria a baixar isto, humm, só preciso de mais um par de mãos, se não for muito incômodo.

Scarlett se virou e viu um homem de capa de chuva castanho-clara agachado diante de uma lápide. Segurava uma grande folha de papel que soprava ao vento. Ela correu até ele.

– Segure aqui – disse o homem. – Uma das mãos aqui, a outra ali, isso. Imposição espantosa, eu sei. Ridiculamente grato.

Ele tinha uma lata de biscoito ao lado, e da lata pegou o que parecia um lápis de cera do tamanho de uma vela pequena. Começou a esfregar de um lado a outro da lápide com movimentos tranquilos e experientes.

– Lá vamos nós – disse ele, animado. – E ela aparece... Opa. Um pedacinho torto, embaixo, acho que deve ser a hera... Os vitorianos adoravam colocar hera nas coisas, é muito simbólico, como sabe... E lá vamos nós. Pode soltar agora.

Ele se levantou, passou a mão no cabelo grisalho.

– Ai. Precisava ficar de pé. Pernas estavam meio formigando – disse ele. – E então. O que acha disso?

A lápide estava coberta de líquen verde e amarelo, e tão gasta e desbotada que era quase indecifrável, mas a impressão era clara. "Majella Godspeed. Solteira desta Paróquia, 1791-1870, *Perdida para todos, mas não para a lembrança*", leu Scarlett em voz alta.

– E provavelmente agora perdida até para isso – disse o homem. Seu cabelo rareava e ele sorriu hesitante, piscando para ela através dos óculos redondos e pequenos que o deixavam meio parecido com uma coruja simpática.

Uma gota de chuva grande se esparramou no papel, o homem o enrolou às pressas e pegou a lata de biscoito com os lápis de cera. Mais algumas gotas de chuva e Scarlett pegou o portfólio que o homem apontava, encostado numa lápide próxima, seguindo-o até o pórtico mínimo da igreja, onde a chuva não os tocaria.

– Muito obrigado – disse o homem. – Não creio que vá chover muito. A previsão do tempo para esta tarde dizia que seria ensolarado.

Como se respondessem, o vento soprou frio e a chuva começou a cair para valer.

– Sei o que está pensando – disse a Scarlett o homem que tira impressões de lápides.

– Sabe? – disse ela. Ela estava pensando: "Minha mãe vai me matar."

– Você está pensando se isto é uma igreja ou uma capela funerária? E a resposta é, pelo que pude averiguar, que neste local havia realmente uma igrejinha e o cemitério original teria sido seu pátio. Faz muito tempo, nos anos 800, talvez 900.

Reconstruída e ampliada várias vezes. Mas houve um incêndio aqui na década de 1820 e nessa época ela já era pequena demais para a região. As pessoas daqui usavam a St. Dunstan, na praça do vilarejo, como igreja paroquial, então, quando vieram reconstruir aqui, fizeram uma capela funerária, mantendo muitas características originais... Dizem que os vitrais na outra parede são legítimos...

— Na verdade — disse Scarlett —, eu estava pensando que minha mãe vai me matar. Peguei o ônibus errado e já estou muito atrasada para chegar em casa...

— Meu bom Senhor, pobrezinha — disse o homem. — Escute, eu moro bem ali, naquela rua. Espere aqui... — E ele atirou nas mãos dela seu portfólio, a lata de lápis e a folha de papel enrolada e partiu num trote até os portões, os ombros arriados contra a chuva. Alguns minutos depois, Scarlett viu os faróis de um carro e ouviu o som da buzina.

Scarlett correu até os portões, onde pôde ver o carro, um Mini antigo e verde. O homem com quem ela conversava estava ao volante. Ele baixou a janela.

— Entre — disse ele. — Aonde exatamente devo levá-la?

Scarlett ficou parada ali, a chuva caindo em seu pescoço.

— Não pego carona com estranhos — disse ela.

— E faz muito bem — disse o homem. — Mas uma boa ação merece retribuição e, hum, essas coisas. Olhe, coloque as coisas na traseira antes que fiquem encharcadas. — Ele abriu a porta do carona, Scarlett se inclinou para dentro e colocou o material de tirar impressões no banco de trás da melhor maneira que pôde. – Vou lhe dizer uma coisa – disse ele. – Por que não telefona para sua mãe... pode usar meu celular... e diz a ela a placa do meu carro? Pode fazer isso daqui de dentro. Vai ficar ensopada aí fora.

Scarlett hesitou. A chuva começava a colar seu cabelo. Fazia frio.

O homem lhe estendeu a mão e lhe passou o celular. Scarlett olhou para ele. Percebeu que tinha mais medo de ligar para a mãe do que de entrar no carro. Depois disse:

– Posso ligar para a polícia também, não posso?

– Certamente pode, sim. Ou pode ligar para casa. Ou pode ir a pé para casa. Ou pode simplesmente ligar para sua mãe e pedir a ela para vir buscá-la.

Scarlett se sentou no banco do carona e fechou a porta. Ficou segurando o celular do homem.

– Onde você mora? – perguntou o homem.

– Não precisa fazer isso. Quer dizer, pode só me levar até o ponto do ônibus...

– Vou levá-la em casa. Endereço?

– Avenida Acácia, 102a. Perto da rua principal, passando um pouquinho o centro esportivo...

– Você está mesmo longe de casa, não é? Muito bem. Vamos levar você para lá. – Ele soltou o freio de mão, manobrou o carro e desceu a colina.

– Mora aqui há muito tempo? – disse ele.

– Na verdade, não. A gente se mudou para cá logo depois do Natal. Mas moramos aqui quando eu tinha cinco anos.

– Estou detectando um sotaque irlandês?

– Moramos na Escócia por dez anos. Lá, eu parecia com todo mundo, depois vim para cá e agora me destaco feito um dedo inflamado. – Scarlett queria que isso parecesse uma piada, mas era verdade, e ela pôde ouvir enquanto falava. Não era engraçado, só amargurado.

O homem dirigiu para a avenida Acácia, estacionou na frente da casa, depois insistiu em ir até a porta da frente com ela. Quando a porta foi aberta, ele disse:

– Lamento intensamente. Tomei a liberdade de trazer sua filha para a senhora. Obviamente, a senhora a educou bem, não deve aceitar a carona de estranhos. Mas, bem, estava chovendo, ela pegou o ônibus errado, foi parar do outro lado da cidade. Uma pequena confusão por aí. Diga que pode perdoá-la de coração. Perdoe-a e, hum, a mim também.

Scarlett esperava que a mãe gritasse com os dois, e ficou surpresa e aliviada quando a mãe disse apenas:

– Bem, todo cuidado é pouco hoje em dia, e o sr. Hum seria professor, aceitaria uma xícara de chá?

O sr. Hum disse que seu nome era Frost, mas ela devia chamá-lo de Jay, e a sra. Perkins sorriu e disse que ele devia chamá-la de Noona, e ela pôs a chaleira para ferver.

Durante o chá, Scarlett contou à mãe a história de sua aventura no ônibus errado, e ela se viu no cemitério, como conheceu o sr. Frost perto da igrejinha...

A sra. Perkins deixou cair a xícara de chá.

Eles estavam sentados à mesa da cozinha, então a xícara não caiu muito longe e não quebrou, só derramou o chá. A sra. Perkins se desculpou, sem jeito, e foi pegar um pano de prato na pia para enxugar tudo.

Depois disse:

— O cemitério da colina, na Cidade Velha? Aquele?

— Eu moro perto dali — disse o sr. Frost. — Estive tirando muitas impressões de lápides. E sabia que tecnicamente é uma reserva natural?

— Eu sei — disse a sra. Perkins de lábios apertados. — Muito obrigada por dar uma carona a Scarlett, sr. Frost. — Cada palavra podia ser um cubo de gelo. Depois: — Acho que deve ir embora agora.

— Ora, isso é meio exagerado — disse Frost, amável. — Não pretendia ferir seus sentimentos. Foi alguma coisa que eu disse? As impressões são para um projeto de história da cidade, não é que eu, sabe como é, escave ossos nem nada disso.

Por um segundo, Scarlett pensou que a mãe ia bater no sr. Frost, que só olhava preocupado. Mas a sra. Perkins sacudiu a cabeça e disse:

— Desculpe, história de família. Não é culpa sua. — Como se lhe custasse esforço, ela disse, animada: — Sabe de uma coisa, a Scarlett costumava brincar naquele cemitério quando era pequena. Isto faz, oh, dez anos. Ela também tinha um amigo imaginário. Um menininho chamado Ninguém.

Um sorriso torceu o canto dos lábios do sr. Frost.

— Um fantasminha?

— Não, não acho que seja. Ele só morava ali. Ela até apontou a tumba onde morava. Então imagino que ele *fosse* mesmo um fantasma. Lembra disso, querida?

Scarlett sacudiu a cabeça.

— Eu devia ser uma criança engraçada — disse ela.

— Sei que você não era nada, hum — disse o sr. Frost. — Está criando uma boa menina aqui, Noona. Bem, uma xícara de chá maravilhosa. Sempre um prazer fazer novos amigos. Agora vou andando. Tenho de me preparar um jantarzinho, depois tenho uma reunião na Sociedade de História Local.

— Vai fazer seu próprio jantar? — disse a sra. Perkins.

— Sim, farei. Bem, descongelarei, na verdade. Também sou mestre em cozinhar em saquinhos. Comida para um. Vivendo sozinho. Meio solteirão empedernido. Na verdade, nos jornais, isso sempre significa gay, não é? Não sou gay, mas jamais conheci a mulher certa. — E por um momento ele pareceu bem triste.

A sra. Perkins, que odiava cozinhar, anunciou que sempre fazia comida demais no fim de semana, e Scarlett o ouviu concordar que adoraria vir jantar no sábado à noite enquanto a mãe conduzia o sr. Frost pelo corredor.

Quando a sra. Perkins voltou do corredor da frente, disse a Scarlett:

— Espero que tenha feito seu dever de casa.

Scarlett pensava nos acontecimentos da tarde enquanto estava deitada na cama naquela noite ouvindo os carros passando pela rua principal. Ela *estivera* lá, naquele cemitério, quando era pequena. Era por isso que tudo parecera tão familiar.

Em sua mente, ela imaginou e se lembrou, e em algum ponto caiu no sono, mas no sono ainda andava pelos caminhos do cemitério. Era noite, mas podia enxergar tudo com a clareza do dia. Estava na encosta de uma colina. Havia um menino mais ou menos da mesma idade de costas para ela, olhando as luzes da cidade.

Scarlett disse:

– Menino? O que está fazendo?

Ele olhou em volta, parecia ter problemas para focalizar.

– Quem disse isso? – E depois: – Oh, acho que estou vendo você. Você está Passeando em Sonho?

– Acho que estou sonhando – concordou ela.

– Não foi bem o que eu quis dizer – disse o menino. – Olá. Meu nome é Nin.

– O meu é Scarlett – disse ela.

Ele a olhou novamente, como se a estivesse vendo pela primeira vez.

– Claro que sim! Eu sabia que você era familiar. Você esteve no cemitério hoje com aquele homem, o do papel.

– O sr. Frost – disse ela. – Ele é bem legal. Ele me deu uma carona para casa. – Depois ela disse: – Você nos viu?

– Vi. Fico de olho em muitas coisas que acontecem no cemitério.

– Que tipo de nome é Nin? – perguntou ela.

– É abreviatura de Ninguém.

— Mas é claro! – disse Scarlett. – O sonho é sobre isso. Você é meu amigo imaginário, de quando eu era pequena, e agora cresceu.

Ele assentiu.

Ele era mais alto do que ela. Vestia cinza, embora ela não pudesse descrever as roupas. O cabelo era comprido demais e ela pensou que devia fazer algum tempo que ele cortara o cabelo.

— Você sempre foi corajosa – ele disse. – Descemos no fundo da colina e vimos o Homem Anil. E conhecemos o Executor.

Então alguma coisa aconteceu na cabeça de Scarlett. Uma precipitação e um tombar, um giro de escuro e um entrechocar de imagens...

— Eu me lembro – disse Scarlett. Mas ela disse isso à escuridão vazia de seu quarto e não ouviu resposta alguma, só o rolar baixo de um caminhão distante, rodando pela noite.

Nin tinha depósitos de comida, do tipo não perecível, ocultos na cripta e mais em algumas tumbas, catacumbas e mausoléus arrepiantes do cemitério. Silas cuidara disso. Ele tinha comida suficiente para manter-se por alguns meses. Se Silas ou a srta. Lupescu não o acompanhassem, ele simplesmente não saía do cemitério.

Ele sentia falta do mundo do outro lado do portão, mas sabia que não era seguro lá fora. Ainda não. O cemitério era seu mundo e seu domínio, Nin tinha orgulho dele e o amava como só um menino de catorze anos pode amar alguma coisa.

No entanto...

No cemitério, ninguém mudava. As crianças pequenas com quem Nin brincava quando era menor ainda eram crianças pequenas. Fortinbras Bartleby, que antigamente era seu melhor amigo, agora era quatro ou cinco anos mais novo do que Nin, e eles tinham menos a conversar a cada vez que se viam. Thackeray Porringer era da altura e da idade de Nin, e parecia estar em um humor muito melhor com ele; ele andava com Nin à noitinha e contava histórias de coisas infelizes que aconteceram com seus amigos. Em geral, as histórias terminavam com os amigos morrendo enforcados por crimes ou erros que não tinham cometido, embora às vezes eles simplesmente fossem transportados para as Colônias Americanas e enforcados ao voltar.

Liza Hempstock, amiga de Nin nos últimos seis anos, era diferente, de outra maneira; era menos provável que ela lhe aparecesse quando Nin descia às urtigas para vê-la, e nas raras ocasiões em que aparecia estava de mau humor, disposta a discutir e constantemente rude.

Nin conversou com o sr. Owens sobre isso e, depois de alguns segundos de reflexão, o pai disse:

— Coisa de mulher, imagino. Ela gostava de você como menino, não deve ter certeza de quem você é, agora que é um jovem homem. Eu costumava brincar com uma menininha perto do lago dos patos todo dia até ela ter a sua idade, depois ela atirou uma maçã na minha cabeça e não disse mais uma palavra que fosse até eu ter dezessete anos.

A sra. Owens fungou.

— O que eu atirei foi uma pera — disse ela, com azedume —, e eu voltei a falar com você logo, porque dançamos uma música no casamento de seu primo Ned, e isso dois dias depois de você completar dezesseis anos.

O sr. Owens disse:

— É claro que tem razão, minha querida. — Ele piscou para Nin, para dizer a ele que aquilo não era sério. E depois murmurou "dezessete", para mostrar quem, na verdade, estava certo.

Nin não se permitia ter amigos entre os vivos. Isto, como ele percebeu em sua curta vida na escola, só criava problemas. Ainda assim, ele se lembrava de Scarlett, sentira falta dela pelos anos em que ela se ausentara e há muito havia encarado o fato de que nunca mais a veria. E agora ela tinha estado ali no cemitério e ele não a reconhecera...

Ele vagava mais fundo no emaranhado de hera e árvores que tornavam tão perigoso o quadrante noroeste do cemitério. Placas aconselhavam os visitantes a não entrar, mas as placas não eram necessárias. Era pouco convidativo e sinistro depois que se passava da trama de trepadeiras que marcava o final do Passeio Egípcio e das portas escuras das paredes imitando o estilo egípcio, que levavam ao descanso final das pessoas. A noroeste, a natureza reclamara o cemitério por quase cem anos e as lápides estavam viradas, os túmulos esquecidos ou simplesmente se perdiam sob a hera verde e as folhas caídas há cinquenta anos. As trilhas haviam sumido e eram intransponíveis.

Nin andava com cuidado. Conhecia bem a área e sabia como podia ser perigosa.

Quando Nin tinha nove anos, ele estava explorando exatamente esta parte do mundo quando o solo cedeu sob ele, derrubando-o em um buraco de quase seis metros de profundidade. O túmulo fora cavado fundo, para acomodar muitos caixões, porém não havia lápide e sim, apenas, bem no fundo, um cavalheiro médico muito excitadiço chamado Carstairs, que pareceu emocionado com a chegada de Nin e insistiu em examinar o pulso do menino (que Nin torcera na queda, agarrando-se a uma raiz) antes de ser convencido a sair e procurar ajuda.

Nin estava andando pelo quadrante noroeste, um tapete de folhas caídas, um emaranhado de hera, onde as raposas faziam suas tocas e anjos caídos encaravam o mundo, porque ele tinha o impulso de conversar com o poeta. Nehemiah Trot era o nome do poeta e sua lápide, sob o mato, dizia:

Aqui estão os restos mortais de
NEHEMIAH TROT
POETA
1741-1774
OS CISNES CANTAM ANTES DE MORRER

Nin disse:
– Sr. Trot? Posso lhe pedir um conselho?
Nehemiah Trot ficou radiante, em sua palidez.

– Mas é claro, bravo menino. O conselho dos poetas é a cordialidade de reis! Como posso dar unguento à sua, unguento não, como posso dar um bálsamo à sua dor?

– Na verdade, não estou com dor. Eu só... Bom, tem uma menina que eu conhecia, e não sei bem se devia encontrá-la e falar com ela ou se devo esquecer o assunto.

Nehemiah Trot se levantou em toda a sua altura, que era menor que a de Nin, ergueu as mãos ao peito empolgado e disse:

– Oh! Deve ir a ela e implorar. Deve chamá-la de sua Terpsicore, sua Eco, sua Clitemnestra. Deve escrever poemas para ela, odes poderosas... Eu o ajudarei a escrevê-los... E assim... e só assim... conquistará o coração de seu verdadeiro amor.

– Na verdade, não preciso conquistar o coração dela. Ela não é meu verdadeiro amor – disse Nin. – É só alguém com quem eu queria conversar.

– De todos os órgãos – disse Nehemiah Trot – a língua é o mais extraordinário. Pois a usamos para saborear o vinho doce e o veneno amargo, e, do mesmo modo, pronunciamos palavras doces e amargas. Vá a ela! Fale com ela!

– Eu não devia.

– Devia, sim, senhor! Deve! Escreverei sobre isso, quando a batalha estiver perdida ou ganha.

– Mas se eu Aparecer para uma pessoa, fica mais fácil outras pessoas me verem...

Nehemiah Trot disse:

— Ah, ouça-me, jovem Leandro, jovem Hero, jovem Alexandre. Se nada ousar quando o dia terminar, não terá conquistado nada.

— Bom argumento. — Nin ficou satisfeito consigo mesmo e feliz por ter pensado em pedir conselhos ao Poeta. "Na realidade", pensou ele, "se você não puder confiar num poeta para dar conselhos sensatos, em quem pode confiar?" O que o fez lembrar de uma coisa...

— Sr. Trot? — disse Nin. — Fale-me da vingança.

— Um prato melhor se servido frio — disse Nehemiah Trot. — Não tome a vingança no calor do momento. Em vez disso, espere até uma hora mais propícia. Havia um camarada da Grub Street chamado O'Leary... um irlandês, devo acrescentar... que teve a audácia, a caradura de escrever a respeito do meu primeiro magro volume de poemas, *Um ramalhete de beleza para cavalheiros de qualidade*, que eram versos inferiores e sem valor nenhum, e que o papel em que foram escritos teria melhor utilidade como... Não, não posso dizer. Concordemos simplesmente que foi uma declaração muito vulgar.

— Mas o senhor se vingou dele? — perguntou Nin, curioso.

— Dele e de toda a sua prole pestilenta! Oh, tive minha vingança, sr. Owens, e foi terrível. Escrevi e publiquei uma carta, que prendi nas portas das casas públicas de Londres, lugares que essa corja baixa de escribas frequentava. E expliquei que, dada a fragilidade do gênio poético, não escreveria daí em diante para eles, mas apenas para mim e a posteridade, e que eu não publicaria, enquanto vivesse, outros poemas... Por causa deles! Assim deixei instruções para que depois de minha morte meus poemas fossem enterrados comigo, sem publicação, e que só quando a posteridade percebesse meu gênio, percebesse que centenas de meus versos tinham se perdido... perdido!... só então meu caixão seria desenterrado, só então meus poemas poderiam ser retirados de minha mão morta e fria, e finalmente seriam publicados, para a aprovação e o deleite de todos. É terrível estar à frente de seu tempo.

– E depois de sua morte, eles cavaram e imprimiram os poemas?

– Ainda não. Mas ainda há muito tempo. A posteridade é vasta.

– Então... Essa foi a sua vingança?

– Por certo. E uma vingança poderosa e perspicaz!

– S-sim – disse Nin, sem se convencer.

– Melhor servidos frios – disse Nehemiah Trot, com orgulho.

Nin saiu do noroeste do cemitério, voltou pelo Passeio Egípcio até os caminhos mais asseados e vias desimpedidas e, à medida que caía o anoitecer, andou de volta à antiga capela – não porque esperasse que Silas tivesse voltado de suas viagens, mas porque passou a vida toda visitando a capela ao anoitecer e era bom ter uma rotina. De qualquer modo, ele estava com fome.

Nin entrou pela porta da cripta, descendo. Afastou uma caixa de papelão cheia de documentos paroquiais enrolados e úmidos e pegou uma caixa de suco de laranja, uma maçã, um pacote de biscoitos palito e um pedaço de queijo, e comeu enquanto ponderava como e se procuraria Scarlett – ele ia Passear em Sonhos, talvez, uma vez que foi assim que ela veio a ele.

Nin saiu, estava prestes a se sentar no banco de madeira cinza, quando viu uma coisa e hesitou. Havia alguém que estava ali, sentado no banco. Lia uma revista.

Nin sumiu mais uma vez, tornou-se parte do cemitério, não mais importante que uma sombra ou um galho.

Mas ela levantou a cabeça. Olhou diretamente para ele e disse:

– Nin? É você?

Ele não disse nada. Depois falou.

– Por que pode me ver?

– Eu quase não pude. No começo pensei que você fosse uma sombra ou coisa assim. Mas você está como apareceu no meu sonho. Você entrou um pouco em foco.

Ele andou até o banco.

– Consegue mesmo ler isso? Não está escuro demais para você?

Scarlett fechou a revista.

– É estranho. É de se pensar que está escuro demais, mas eu consigo ler muito bem, sem problemas.

– Você... – Ele se interrompeu, sem ter certeza do que queria perguntar a ela. – Veio aqui sozinha?

Ela assentiu.

– Ajudei o sr. Frost a tirar umas impressões de lápides depois da aula. E depois, eu disse a ele que queria me sentar e pensar aqui um pouquinho. Quando eu acabasse aqui, prometi que iria tomar uma xícara de chá com ele e ele me levará para casa. Ele nem perguntou por quê. Só disse que também adora se sentar em cemitérios e que acha que podem ser os lugares mais tranquilos do mundo. – Depois ela disse: – Posso te dar um abraço?

– Quer fazer isso? – disse Nin.

– Quero.

– Então, tá bom. – Ele pensou por um momento. – Não me importo, se fizer.

– Minhas mãos não vão atravessar você nem nada? Você está mesmo aqui?

– Você não vai me atravessar – respondeu, e ela atirou os braços em volta dele, apertando com tanta força que ele mal conseguia respirar. Ele disse: – Isso dói.

Scarlett o soltou.

– Desculpe.

– Não. Foi bom. Quer dizer, você só apertou mais do que eu esperava.

– Eu só queria saber se você era real. Em todos esses anos pensei que você era só uma coisa da minha cabeça. E depois quase que me esqueci de você. Mas *não* inventei você, e você voltou, está na minha cabeça e está no mundo também.

Nin sorriu.

– Você usava uma espécie de casaco, era laranja, e sempre que eu via essa cor pensava em você. Não acho que ainda tenha aquele casaco – disse Nin.

– Não – disse ela. – Já faz um bom tempo. Agora seria pequeno demais para mim.

– Sim – disse Nin. – É claro.

– Preciso ir para casa – disse Scarlett. – Mas estou pensando em aparecer no fim de semana. – Depois, vendo a expressão de Nin, ela disse: – Hoje é quarta-feira.

– Eu gostaria muito.

Ela se virou para ir. Depois disse:

– Como vou encontrar você da próxima vez?

Nin disse:

– Eu a encontrarei. Não se preocupe. Basta ser você mesma e eu a encontrarei.

Ela assentiu e se foi.

Nin voltou pelo cemitério e subiu a colina, até chegar ao mausoléu dos Frobisher. Não entrou. Subiu a lateral do prédio, usando a raiz grossa da hera como escora, e se içou para o teto de pedra, onde se sentou, pensando, olhando o mundo de coisas que se moviam além do cemitério, lembrando-se de como Scarlett o abraçara e de como ele se sentira seguro, mesmo que só por um momento, e de como seria bom andar em segurança pelas terras além do cemitério, ter o domínio de seu próprio mundinho.

Scarlett disse que não queria uma xícara de chá, obrigada. Nem um biscoito de chocolate. O sr. Frost ficou preocupado.

– Sinceramente – disse ele –, parece que você viu um fantasma. Bem, um cemitério não é um mau lugar para se ver um, se você vai lá, hum, eu tinha uma tia que afirmava que o papagaio dela era assombrado. Era uma arara-vermelha fêmea o papagaio. A tia era arquiteta. Nunca soube dos detalhes.

– Eu estou bem – disse Scarlett. – É que foi um longo dia.

– Então vou levá-la para casa. Tem alguma ideia do que quer dizer isso? Estou confuso há meia hora. – Ele indicou uma impressão de lápide na mesinha, mantida na horizontal por um vidro de geleia em cada canto. – Esse nome é Gladstone, o que acha? Pode ser parente do primeiro-ministro. Mas não consigo distinguir mais nada.

– Acho que não – disse Scarlett. – Mas vou dar mais uma olhada quando for lá no sábado.

– Então sua mãe pode vir aqui?

– Ela disse que ia me deixar aqui de manhã. Depois vai fazer compras para nosso jantar. Ela vai fazer frango assado.

– Você acha – perguntou o sr. Frost, cheio de esperança – que pode ter batatas coradas?

– Espero que sim.

O sr. Frost ficou deliciado. Depois disse:

– Mas eu não queria atrapalhar a vida dela.

– Ela está adorando – disse Scarlett, pensativa. – Obrigada por me levar em casa.

– É mais que um prazer – disse o sr. Frost. Eles desceram juntos a escada da casinha estreita do sr. Frost, até o pequeno hall de entrada ao pé da escada.

Na Cracóvia, no monte Wawel, existem cavernas chamadas Tocas do Dragão, batizadas assim devido a um dragão que morreu há muito tempo. Estas são as cavernas que os turistas conhecem. Existem cavernas por baixo dessas cavernas que os turistas não conhecem e nunca visitarão. Elas descem muito e são inabitadas.

Silas entrou primeiro, seguido pela imensidão cinza da srta. Lupescu, caminhando em silêncio, de quatro, atrás dele. Atrás dos dois estava Kandar, uma múmia assíria enrolada em ataduras com poderosas asas de águia e olhos como rubis, carregando um porquinho.

Originalmente eles eram quatro, mas perderam Haroun numa caverna mais acima, quando o ifrit, no excesso de autoconfiança natural de sua raça, entrou num espaço cercado por três espelhos de bronze polidos e foi tragado num clarão de luz bronze. Em instantes, o ifrit só pôde ser visto nos espelhos, e não mais na realidade. Nos espelhos seus olhos ferozes estavam arregalados e sua boca se mexia como se ele lhes gritasse para sair e ter cuidado, depois sumiu e se perdeu para todos.

Silas, que não tinha problemas com espelhos, cobriu um deles com o casaco, inutilizando a armadilha.

– E então – disse Silas. – Agora somos apenas três.

– E um porco – disse Kandar.

– Por quê? – perguntou a srta. Lupescu, com uma língua de lobo por entre dentes de lobo. – Por que o porco?

– Dá sorte – disse Kandar.

A srta. Lupescu grunhiu, sem se deixar convencer.

– Haroun tinha um porco? – perguntou Kandar, simplesmente.

– Silêncio – disse Silas. – Eles estão vindo. E, pelo som, são muitos.

– Que venham – cochichou Kandar.

Os pelos do dorso da srta. Lupescu se eriçaram. Ela não disse nada, mas estava preparada para eles e foi só por força de vontade que não lançou a cabeça para trás e uivou.

– Por aqui é lindo – disse Scarlett.

– Sim – disse Nin.

– Então toda a sua família foi morta? – disse Scarlett. – Alguém sabe quem fez isso?

– Não. Não que eu saiba. Meu guardião só diz que o homem que fez isso ainda está vivo e que um dia ele vai me contar o resto do que sabe.

– Um dia?

– Quando eu estiver preparado.

– Do que ele tem medo? De que você pegue sua arma e saia para se vingar do homem que matou sua família?

Nin olhou sério para ela.

– Bom, algo assim – disse ele. – Mas não uma arma. Algo parecido.

– Deve estar brincando.

Nin não disse nada. Seus lábios estavam apertados. Ele sacudiu a cabeça. Depois disse:

– Não estou brincando.

Era uma manhã clara e ensolarada de sábado. Eles acabavam de passar a entrada do Passeio Egípcio, fora da luz solar direta, sob os pinheiros e as araucárias que se esparramavam ali.

– Seu guardião. Ele também é um morto?

– Não falo sobre ele.

Scarlett pareceu magoada.

– Nem comigo?

– Nem com você.

– Bom – disse ela. – Como quiser.

Nin disse: "Olha, me desculpe, eu não pretendia...", justo quando Scarlett disse: "Eu prometi ao sr. Frost que não demoraria muito. É melhor voltar."

– Tudo bem – disse Nin, preocupado que a tivesse ofendido, sem saber o que dizer para melhorar a situação.

Ele observou Scarlett partir pelo caminho sinuoso de volta à capela. Uma voz feminina e conhecida disse, com escárnio: "Olhe para ela! A senhorita altiva e poderosa!", mas não havia ninguém à vista.

Nin, sem graça, voltou ao Passeio Egípcio. A srta. Lillibet e a srta. Violet deixaram que ele guardasse uma caixa de papelão cheia de antigas brochuras na catacumba delas e ele queria encontrar alguma coisa para ler.

Scarlett ajudou o sr. Frost com as impressões de túmulos até o meio-dia, quando pararam para almoçar. Ele se ofereceu para pagar o peixe com fritas de Scarlett como agradecimento e eles andaram até a lanchonete no final da rua, e comeram em sacos de papel o peixe fumegante e as fritas, ensopados de vinagre e cintilando de sal, enquanto subiam de volta a colina.

Scarlett disse:

– Se você quisesse descobrir sobre o assassinato de alguém, onde procuraria? Eu tentei pela internet.

— Hum. Depende. De que tipo de assassinato estamos falando?

— Acho que algo local. Há uns treze ou catorze anos. Uma família foi morta aqui perto.

— Meu Jesus — disse o sr. Frost. — Isso aconteceu mesmo?

— Ah, sim. Você está bem?

— Na verdade, não. Um tiquinho, bem, um pouco fraco. Coisas assim, quero dizer, crimes de verdade, não gosto de pensar nessas coisas. Coisas assim, acontecendo aqui. Não é algo que eu esperasse ser do interesse de uma menina de sua idade.

— Na verdade não é para mim — admitiu Scarlett. — É para um amigo.

O sr. Frost terminou o que restava do peixe frito.

— Na biblioteca, imagino. Se não está na internet, estará nos arquivos de jornais de lá. O que a fez procurar por isso?

— Oh. — Scarlett queria mentir o mínimo possível. Ela disse: — Um menino que eu conheço. Ele esteve fazendo perguntas.

— Sem dúvida, a biblioteca — disse o sr. Frost. — Homicídio. Brrr. Me dá arrepios.

— A mim também — disse Scarlett. — Um pouco. — Depois, com esperança: — Quem sabe poderia me deixar na biblioteca esta tarde?

O sr. Frost mordeu uma batata frita grande no meio, mastigou e olhou o resto das fritas, decepcionado.

— Elas esfriam tão rápido, não é?, essas batatas. Num minuto, estão queimando na boca, no seguinte, você está se perguntando como esfriaram com tanta rapidez.

— Desculpe — disse Scarlett. — Eu não devia ficar pedindo carona para todo lado...

— De forma alguma — disse o sr. Frost. — Só estou me perguntando como organizar melhor esta tarde e se sua mãe gosta de chocolates. Garrafa de vinho ou chocolates? Não sei bem. As duas coisas, talvez?

— Posso ir sozinha de casa para a biblioteca — disse Scarlett. — E ela adora chocolate. E eu também.

— Então, chocolates — disse o sr. Frost, aliviado. Eles tinham chegado ao meio da fila de casas altas e avarandadas na colina e ao Mini verde estacionado na rua. — Entre. Vou levá-la à biblioteca.

A biblioteca ficava num prédio quadrado, todo de tijolos e pedra, datando do início do século passado. Scarlett olhou em volta, depois foi até a recepção.

A mulher disse:

— Sim?

— Eu queria ver uns recortes de jornais antigos — disse Scarlett.

— É para a escola? — perguntou a mulher.

— É história local — disse Scarlett, assentindo, orgulhosa por na realidade não ter mentido.

— Temos os jornais locais em microfilmes — disse a mulher. Ela era grandona e tinha argolas prateadas nas orelhas. Scarlett podia sentir o coração martelando no peito; tinha certeza de que parecia culpada ou suspeita, mas a mulher a levou a uma sala com caixas que pareciam telas de computador e lhe mostrou como usá-las para projetar uma página do jornal de cada vez na tela.

— Um dia vamos ter tudo isso digitalizado — disse a mulher. — Agora, que data está procurando?

— Há uns treze ou catorze anos — disse Scarlett. — Não posso ser mais específica do que isso. Vou saber quando encontrar.

A mulher deu a Scarlett uma pequena caixa com cinco anos de jornais em microfilme.

— Divirta-se — disse ela.

Scarlett supunha que o assassinato de uma família teria ocupado a primeira página dos jornais, mas, quando por fim o encontrou, estava quase enterrado na página cinco. Não havia detalhes no artigo, nenhuma descrição, só uma enumeração modesta de eventos: *O arquiteto Ronald Dorian, 36, sua esposa, Carlotta, 34, editora, e a filha, Misty, 7, foram encontrados mortos na Dunstan Road, nº 33. Suspeita-se de homicídio. Um porta-voz da polícia afirmou que era cedo demais para comentar o que quer que fosse, a essa altura das investigações, mas que estavam seguindo pistas importantes.*

Não havia menção de como a família morrera e nada sobre um bebê desaparecido. Nas semanas que se seguiram, não houve mais matérias sobre o assunto e a polícia nem comentou, não que Scarlett pudesse ver.

Mas era isso. Scarlett tinha certeza: Dunstan Road, 33. Ela conhecia a casa. Já estivera lá.

Ela devolveu a caixa de microfilmes à recepção, agradeceu à bibliotecária e foi a pé para casa pelo sol de abril. A mãe estava na cozinha preparando o jantar – não com completo sucesso, a julgar pelo cheiro de fundo-de-panela-queimado que enchia a maior parte do apartamento. Scarlett se retirou para o quarto e abriu bem as janelas para se livrar do cheiro de queimado, depois se sentou na cama e deu um telefonema.

– Alô? Sr. Frost?

– Scarlett. Ainda está tudo certo para esta noite? Como está a sua mãe?

– Oh, está tudo sob controle – disse Scarlett, repetindo o que a mãe havia dito quando ela perguntara. – Humm, sr. Frost, há quanto tempo mora em sua casa?

– Há quanto tempo? Uns, bem, uns quatro meses.

– E como a encontrou?

– Numa vitrine de imobiliária. Estava desocupada e eu podia pagar. Bem, mais ou menos. Eu queria alguma coisa perto do cemitério e esta pareceu perfeita.

– Sr. Frost. – Scarlett se perguntou como dizer isso, depois simplesmente disse: – Há uns treze anos, três pessoas foram assassinadas na sua casa. A família Dorian.

Houve silêncio do outro lado da linha.

– Sr. Frost? Está aí?

– Hum. Estou, Scarlett. Desculpe. Não é o tipo de coisa que se espera ouvir. É uma casa velha, quero dizer, espera-se que coisas tenham acontecido há muito tempo. Mas não... Bem, o que houve?

Scarlett se perguntou o quanto podia contar a ele.

– Havia uma notinha num jornal antigo, só dava o endereço e mais nada. Não sei como morreram, nem nada.

– Bem, meu bom Senhor. – O sr. Frost parecia mais intrigado com a notícia do que Scarlett teria esperado. – É aí, minha jovem Scarlett, que entram os historiadores locais, como eu. Deixe comigo. Vou descobrir tudo o que puder e lhe conto depois.

– Obrigada – disse Scarlett, aliviada.

– Hum. Imagino que o motivo para este telefonema seja que, se Noona pensasse que houve assassinatos em minha casa, mesmo treze anos atrás, você nunca teria permissão para me ver nem voltar ao cemitério. Assim, hum, suponho que não devo falar no assunto, a não ser que você o mencione.

– Obrigada, sr. Frost!

– Vejo você às sete. Com chocolates.

O jantar foi extraordinariamente agradável. O cheiro de queimado tinha sumido da cozinha. O frango estava bom, a salada melhor, as batatas coradas estavam crocantes demais, mas um sr. Frost deliciado proclamou que era precisamente assim que ele gostava e se serviu de um segundo prato.

As flores fizeram sucesso, os chocolates, que ficaram para a sobremesa, foram perfeitos, e o sr. Frost ficou sentado e conversou, depois viu televisão com as duas até por volta de dez da noite, quando disse que precisava ir para casa.

– O tempo, as marés e a pesquisa histórica não esperam por ninguém – disse ele. Apertou com entusiasmo a mão de Noona, piscou para Scarlett como quem conspira e saiu pela porta.

Naquela noite, Scarlett tentou encontrar Nin em seus sonhos; pensou nele enquanto caía no sono, imaginou-se andando pelo cemitério procurando por ele, mas sonhou estar apenas andando a esmo pelo centro de Glasgow com os amigos da antiga escola. Procuravam uma determinada rua, mas só encontravam uma sucessão de becos sem saída, um depois do outro.

Bem no fundo da montanha na Cracóvia, na câmara mais funda abaixo das cavernas que chamavam de Toca do Dragão, a srta. Lupescu cambaleou e caiu.

Silas se agachou ao lado dela e aninhou a cabeça da srta. Lupescu nas mãos. Havia sangue em seu rosto e parte era dela.

– Deve me deixar – disse ela. – Salve o menino. – Ela estava pela metade agora, metade lobo cinza e metade mulher, mas seu rosto era feminino.

– Não – disse Silas. – Não vou deixá-la.

Atrás dele, Kandar aninhou seu porquinho como uma criança abraça uma boneca. A asa esquerda da múmia tinha se espatifado e ela nunca mais voaria, mas seu rosto barbado era implacável.

– Eles voltarão, Silas – sussurrou a srta. Lupescu. – Muito em breve, o sol vai nascer.

– Então – disse Silas –, temos de cuidar deles antes que estejam prontos para atacar. Pode se levantar?

– *Dã*. Sou um sabujo de Deus – disse a srta. Lupescu. – Vou me levantar. – Ela baixou o rosto nas sombras, flexionando os dedos. Quando ergueu a cabeça novamente, era uma cabeça de lobo. Pôs as patas da frente na pedra e, laboriosamente, içou-se para ficar de pé: um lobo cinza maior que um urso, a pelagem e o focinho salpicados de sangue.

Ela lançou a cabeça para trás e soltou um uivo de fúria e desafio. Seus lábios recuaram nos dentes e ela baixou mais uma vez a cabeça.

– Agora – rosnou a srta. Lupescu. – Vamos acabar com isso.

No final da tarde de domingo, o telefone tocou. Scarlett estava no primeiro andar, copiando laboriosamente rostos do mangá que estivera lendo e decalcando. A mãe pegou o telefone.

– Que engraçado, estávamos justamente falando de você – disse a mãe, embora não fosse verdade. – Foi maravilhoso – a mãe continuou. – Eu me diverti muito. Sinceramente, não houve problemas. Os chocolates estavam perfeitos. Simplesmente perfeitos. Eu disse a Scarlett para lhe falar que sempre que quiser um bom jantar, é só me dizer. – E depois: – Scarlett? Sim, ela está aqui. Vou passar para ela. *Scarlett?*

– Estou bem aqui, mãe – disse Scarlett. – Não precisa gritar. – Ela pegou o fone. – Sr. Frost?

– Scarlett? – Ele parecia animado. – Oi. Hum. A coisa de que estávamos falando. A coisa que aconteceu na minha casa. Pode dizer a seu amigo que descobri... hum, escute, quando você disse "um amigo seu", não quis dizer no sentido de "estávamos justamente falando de você", ou é uma pessoa de verdade, se não for uma pergunta pessoal...

— Eu tenho um amigo de verdade que quer saber — disse Scarlett, divertindo-se.

A mãe lhe lançou um olhar confuso.

— Diga a seu amigo que cavei por aí... Não literalmente, mas vasculhei, bem, eu dei uma boa olhada... e acho que posso ter desenterrado alguma informação de verdade. Deparei-me com umas coisas ocultas. Bem, não é algo que eu pense que deva ser divulgado... Eu, hum, eu descobri coisas.

— Como o quê? — perguntou Scarlett.

— Olhe... não pense que estou maluco. Mas, bem, pelo que sei, três pessoas foram mortas. Uma delas... o bebê, eu acho... não foi. Não era uma família de três, mas de quatro. Só três deles morreram. Diga a ele para vir me ver, o seu amigo. Contarei tudo a ele.

— Vou dizer a ele — disse Scarlett. Ela baixou o fone, o coração batendo como um tambor.

Nin desceu a estreita escada de pedra pela primeira vez em seis anos. Seus passos ecoavam na câmara por dentro da colina.

Ele chegou ao pé da escada e esperou que o Executor se manifestasse. E ele esperou, e esperou, mas nada apareceu, nada sussurrou, nada se mexeu.

Ele olhou a câmara, sem se deixar perturbar pela densa escuridão, vendo como veem os mortos. Andou até a pedra do altar no chão, onde estavam o cálice, o broche e a adaga de pedra.

Nin estendeu a mão e tocou a beira da faca. Era mais afiada do que ele esperava e beliscou a pele de seu dedo.

ESTE É O TESOURO DO EXECUTOR, sussurrou uma voz tripla, mas parecia menor do que ele se lembrava, mais hesitante.

Nin disse:

– Você é a coisa mais antiga aqui. Vim falar com você. Quero conselhos.

Uma pausa.

NADA VEM AO EXECUTOR PROCURANDO CONSELHOS. O EXECUTOR GUARDA. O EXECUTOR ESPERA.

– Eu sei. Mas Silas não está aqui. E não sei com quem mais posso falar.

Nada foi dito. Só um silêncio como resposta, que ecoou no pó e na solidão.

– Não sei o que fazer – disse Nin com sinceridade. – Acho que posso descobrir quem matou minha família. Quem queria me matar. Mas isso significa sair do cemitério.

O Executor não disse nada. Brotos de fumaça se retorciam lentamente pelo interior da câmara.

– Não tenho medo de morrer – disse Nin. – É só que tantas pessoas de quem eu gosto passaram tanto tempo me mantendo seguro, me ensinando, me protegendo.

Novamente o silêncio.

Depois ele disse:

– Tenho que fazer isso sozinho.

sim.

— Então é só isso. Desculpe por tê-lo incomodado.

Eles sussurraram então no ouvido de Nin, numa voz que era um ciciar insinuando um deslize:

o executor foi criado para proteger o tesouro até que nosso amo volte. você é nosso amo?

— Não — disse Nin.

E então, com um gemido esperançoso:

você será nosso amo?

— Acho que não.

se fosse nosso amo, poderíamos mantê-lo em nossos anéis para sempre. se fosse nosso amo, nós o manteríamos seguro e o protegeríamos até o fim dos tempos, e nunca permitiríamos que suportasse os perigos do mundo.

— Eu não sou seu amo.

não.

Nin sentiu o Executor murchando em sua mente. Eles disseram: então descubra seu nome. E sua mente ficou vazia, a sala ficou vazia, e Nin estava só.

Nin subiu a escada com cuidado, mas rapidamente. Tinha tomado uma decisão e precisava agir logo, enquanto a decisão ainda ardia em sua mente.

Scarlett esperava por ele no banco perto da capela.

— E então? — disse ela.

— Eu vou. Vamos — disse ele, e, lado a lado, eles desceram o caminho até os portões do cemitério.

O número 33 era uma casa alta, fininha, no meio de uma fila de casas avarandadas. Era de tijolos vermelhos aparentes e passava despercebida. Nin olhou para ela inseguro, perguntando-se por que não lhe parecia familiar, nem especial. Era só uma casa, como qualquer outra. Havia um pequeno trecho de concreto na frente que não era um jardim, e um Mini verde estacionado na rua. A porta da frente antigamente fora pintada de azul vivo, mas a cor desbotara com o tempo e o sol.

– E então? – disse Scarlett.

Nin bateu à porta. Não aconteceu nada, depois ouviu-se um bater de pés na escada por dentro e a porta se abriu, revelando uma entrada e uma escada. Emoldurado pela soleira da porta estava um homem de óculos e cabelos grisalhos recuando no crânio, que piscou para eles, depois estendeu a mão para Nin, sorrindo nervoso e disse:

–Você deve ser o amigo misterioso da srta. Perkins. É um prazer conhecê-lo.

– Este é o Nin – disse Scarlett.

– Tim?

– Nin. Com *N* – disse ela. – Nin, este é o sr. Frost.

Nin e Frost trocaram um aperto de mãos.

– A chaleira está no fogo – disse o sr. Frost. – O que acha de trocarmos informações enquanto tomamos uma xícara de chá?

Eles o seguiram pela escada até uma cozinha, onde o sr. Frost serviu três xícaras de chá, depois os levou a uma pequena sala de estar.

— A casa sobe sem parar — disse ele. — O banheiro fica no andar seguinte, e meu escritório, dois quartos acima dele. Todas essas escadas mantêm a gente em forma.

Eles se sentaram num sofá roxo extremamente grande ("Já estava aqui quando eu cheguei") e beberam o chá.

Era preocupação de Scarlett que o sr. Frost fizesse muitas perguntas a Nin, mas ele não fez. Só parecia animado, como se tivesse identificado a lápide perdida de alguém famoso e estivesse louco para contar ao mundo. Ele ficava se mexendo impaciente na cadeira, como se tivesse uma coisa imensa para dividir com eles e não contar logo exigisse esforço físico.

Scarlett disse:

— Então, o que descobriu?

O sr. Frost disse:

— Bem, você tinha razão. Quero dizer, esta era a casa onde aquelas pessoas foram assassinadas. E... acho que o crime foi... bem, não exatamente abafado, mas esquecido por, digamos... pelas autoridades.

— Não entendo — disse Scarlett. — Assassinatos não são varridos para baixo do tapete.

— Este foi — disse Frost. Ele terminou o chá. — Havia gente lá fora que tinha influência. É a única explicação para isso e para o que aconteceu com a criança mais nova...

— E o que foi? — perguntou Nin.

— Ele sobreviveu — disse Frost. — Tenho certeza disso. Mas não houve uma caçada humana. Um bebê desaparecido normalmente seria notícia em todo o país. Mas eles, hum, eles devem ter abafado isso de alguma maneira.

– Quem são *eles*? – perguntou Nin.

– As mesmas pessoas que mataram a família.

– Sabe de algo a mais que isso?

– Sim. Bem, um pouco... – Frost se interrompeu. – Desculpe. Eu. Entendam. Dado o que descobri. É tudo inacreditável demais.

Scarlett começava a ficar frustrada.

– O que foi? O que descobriu?

Frost ficou envergonhado.

– Você tem razão. Desculpe. Fico guardando segredos. Não é uma boa ideia. Os historiadores não enterram coisas. Nós cavamos. Mostramos às pessoas. Sim. – Ele parou, hesitou, depois disse: – Descobri uma carta. Lá em cima. Estava escondida atrás de uma tábua solta. – Ele se virou para Nin. – Meu jovem, eu estaria correto em supor que seu, bem, seu interesse neste assunto, neste assunto medonho, é pessoal?

Nin assentiu.

– Não vou perguntar mais nada – disse Frost e levantou. – Venha – disse ele a Nin. – Mas não você – a Scarlett –, ainda não. Vou mostrar *a ele*. E se ele disser que não há problema, mostrarei a você também. Fechado?

– Fechado – disse Scarlett.

– Não vamos demorar muito – disse o sr. Frost. – Venha, meu amigo.

Nin se levantou, disparando um olhar de preocupação para Scarlett.

— Está tudo bem — disse ela, e sorriu para ele da forma mais tranquilizadora que pôde. — Vou esperar por você aqui.

Ela olhou as sombras dos dois enquanto eles saíam da sala e subiam a escada. Estava nervosa, mas cheia de expectativa. Ela se perguntava o que Nin iria saber e estava feliz que ele fosse informado antes dela. Afinal, era a história dele. Era o direito dele.

Na escada, o sr. Frost ia na frente.

Nin olhou em volta enquanto subia ao alto da casa, mas nada parecia familiar. Tudo lhe era estranho.

— Bem lá no topo — disse o sr. Frost. Eles subiram outro lance de escada. — Eu não... bem, não precisa responder, se não quiser, mas... hum, você é o menino, não é?

Nin não disse nada.

— Chegamos — disse o sr. Frost. Ele virou a chave na porta do alto da casa, abriu e eles entraram.

O quarto era pequeno, um quarto de sótão com teto inclinado. Treze anos antes, tinha um berço. Mal dava para o homem e o rapaz.

— Foi sem dúvida um golpe de sorte — disse o sr. Frost. — Bem debaixo do meu nariz, por assim dizer. — Ele se agachou, puxando o carpete puído.

— Então sabe por que minha família foi assassinada? — perguntou Nin.

O sr. Frost disse:

— Está tudo aqui. — Ele estendeu a mão até certa altura da tábua e empurrou até conseguir fazer uma alavanca. — Este teria sido o quarto do bebê — disse o sr. Frost. — Vou lhe mostrar o... A única coisa que não sabemos é quem fez isso. Absolutamente nada. Não temos a mais remota ideia.

– Sabemos que tinha cabelos escuros – disse Nin, no quarto que um dia fora dele. – E sabemos que o nome dele é Jack.

O sr. Frost pôs a mão no espaço vazio onde estivera a tábua.

– Já faz quase treze anos – disse ele. – E o cabelo rareia e fica grisalho em treze anos. Mas sim, tem razão. É Jack.

Ele endireitou o corpo. A mão que estivera no buraco do chão agora segurava uma faca afiada e larga.

– Agora – disse o homem chamado Jack. – Agora, garoto. Hora de acabar com isso.

Nin o encarou. Era como se o sr. Frost tivesse vestido uma capa ou um chapéu daquele outro homem, e agora os tivesse descartado. O exterior afável se fora.

A luz brilhava nos óculos do homem e na lâmina da faca.

Uma voz chamou pelos dois da escada – a de Scarlett.

– Sr. Frost? Tem alguém batendo na porta da frente. Devo abrir?

O homem chamado Jack olhou de lado por um momento, mas Nin sabia que só tinha aquele instante e Sumiu, tão completamente, tão inteiramente quanto pôde. O homem chamado Jack olhou para onde estivera Nin, depois encarou o quarto, a confusão e a raiva competindo em seu rosto. Deu um passo para dentro do quarto, a cabeça girando de um lado a outro como um tigre velho farejando uma presa.

– Você está em algum lugar aqui – grunhiu o homem chamado Jack. – Eu sinto seu cheiro!

Atrás dele, a portinha para o quarto do sótão bateu e ele girou, ouvindo a chave rodar na fechadura.

O homem chamado Jack elevou a voz.

– Conseguiu algum tempo, mas não pode me impedir, garoto – gritou ele pela porta trancada. Depois acrescentou simplesmente: – Você e eu temos negócios inacabados.

Nin lançou-se escada abaixo, esbarrando nas paredes, quase caindo na pressa de chegar a Scarlett.

– Scarlett! – disse ele, quando a viu. – É ele! Vamos!

– Ele quem? Do que está falando?

– Ele! Frost. Ele é Jack. Ele tentou me matar!

Um *bang!* vinha de cima enquanto o homem chamado Jack chutava a porta.

– Mas... – Scarlett tentou entender o que ouvia. – Mas ele é *legal*.

– Não – disse Nin, pegando a mão dela e puxando-a pela escada, até o hall. – Não, ele não é.

Scarlett abriu a porta da frente.

– Ah. Boa tarde, senhorita – disse um homem à porta, olhando para ela. – Estamos procurando o sr. Frost. Creio que este é seu recanto. – Ele tinha cabelos prateados e cheirava à colônia.

– Os senhores são amigos dele? – perguntou ela.

– Ah, sim – disse o homem mais baixo, parado pouco atrás. Tinha um bigode preto e pequeno e era o único que usava chapéu.

– Certamente somos – disse um terceiro mais novo, imenso e louro nórdico.

– Todo mundo é, todos os Jacks – disse o último dos homens, grandalhão feito um touro, com uma cabeça imensa. A pele era marrom.

– Ele. O sr. Frost. Ele teve que sair – disse ela.

– Mas o carro dele está aqui – disse o homem de cabelos prateados, enquanto o louro dizia:

– Quem é você, afinal?

– Ele é amigo da minha mãe – disse Scarlett.

Ela podia ver Nin, agora, do outro lado do grupo, gesticulando freneticamente para ela deixar os homens e segui-lo.

Scarlett disse, com a maior leveza que pôde:

– Ele acaba de sair. Foi comprar jornal. Na banca da esquina daqui. – E ela fechou a porta às costas, contornou os homens e começou a andar.

– Para onde você vai? – perguntou o homem de bigode.

– Tenho que pegar um ônibus – disse ela. Scarlett subiu a colina para o ponto de ônibus e o cemitério, e se recusou, resolutamente, a olhar para trás.

Nin andava ao lado dela. Até para Scarlett ele parecia opaco no anoitecer que se aprofundava, como algo que quase não estava ali, um tremeluzir de névoa quente, uma folha agitada que por um momento parecia um menino.

– Ande rápido – disse Nin. – Todos estão olhando para você. Mas não corra.

– Quem são eles? – perguntou Scarlett em voz baixa.

– Não sei – disse Nin. – Mas são todos estranhos. Como se não fossem bem gente. Eu queria voltar e ouvir o que dizem.

– É claro que são gente – disse Scarlett, e ela subiu a colina o mais rápido que pôde sem realmente correr, sem ter mais certeza se Nin estava a seu lado.

Os quatro homens estavam parados à porta do número 33.

– Não gosto disso – disse o grandão de pescoço de touro.

– Não gosta disso, sr. Tar? – disse o homem de cabelos brancos. – Nenhum de nós gosta. Está tudo errado. Tudo está dando errado.

– Cracóvia se foi. Eles não respondem. E depois Melbourne e Vancouver... – disse o homem de bigode. – Pelo que sabemos, só restamos nós quatro.

– Silêncio, por favor, sr. Ketch – disse o homem de cabelo branco. – Estou pensando.

– Desculpe, senhor – disse o sr. Ketch, e bateu no bigode com o dedo enluvado, olhou o alto da colina e para baixo de novo, assoviando entre dentes.

– Acho... que devemos ir atrás dela – disse o homem de pescoço de touro, o sr. Tar.

– E eu acho que vocês deviam me ouvir – disse o homem de cabelo branco. – Eu disse silêncio. E isso quer dizer *silêncio*.

– Desculpe, sr. Dandy – disse o louro.

No silêncio, eles podiam ouvir batidas do alto e do interior da casa.

– Vou entrar – disse o sr. Dandy. – Sr. Tar, você vem comigo. Nimble e Ketch, peguem a menina. Tragam-na de volta.

– Viva ou morta? – perguntou o sr. Ketch, com um sorriso presunçoso.

– Viva, seu imbecil – disse o sr. Dandy. – Quero saber o que ela sabe.

– Talvez ela seja um deles – disse o sr. Tar. – Aqueles que acabaram conosco em Vancouver, Melbourne e...

– Peguem-na – disse o sr. Dandy. – Peguem-na *agora*. – O louro e o de bigode e chapéu correram colina acima.

O sr. Dandy e o sr. Tar ficaram na frente da porta do número 33.

– Arrombe – disse o sr. Dandy.

O sr. Tar pôs o ombro na porta e começou a jogar seu peso nela.

– É reforçada – disse ele. – Protegida.

O sr. Dandy disse:

– Não há nada que um Jack faça que outro não possa consertar. – Ele tirou a luva, pôs a mão na porta, murmurou alguma coisa numa língua mais antiga do que o inglês que falava. – Agora experimente – disse ele.

Tar encostou-se na porta, grunhiu e empurrou. Desta vez a tranca cedeu e a porta se abriu.

– Muito bem – disse o sr. Dandy.

Houve um estrondo bem acima deles, no alto da casa.

O homem chamado Jack os encontrou no meio da escada. O sr. Dandy sorriu para ele, sem nenhum humor, mas com os dentes perfeitos.

— Olá, Jack Frost — disse ele. — Pensei que estivesse com o menino.

— Eu estava — disse o homem chamado Jack. — Ele escapou.

— De novo? — O sorriso de Jack Dandy ficou mais largo, mais gélido e ainda mais perfeito. — Uma vez é um erro, Jack. Duas é um desastre.

— Vamos pegá-lo — disse o homem chamado Jack. — Isto acaba esta noite.

— Melhor assim — disse o sr. Dandy.

— Ele estará no cemitério — disse o homem chamado Jack. Os três homens desceram a escada correndo.

O homem chamado Jack farejou o ar. Tinha o cheiro do menino nas narinas, uma comichão na nuca. Parecia que tudo isso acontecera anos antes. Ele parou, vestiu o sobretudo preto, que estava pendurado no hall da frente, incongruente ao lado do paletó de tweed e a capa de chuva castanho-clara do sr. Frost.

A porta da frente estava aberta para a rua e a luz do dia quase desaparecera. Desta vez o homem chamado Jack sabia exatamente que caminho tomar. Não parou, mas simplesmente saiu da casa, correndo pela colina até o cemitério.

Os portões do cemitério estavam fechados quando Scarlett os alcançou. Scarlett os empurrou desesperadamente, mas tinham cadeado. E depois, Nin estava ao lado dela.

— Sabe onde está a chave? — perguntou ela.

— Não temos tempo — disse Nin. Ele empurrou as barras de metal. — Passe os braços em volta de mim.

— O quê?

— Só coloque os braços em volta de mim e feche os olhos.

Scarlett encarou Nin, como se o desafiasse a tentar alguma coisa, depois o segurou com força e fechou bem os olhos.

— Tudo bem.

Nin se encostou nas barras do portão do cemitério. Elas contavam como parte do cemitério e ele tinha esperanças de que só desta vez sua Liberdade do Cemitério cobrisse também outras pessoas. E então, como fumaça, Nin deslizou pela grade.

— Pode abrir os olhos — disse ele.

Ela os abriu.

— Como fez isso?

— Esta é a minha casa — disse ele. — Posso fazer coisas aqui.

Som de sapatos batendo na calçada, e dois homens estavam do outro lado dos portões, sacudindo-os, empurrando-os.

— Oláááá — disse Jack Ketch, com um torcer do bigode, e sorriu para Scarlett através da grade como um coelho com um segredo. Tinha um cordão de seda preta amarrado em seu braço esquerdo e agora o puxava com a mão direita enluvada. Ele o tirou do braço e o testou, passando de uma mão à outra como se estivesse prestes a fazer uma cama de gato. — Saia, menininha. Está tudo bem. Ninguém vai machucar você.

— Só precisamos que responda a algumas perguntas — disse o louro grandão, o sr. Nimble. — Estamos em missão oficial.

(Ele mentia. Não há nada de oficial nos Jacks Fazem-Tudo, embora houvesse Jacks nos governos, nas forças policiais e em outros lugares.)

— Corra! — disse Nin a Scarlett, puxando-lhe a mão. Ela correu.

— Você viu isso? — disse o Jack que se chamava Ketch.

— O quê?

— Eu vi alguém com ela. Um menino.

— O menino? — perguntou o Jack chamado Nimble.

— Como vou saber? Vem cá. Me dá uma mãozinha. — O homem maior estendeu as mãos, uniu-as para fazer um degrau e o pé com sapato preto de Jack Ketch pisou nelas. Erguido, ele trepou no alto dos portões e pulou para o passeio, caindo de quatro, feito um sapo. Ele se levantou e disse: — Descubra outra maneira de entrar. Eu vou atrás deles. — E disparou pelo caminho sinuoso que levava ao interior do cemitério.

Scarlett disse:

— Só me conte o que estamos fazendo. — Nin andava rápido pelo cemitério ao crepúsculo, mas não corria, ainda não.

— Como assim?

— Acho que o homem queria me matar. Você viu como ele brincava com aquele cordão preto?

— Tenho certeza de que queria. Aquele homem chamado Jack... o seu sr. Frost... *ele* ia me matar. Tinha uma faca.

– Ele não é o *meu* sr. Frost. Bom, acho que é, mais ou menos. Desculpe. Para onde vamos?

– Primeiro vou deixar você num lugar seguro. Depois eu cuido deles.

Em volta de Nin, os habitantes do cemitério andavam e se reuniam, preocupados e alarmados.

– Nin? – disse Caio Pompeu. – O que está havendo?

– Gente má – disse Nin. – Nosso pessoal pode ficar de olho neles? Quero ser informado de onde estão o tempo todo. Precisamos esconder Scarlett. Alguma ideia?

– A cripta da capela? – disse Thackeray Porringer.

– É o primeiro lugar em que vão procurar.

– Com quem você está falando? – perguntou Scarlett, encarando Nin como se ele tivesse enlouquecido.

Caio Pompeu disse:

– Dentro da colina?

Nin pensou.

– Sim. Boa pedida. Scarlett, lembra do lugar onde encontramos o Homem Anil?

– Mais ou menos. Um lugar escuro. Lembro que não havia motivo nenhum para ter medo.

– Vou levar você para lá.

Eles subiram correndo o caminho. Scarlett sabia que Nin falava com outros enquanto eles prosseguiam, mas só podia ouvir o lado dele da conversa. Era como ouvir alguém falando ao telefone. O que a lembrou de uma coisa...

– Minha mãe vai ter um ataque – disse ela. – Estou morta.

– Não – disse Nin. – Não está. Ainda não. Não por um bom tempo. – Depois, para outra pessoa: – Agora são dois. Juntos? Tudo bem.

Eles chegaram ao mausoléu dos Frobisher.

– A entrada fica atrás do caixão de baixo, à esquerda – disse Nin. – Se ouvir alguém chegando e não for eu, desça direto para o fundo... Tem alguma coisa para fazer luz?

– Tenho. Uma lanterninha de LED no meu chaveiro.

– Ótimo.

Ele abriu a porta do mausoléu.

– E tenha cuidado. Não tropece nem nada disso.

– Aonde você vai? – perguntou Scarlett.

– Esta é a minha casa – disse Nin. – Vou protegê-la.

Scarlett apertou o chaveiro com o LED e desceu de quatro. O espaço entre o caixão era apertado, mas ela passou pelo buraco para dentro da colina e empurrou o caixão ao máximo que pôde. Podia ver degraus de pedra à luz fraca do chaveiro. Ela ficou de pé e, com a mão na parede, desceu três degraus, depois parou e se sentou, na esperança de que Nin soubesse o que estava fazendo, e esperou.

Nin disse:

– Onde eles estão agora?

Seu pai falou:

– Um camarada está subindo o Passeio Egípcio, procurando por você. Os amigos dele esperam na parede da viela. Outros três estão a caminho, subindo o muro da viela, usando lixeiras grandes.

— Eu queria que Silas estivesse aqui. Ele daria cabo deles rápido. Ou a srta. Lupescu.

— Você não precisa deles — disse o sr. Owens num tom encorajador.

— Onde está a mamãe?

— No muro da viela.

— Diga a ela que escondi Scarlett nos fundos do canto dos Frobisher. Peça a ela para ficar de olho se alguma coisa acontecer comigo.

Nin correu pelo cemitério escuro. O único caminho para a parte noroeste do cemitério era através do Passeio Egípcio. E para chegar lá, ele teria de passar pelo baixinho com o cordão de seda preta. Um homem que procurava por ele e que o queria morto...

Ele era Ninguém Owens, disse Nin a si mesmo. Fazia parte do cemitério. Ficaria bem.

Ele por pouco não viu o baixinho — o Jack chamado Ketch — enquanto corria pelo Passeio Egípcio. O homem quase fazia parte das sombras.

Nin respirou fundo, Sumiu ao máximo e passou pelo homem como um sopro de poeira numa brisa do anoitecer.

Ele desceu o trecho de trepadeiras do Passeio Egípcio, depois, com força de vontade, tornou-se o mais evidente que pôde e chutou um seixo.

Viu a sombra perto do arco se desprender e vir atrás dele, num silêncio quase dos mortos.

Nin passou pela hera rastejante que bloqueava o Passeio e entrou no canto noroeste do cemitério. Teria tempo para fazer isso direito, ele sabia. Se fosse rápido demais, o homem o perderia, mas se fosse devagar demais, um cordão de seda preta se enrolaria em seu pescoço, tirando sua capacidade de respirar e todos os amanhãs que tinha.

Ele passou com ruído pelo emaranhado de hera, perturbando uma das muitas raposas do cemitério, que disparou para o subsolo. Ali era uma selva de lápides caídas e estátuas sem cabeça, de árvores e azevinhos, de pilhas escorregadias de folhas caídas e meio podres, mas era uma selva que Nin explorava desde que tinha idade para andar e vagar por aí.

Agora ele corria com cautela, pisando de grumo de hera em pedra e daí em terra, confiante de que este era seu cemitério. Podia sentir o cemitério tentando escondê-lo, protegê-lo, fazê-lo desaparecer e ele lutou, esforçou-se para ser visto.

Ele viu Nehemiah Trot e hesitou.

– Olá, jovem Nin! – chamou o poeta. – Soube que a azáfama predomina, que você disparou por estes domínios como um cometa pelo firmamento. Que novidade conta, meu bom Nin?

– Fique aqui – disse Nin. – Exatamente onde está. Vigie o caminho por onde eu vim. Me diga quando ele chegar mais perto.

Nin ultrapassou o túmulo coberto de hera dos Carstairs, depois ficou de pé, arfando como se estivesse sem fôlego, de costas para seu perseguidor.

E esperou. Só por alguns segundos, mas parecia uma pequena eternidade.

("Ele está aqui, amigo", disse Nehemiah Trot. "Uns vinte passos atrás de você.")

O Jack chamado Ketch viu o menino na frente dele. Puxou firme o cordão de seda preta entre as mãos. Tinha se estendido em muitos pescoços, com o passar dos anos, e fora o fim de cada uma das pessoas que ele envolveu. Era muito macio e muito forte, e invisível em raios X.

O bigode de Ketch se mexeu, mas só o bigode. Sua presa estava bem à vista e ele não queria sobressaltá-la. Começou a avançar, silencioso como uma sombra.

O menino endireitou o corpo.

Jack Ketch disparou para frente, os sapatos pretos e engraxados quase sem som na lama de folhas.

("Ele está vindo, amigo!", avisou Nehemiah Trot.)

O menino se virou e Jack Ketch saltou para ele...

E o sr. Ketch sentiu o mundo desaparecer sob os pés. Agarrou-se ao mundo com a mão enluvada, mas tombou sem parar no túmulo antigo, os seis metros, antes de cair com um baque no caixão do sr. Carstairs, estilhaçando a tampa do caixão e seu tornozelo ao mesmo tempo.

– Um já se foi – disse Nin, calmamente, embora sentisse de tudo, menos calma.

– Elegantemente realizado – disse Nehemiah Trot. – Comporei uma Ode. Gostaria de ficar e ouvir?

– Não há tempo – disse Nin. – Onde estão os outros homens?

Euphemia Horsfall disse:

— Três deles estão no caminho sudoeste, indo para o alto da colina.

Tom Sands disse:

— E há outro. Neste momento, está só andando em volta da capela. Ele é aquele que zanzou por todo o cemitério no último mês, mas há alguma coisa diferente nele.

— Fique de olho no homem com o sr. Carstairs... – disse Nin. – E por favor, desculpe-se com o sr. Carstairs em meu nome...

Ele se enfiou por baixo de um galho de pinheiro e saltou pela colina, nas trilhas quando lhe era adequado, fora delas, pulando de monumento a pedra, quando era mais rápido.

Passou pela antiga macieira.

— Ainda são quatro – disse uma voz feminina e acre. – Quatro deles e todos assassinos. E o resto não vai cair em túmulos abertos para agradar a você.

— Olá, Liza. Pensei que estivesse com raiva de mim.

— Eu podia e não podia estar – disse ela, nada mais do que uma voz. – Mas não vou deixar que eles o façam em pedaços.

— Então faça-os tropeçar, confunda-os e reduza o ritmo deles. Pode fazer isso?

— Enquanto você corre por aí de novo? Ninguém Owens, por que simplesmente não Some e se esconde na linda tumba de sua mãe, onde eles nunca o encontrarão, e assim que Silas voltar cuidará deles...

— Talvez ele volte, talvez não – disse Nin. – Encontro você perto da árvore do raio.

– Ainda não estou falando com você – disse a voz de Liza Hempstock, altiva como um pavão e insolente como um pardal.

– Na verdade está. Quero dizer, estamos conversando bem agora.

– Só durante esta emergência. Depois disso, nem uma palavra.

Nin foi para a árvore do raio, um carvalho que fora queimado por um relâmpago vinte anos antes e agora não passava de um tronco enegrecido apontando para o céu.

Ele teve uma ideia. Não estava inteiramente formada. Dependia de se lembrar das aulas da srta. Lupescu, lembrar-se de tudo o que vira e ouvira quando criança.

Foi mais difícil encontrar o túmulo do que ele esperava, mesmo procurando, mas Nin o achou – o túmulo feio, inclinado num ângulo estranho, sua lápide encimada por um anjo sem cabeça e bolorento que tinha a aparência de um fungo gigantesco. Foi só quando ele o tocou, e sentiu o frio, que teve certeza.

Ele se sentou no túmulo e se obrigou a ficar inteiramente visível.

– Você não Sumiu – disse a voz de Liza. – Qualquer um pode encontrar você.

– Que bom – disse Nin. – Quero que me encontrem.

– Mal sabe o tolo como é bom o bolo – disse Liza.

A lua nascia. Agora era imensa e baixa no céu. Nin se perguntou se seria exagero começar a assobiar.

– Estou vendo o garoto!

Um homem correu para ele, tropeçando e cambaleando, com outros dois em seu encalço.

Nin estava ciente dos mortos reunidos em volta dele, olhando a cena, mas obrigou-se a ignorá-los. Ele se colocou mais à vontade no túmulo feio. Sentia-se como uma isca numa armadilha e não era uma sensação agradável.

O homem que parecia um touro foi o primeiro a chegar ao túmulo, seguido de perto pelo homem de cabelo branco, que era quem falava, e o louro alto.

Nin ficou onde estava.

O homem de cabelo branco disse:

– Ah. O esquivo menino Dorian, suponho. Impressionante. Lá está nosso Jack Frost caçando pelo mundo todo e aqui está você, justo onde ele o deixou há treze anos.

Nin disse:

– Aquele homem matou minha família.

– É bem verdade.

– Por quê?

– Que importa? Você nunca vai poder contar a ninguém.

– Então não vai tirar pedaço me contar, não é?

O homem de cabelo branco ladrou uma risada.

– Rá! Que menino engraçado. O que *eu* quero saber é como você viveu num cemitério por treze anos sem que ninguém tenha sabido?

– Vou responder à sua pergunta se você responder à minha.

O homem de pescoço de touro disse:

— Não fale com o sr. Dandy desse jeito, seu pirralho! Eu parto a sua cara, eu...

O homem de cabelo branco se aproximou mais um passo do túmulo.

— Silêncio, Jack Tar. Está tudo bem. Uma resposta por outra. Nós... meus amigos e eu... somos membros de uma organização fraterna, conhecida como os Jacks Fazem-Tudo, ou os Valetes, ou por outros nomes. Remontamos a um passado muito distante. Sabemos... lembramos de coisas que a maioria das pessoas esqueceu. O Antigo conhecimento.

Nin disse:

— Magia. Vocês sabem um pouco de magia.

O homem assentiu aprazivelmente.

— Se preferir chamar assim. Mas é um tipo muito específico de magia. Há uma magia que você tira da morte. Algo deixa o mundo, outra coisa entra nele.

— Vocês mataram minha família para... para quê? Para ter poderes mágicos? Isso é ridículo.

— Não. Matamos vocês para ter proteção. Tempos atrás, um de nossa gente... Isso foi no Egito, nos tempos das pirâmides... Ele previu que um dia nasceria uma criança que andaria na fronteira entre os vivos e os mortos. Que se esta criança se transformasse num adulto, significaria o fim de nossa ordem e de tudo o que sustentamos. Tínhamos pessoas computando nascimentos antes de Londres ser um vilarejo, vigiamos sua família antes de Nova Amsterdã tornar-se Nova York. E enviamos o que consideramos o melhor, o mais astuto e mais perigoso de todos os Jacks para lidar com vocês. Para corrigir tudo, assim podíamos assimilar todos os poderes sobrenaturais maus e fazê-los funcionar para nós, e manter tudo ok por mais quinhentos anos. Só que ele não conseguiu.

Nin olhou os três homens.

— Então, onde ele está? Por que não está aqui?

O louro disse:

— Podemos cuidar de você. Ele tem um bom faro, esse nosso Jack Frost. Está no rastro de sua amiga. Não podemos deixar testemunhas. Não numa situação dessas.

Nin se inclinou para frente, cravando as mãos no mato que crescia no túmulo abandonado.

— Venham me pegar — foi só o que ele disse.

O louro sorriu duro, o homem de pescoço de touro se lançou e — sim — até o sr. Dandy avançou vários passos.

Nin cravou os dedos o mais fundo que pôde na relva e recuou os lábios nos dentes, dizendo três palavras numa língua que já era antiga antes que o Homem Anil nascesse.

— *Skagh! Thegh! Khavagah!*

Ele descerrou um portal ghoul.

O túmulo se abriu como um alçapão. No buraco fundo abaixo do portal, Nin podia ver estrelas, uma escuridão cheia de luzes cintilantes.

O homem-touro, o sr. Tar, na beira do buraco, não conseguiu parar e cambaleou, surpreso, para o escuro.

O sr. Nimble saltou para Nin, de braços estendidos, pulando pelo buraco. Nin viu o homem parar no ar no auge de sua disparada e pender ali por um momento, antes de ser sugado pelo portal ghoul, descendo sem parar.

O sr. Dandy parou na beira do portal ghoul, em uma aba de pedra, e olhou a escuridão abaixo. Depois ergueu os olhos para Nin e, com os lábios apertados, sorriu.

– Não sei o que você acaba de fazer – disse o sr. Dandy. – Mas não deu certo. – Ele tirou a mão enluvada do bolso, portando uma arma, e apontou diretamente para Nin. – Eu devia ter feito isso há treze anos – disse o sr. Dandy. – Não se pode confiar nos outros. Se for importante, é preciso fazer você mesmo.

Um vento do deserto subiu do portal ghoul aberto, quente e seco, trazendo areia. Nin disse:

– Há um deserto lá embaixo. Se procurar por água, deve encontrar um pouco. Há coisas para comer, se procurar bem, mas não crie caso com as besta-da-lua. Evite Ghûlheim. Os ghouls podem eliminar suas lembranças e transformar você num deles, ou podem esperar até que você esteja podre e devorá-lo. De qualquer maneira, você deve se sair bem.

O cano da arma não vacilou. O sr. Dandy disse:

– Por que está me dizendo isso?

Nin apontou para o cemitério.

– Por causa deles – disse ele, e enquanto dizia isso, enquanto o sr. Dandy dava uma olhada, só por um instante, Nin Sumiu. Os olhos do sr. Dandy dispararam de um lado a outro, mas Nin não estava mais perto da estátua quebrada. Do fundo do buraco, algo chamou, como o gemido solitário de uma ave noturna.

O sr. Dandy olhou em volta, a testa, um talho; o corpo, uma massa de indecisão e raiva.

– Onde está você? – grunhiu ele. – Que o diabo o carregue! Onde você *está*?

Ele pensou ter ouvido uma voz dizendo: "Os portais ghouls devem ser abertos e fechados novamente. Não pode deixá-los abertos. Eles querem fechar."

A aba do buraco sacudiu e tremeu. O sr. Dandy já estivera num terremoto, anos antes, em Bangladesh. Parecia assim: a terra se projetou para cima e o sr. Dandy caiu, e teria tombado na escuridão, mas se segurou na lápide caída, lançou os braços em volta e se firmou. Não sabia o que havia embaixo dele, mas não queria descobrir.

A terra tremeu e ele sentiu a lápide começar a se mexer por baixo de seu peso.

Ele olhou para cima. O menino estava ali, fitando-o com curiosidade.

– Agora vou deixar o portal se fechar – disse ele. – Acho que se continuar segurando essa coisa, pode se fechar em você e esmagá-lo, ou pode simplesmente absorver você e transformá-lo em parte do portal. Não sei. Mas estou lhe dando uma chance, mais do que vocês deram à minha família.

Um solavanco. O sr. Dandy olhou nos olhos cinza do menino e xingou. Depois disse:

– Não pode escapar de nós para sempre. Somos os Jack Fazem-Tudo. Estamos em toda parte. Isso não acabou.

– Acabou para você – disse Nin. – O fim de sua gente e de tudo o que prezam. Como seu homem do Egito previu. Vocês não vão me matar. Vocês estavam em toda parte. Agora acabou. – Depois Nin sorriu. – Era o que Silas estava fazendo, não é? É onde ele está.

A cara do sr. Dandy confirmou tudo o que Nin suspeitava.

E o que o sr. Dandy podia ter dito a isso Nin jamais soube, porque o homem se soltou da lápide e caiu lentamente no portal ghoul aberto.

Nin disse:

– *Wegh Khârados*.

O portal ghoul era mais uma vez um túmulo, e mais nada.

Algo puxava sua manga. Fortinbras Bartleby olhava para ele.

– Nin! O homem da capela. Ele está subindo a colina.

O homem chamado Jack seguia seu faro. Tinha deixado os outros, não menos porque era impossível encontrar alguma coisa com aquele fedor da colônia de Jack Dandy.

Ele não conseguiu localizar o cheiro do menino. Não aqui. O menino tinha o cheiro do cemitério. Mas a menina tinha o cheiro da casa da mãe, com o toque de perfume que ela passara de leve no pescoço antes de ir à escola esta manhã. A menina também tinha cheiro de vítima, como um suor de medo, pensou Jack, como sua presa. E onde quer que ela estivesse, o menino estaria também, mais cedo ou mais tarde.

A mão se fechou no punho da faca e ele subiu a colina. Estava quase no topo quando lhe ocorreu – um pressentimento que ele sabia que era verdadeiro – que Jack Dandy e os outros tinham partido. "Que bom", pensou ele. "Sempre há espaço no topo." A ascensão do homem chamado Jack pela Ordem era lenta e parara depois do fracasso na morte de toda a família Dorian. Era como se ele não fosse mais de confiança.

Agora, em breve, tudo mudaria.

No alto da colina, o homem chamado Jack perdeu o cheiro da menina. Ele sabia que ela estava perto.

Ele refez seus passos, quase despreocupadamente, e voltou a sentir o perfume da menina a uns quinze metros de distância, ao lado de um pequeno mausoléu com um portão de metal fechado. Empurrou o portão e ele se escancarou.

Agora o cheiro era forte. Ele podia sentir que a menina tinha medo. Empurrou os caixões, um por um, de suas prateleiras e deixou que caíssem no chão, espatifando a madeira antiga derramando seu conteúdo no chão do mausoléu. Não, ela não estava escondida em nenhum deles...

Então, onde?

Ele examinou a parede. Sólida. Caiu de quatro, empurrou o último caixão e estendeu a mão. Sua mão encontrou uma abertura...

– Scarlett – chamou ele, tentando se lembrar de como teria chamado o nome dela quando era o sr. Frost, mas não conseguiu nem mesmo encontrar essa parte de si: ele era de novo o homem chamado Jack, e era apenas isso. De quatro, engatinhou pelo buraco na parede.

Quando ouviu o barulho acima, Scarlett continuou, cautelosamente, a descer a escada, a mão esquerda tocando a parede, a direita segurando o chaveiro com o LED, que lançava luz suficiente para que ela visse onde pisava. Foi até o pé da escada de pedra e recuou na câmara aberta, o coração aos saltos.

Estava com medo; com medo do gentil sr. Frost e de seus amigos assustadores; com medo desta sala e de suas lembranças; até, se fosse sincera, com um pouco de medo de Nin. Ele não era mais o menino tranquilo e misterioso, um elo com sua infância. Era algo diferente, algo que não era bem humano.

Ela pensou: "O que será que minha mãe está pensando agora? Ela estará telefonando para a casa do sr. Frost sem parar para descobrir quando vou voltar." Ela pensou: "Se eu sair dessa viva, vou obrigá-la a me dar um telefone. É ridículo. Sou praticamente a única pessoa da minha turma que não tem o próprio celular."

"Estou com saudade da minha mãe."

Ela não achava que nenhum ser humano podia se mover com tal silêncio no escuro, mas a mão enluvada se fechou em sua boca e uma voz que mal era reconhecível como a do sr. Frost disse, sem emoção:

– Faça alguma coisa espertinha... qualquer coisa... e vou cortar sua garganta. Sinalize com a cabeça se me entendeu.

Scarlett assentiu.

Nin viu o caos no chão do mausoléu dos Frobisher, os caixões caídos e seu conteúdo espalhado por todo o corredor.

Havia muitos Frobisher e Frobysher, e vários Pettyfer, todos em variados estados de perturbação e consternação.

– Ele já está lá embaixo – disse Ephraim.

– Obrigado – disse Nin. Ele passou pelo buraco no interior da colina e desceu a escada.

Nin enxergava como os mortos: via os degraus, via a câmara no fundo. E, quando estava no meio da escada, viu o homem chamado Jack segurando Scarlett. Tinha o braço da menina retorcido às costas e uma faca de osso grande e cruel em seu pescoço.

No escuro, o homem chamado Jack olhou para cima.

– Olá, menino – disse ele.

Nin não disse nada. Concentrou-se em seu Sumiço, dando outro passo.

– Acha que não posso ver você – disse o homem chamado Jack. – E tem razão. Não posso. Não mesmo. Mas posso sentir o cheiro de seu medo. E posso ouvir você se mover e ouvir sua respiração. E agora que sei sobre seu truque esperto de desaparecimento, posso *sentir* você. Fale alguma coisa. Fale para que eu possa ouvir, ou começo a fazer esta mocinha em pedaços. Entendeu?

– Sim – disse Nin, a voz ecoando na câmara. – Eu entendi.

– Que bom – disse Jack. – Agora, venha cá. Vamos ter uma conversinha.

Nin começou a descer a escada. Concentrou-se no Medo, em elevar o nível de pânico no ambiente, em tornar o Terror tangível...

— Pare com isso — disse o homem chamado Jack. — O que quer que esteja fazendo. Não faça.

Nin deixou de lado.

— Você acha — disse Jack — que pode fazer sua magiazinha comigo? Sabe o que eu sou, garoto?

Nin disse:

— Você é Jack. Matou minha família. E devia ter me matado.

Jack ergueu uma sobrancelha.

— Eu devia ter matado você?

— Ah, sim. O velho disse que sua Ordem seria destruída se você me deixasse chegar à idade adulta. Eu cheguei. Você falhou e você perdeu.

— Minha Ordem remonta à Babilônia. Nada pode prejudicá-la.

— Eles não lhe contaram, não é? — Nin estava a cinco passos do homem chamado Jack. — Aqueles quatro. Eles eram os últimos dos Jacks. Como foi mesmo?... Cracóvia, Vancouver e Melbourne. Tudo acabou.

Scarlett disse:

— Por favor, Nin. Faça ele me soltar.

— Não se preocupe — disse Nin, com a calma que não sentia. Ele falou com Jack: — Não tem sentido machucá-la. Não tem sentido me matar. Não compreende? Nem mesmo existe uma ordem dos Jacks Fazem-Tudo. Não existe mais.

Jack assentiu pensativamente.

— Se isso for verdade — disse Jack — e se eu agora sou um Jack-Totalmente-Só, então tenho um ótimo motivo para matar vocês dois.

Nin não disse nada.

– Orgulho – disse o homem chamado Jack. – Orgulho de meu trabalho. Orgulho de terminar o que comecei. – Depois ele disse: – O que está fazendo?

Os pelos de Nin se eriçaram. Podia sentir a presença de gavinhas de fumaça pela sala. Ele disse:

– Não sou eu. É o Executor. Eles guardam o tesouro que está enterrado aqui.

– Não minta.

Scarlett disse:

– Ele não está mentindo. É verdade.

– É verdade? – perguntou Jack. – Tesouro enterrado? Não me faça...

O EXECUTOR GUARDA O TESOURO PARA O AMO.

– Quem disse isso? – perguntou o homem chamado Jack, olhando em volta.

– Você ouviu? – perguntou Nin, confuso.

– Ouvi – disse Jack. – Sim.

Scarlett disse:

– Eu não ouvi nada.

O homem chamado Jack disse:

– O que é este lugar, garoto? Onde estamos?

Antes que Nin pudesse falar, a voz do Executor se pronunciou, ecoando pela câmara:

ESTE É O LUGAR DO TESOURO. ESTE É O LUGAR DE PODER, É AQUI QUE O EXECUTOR GUARDA E ESPERA PELA VOLTA DE SEU AMO.

Nin disse:

— Jack?

O homem chamado Jack tombou a cabeça de lado.

— É bom ouvir meu nome saindo de sua boca, menino. Se você a tivesse usado antes, eu podia encontrá-lo mais cedo.

— Jack. Qual é meu nome verdadeiro? Como minha família me chamava?

— Por que isso importa para você agora?

— O Executor me disse para descobrir meu nome. Qual era?

— Deixe-me ver. Seria Peter? Ou Paul? Ou Roderick... Você parece um Roderick. Talvez fosse Stephen... — Ele estava brincando com o menino.

— Pode muito bem me dizer. Vai me matar mesmo — disse Nin. Jack deu de ombros e assentiu no escuro, como se dissesse *obviamente*.

— Eu queria que deixasse a garota ir — disse Nin. — Deixe Scarlett ir.

Jack espiou no escuro, depois disse:

— Isto é uma pedra de altar, não é?

— Acho que sim.

— E uma faca? E um cálice? E um broche?

Ele agora estava sorrindo, no escuro. Nin podia ver isso na cara dele: um sorriso estranho e deliciado que parecia deslocado naquele rosto, um sorriso de descoberta e de compreensão. Scarlett não conseguia ver nada além de um negror que às vezes surgia em lampejos por dentro de suas pálpebras, mas ouvia o prazer na voz de Jack.

O homem chamado Jack disse:

– Então a Fraternidade acabou e a Convocação chegou ao fim. E no entanto, se não há mais Jacks Fazem-Tudo além de mim, o que importa? Pode haver uma nova Fraternidade mais poderosa do que a última.

PODER, ecoou o Executor.

– Isto é perfeito – disse o homem chamado Jack. – Olhe para nós. Estamos num lugar que minha gente procurou por centenas de anos, com tudo o necessário para a cerimônia que espera por nós. É de se acreditar na Providência Divina, não é? Ou nas orações reunidas de todos os Jacks que vieram antes de nós; em nossa maré mais baixa, recebemos essa dádiva.

Nin podia sentir o Executor ouvindo as palavras de Jack, sentia um sussurro baixo de excitação se formando na câmara.

O homem chamado Jack disse:

– Vou estender minha mão, garoto. Scarlett, minha faca ainda está no seu pescoço... Não tente correr quando eu a soltar. Garoto, você colocará o cálice, a faca e o broche em minha mão.

O TESOURO DO EXECUTOR, sussurrou a voz tripla. ELE SEMPRE VOLTA. NÓS O GUARDAMOS PARA O AMO.

Nin se curvou, pegou os objetos da pedra do altar, colocou-os na mão enluvada de Jack. Jack sorriu.

– Scarlett. Vou soltar você. Quando eu afastar a faca, quero que se deite, de cara para baixo, no chão, com as mãos na cabeça. Mexa-se ou tente qualquer coisa, e vou matá-la dolorosamente. Entendeu?

Ela engoliu em seco. Sua boca estava ressecada, mas ela deu um passo trêmulo para frente. Seu braço direito, que tinha sido torcido nas costas, agora estava dormente e ela sentia apenas alfinetadas no ombro. Scarlett se deitou, o rosto pousando na terra compactada.

"Estamos mortos", pensou ela, e o pensamento não foi nem mesmo tingido de emoção. Parecia que ela estava observando algo que acontecia a outra pessoa, um drama surreal que se transformara num jogo de assassinato no escuro. Ela ouviu o barulho de Jack pegando Nin...

A voz de Nin disse:

– Deixe que ela vá.

A voz do homem chamado Jack:

– Se fizer tudo o que eu mandar, não vou matá-la. Não vou nem mesmo machucar a menina.

– Não acredito em você. Ela pode identificá-lo.

– Não. – A voz do adulto era firme. – Ela não pode. – E depois disse: – Dez mil anos e a faca ainda está afiada... – A admiração na voz era palpável. – Garoto, vá se ajoelhar na pedra do altar. As mãos nas costas. Agora.

FAZ MUITO TEMPO, disse o Executor, mas só o que Scarlett ouviu foi um rastejar, como de espirais enormes torcendo-se pela câmara.

Mas o homem chamado Jack ouviu.

– Quer saber seu nome, garoto, antes de eu derramar seu sangue na pedra?

Nin sentiu o frio da faca no pescoço. E nesse momento Nin compreendeu. Tudo ficou mais lento. Tudo entrou em foco.

— Eu sei meu nome – disse ele. – Meu nome é Ninguém Owens. É quem eu sou. – E, ajoelhando-se na pedra fria do altar, tudo parecia muito simples.

— Executor – disse ele à câmara. – Ainda quer um amo?

O EXECUTOR GUARDA O TESOURO ATÉ A VOLTA DO AMO.

— Bom – disse Nin –, não encontraram o amo que estiveram procurando?

Ele podia sentir o Executor se retorcendo e expandindo, ouvir o ruído de arranhar de mil galhos secos, como se uma coisa imensa e musculosa estivesse serpenteando pelo interior da câmara. E então, pela primeira vez, Nin viu o Executor. Depois disso, nunca seria capaz de descrever o que vira: algo imenso, sim; algo com o corpo de uma serpente enorme, mas com a cabeça do quê...? Havia três: três cabeças, três pescoços. As faces eram mortas, como se alguém tivesse feito bonecas com pedaços de cadáveres humanos e de animais. As faces eram cobertas de padrões roxos, tatuados em espirais de anil, transformando as caras mortas em coisas estranhas, monstruosas e expressivas.

As faces do Executor sondaram hesitantes o ar em volta de Jack, como se quisessem afagar ou acariciá-lo.

— O que está havendo? – disse Jack. – O que é isso? O que eu faço?

— Chamam-se o Executor. Eles protegem o lugar. Precisam que um amo lhes diga o que fazer – disse Nin.

Jack ergueu a faca de sílex na mão.

— Lindo — disse ele a si mesmo. E depois: — É claro. Estiveram esperando por mim. Sim. Evidentemente, eu *sou* o novo amo.

O Executor cercou o interior da câmara. AMO?, disse, como um cachorro que esperou pacientemente por muito tempo. Ele disse: AMO?, de novo, como se testasse a palavra para ver como soava. E soava bem, então ele disse mais uma vez, com um suspiro de prazer e de anseio: AMO...

Jack olhou para Nin.

— Há treze anos perdi você e agora nos reencontramos. O fim de uma Ordem. O começo de outra. Adeus, neném. — Com uma das mãos, ele baixou a faca no pescoço do menino. A outra mão segurava o cálice.

— Nin — disse Nin. — Não é neném. É Nin. — Ele elevou a voz. — Executor — disse ele. — O que farão com o novo amo?

O Executor suspirou.

NÓS O PROTEGEREMOS ATÉ O FIM DOS TEMPOS. O EXECUTOR O SEGURARÁ EM SEUS ANÉIS PARA SEMPRE E NUNCA O DEIXARÁ SUPORTAR OS PERIGOS DO MUNDO.

— Então, protejam-no — disse Nin. — Agora.

— Eu sou seu amo. Você obedece a mim — disse o homem chamado Jack.

O EXECUTOR ESPEROU POR MUITO TEMPO, disse a voz tripla do Executor, triunfante. TEMPO DEMAIS. Ele começou a passar seus anéis imensos e lentos em volta do homem chamado Jack.

O homem chamado Jack largou o cálice. Agora tinha uma faca em cada mão – uma faca de sílex e a faca com o punho de osso preto – e disse:

– Para trás! Fique longe de mim! Não chegue mais perto! – Ele golpeava com a faca, enquanto o Executor se retorcia em volta dele e, em um movimento esmagador, engolfou o homem chamado Jack em seus anéis.

Nin correu até Scarlett e a ajudou a se levantar.

– Quero ver – disse ela. – Quero ver o que está acontecendo. – Ela pegou a lanterninha e a acendeu...

O que Scarlett viu não foi o que Nin via. Ela não viu o Executor, e isso foi uma bênção. Mas viu o homem chamado Jack. Viu o medo em sua cara, que o fazia parecer o sr. Frost de antigamente. Em seu terror, ele mais uma vez era o homem gentil que a levara para casa. Ele flutuava dois, depois quatro metros acima do chão, golpeando loucamente no ar com as duas facas, tentando esfaquear algo que ela não conseguia ver, numa exibição que evidentemente não surtia efeito.

O sr. Frost, o homem chamado Jack, quem quer que fosse, foi forçado para longe deles, através da parede, puxado de volta até que se estendeu, braços e pernas abertos se debatendo, contra a lateral da parede da câmara.

Parecia a Scarlett que o sr. Frost estava sendo forçado pela parede, puxado para dentro da pedra, era tragado por ela. Agora não havia nada visível, só o rosto. Ele gritava furiosamente, desesperado, berrando para Nin chamar a coisa, salvá-lo, por favor, por favor... E depois a cara do homem foi puxada pela parede e a voz foi silenciada.

Nin andou até a pedra do altar. Pegou no chão a faca de pedra, o cálice e o broche e os recolocou em seu lugar de direito. Deixou a faca de metal onde caiu.

Scarlett disse:

— Pensei que tivesse dito que o Executor não machucava as pessoas. Pensei que só podia nos assustar.

— Sim — disse Nin. — Mas ele queria um amo para proteger. Ele me disse isso.

Scarlett disse:

— Quer dizer então que você sabia. Você *sabia* o que ia acontecer...

— Sim. Eu esperava que acontecesse.

Ele a ajudou a subir a escada e sair no caos do mausoléu dos Frobisher.

— Vou ter que limpar tudo isso — disse Nin, despreocupadamente. Scarlett tentou não olhar as coisas no chão.

Eles saíram para o cemitério. Scarlett disse, lentamente, mais uma vez:

— Você sabia o que ia acontecer.

Desta vez Nin não disse nada.

Ela o olhou como se não tivesse certeza do que via.

— Então você sabia. Que o Executor o pegaria. Foi por *isso* que me escondeu lá embaixo? Foi? O que eu fui, então, uma *isca*?

Nin disse:

— Não foi assim. — Depois disse: — Ainda estamos vivos, não estamos? E ele não vai mais nos incomodar.

Scarlett podia sentir a raiva e a fúria crescendo por dentro. O medo sumira e agora só o que lhe restava era a necessidade de desabafar, de gritar. Ela reprimiu o impulso.

– E aqueles outros homens? Você os matou também?

– Eu não matei ninguém.

– Então, onde eles estão?

– Um deles está no fundo de uma cova, com um tornozelo quebrado. Os outros três, bom, eles partiram numa longa viagem.

– Você não os matou?

– É claro que não – disse Nin. – Esta é a minha casa. Por que eu ia querer aquela gente andando por aqui para sempre? – Depois: – Olha, está tudo bem. Eu cuidei deles.

Scarlett se afastou um passo.

– Você não é gente. As pessoas não se comportam como você. Você é tão mau quanto ele era. Você é um monstro.

Nin sentiu o sangue sumir do rosto. Depois de tudo o que passara esta noite, depois de tudo o que acontecera, esta era a coisa mais difícil de aceitar.

– Não – disse ele. – Não é bem assim.

Scarlett começou a se afastar de Nin.

Ela deu um passo, dois, e estava prestes a fugir, a se virar e correr como louca, desesperadamente, pelo cemitério ao luar, quando um homem alto de veludo preto pôs a mão em seu braço e disse:

– Receio que esteja sendo injusta com Nin. Mas você sem dúvida será mais feliz se não se lembrar disto. Então vamos dar uma caminhada, você e eu, e discutir o que lhe aconteceu nos últimos dias, o que pode ser sensato se lembrar e o que pode ser melhor você esquecer.

Nin disse:

— Silas. Você *não pode*. Não pode fazê-la me esquecer.

— Será mais seguro assim — disse Silas, simplesmente. — Por ela, se não por todos nós.

— Mas... eu não tenho opinião nisso? — perguntou Scarlett.

Silas não disse nada. Nin deu um passo na direção de Scarlett, dizendo:

— Olha, acabou. Eu sei que foi difícil. Mas... nós conseguimos. Você e eu. Nós os derrotamos.

A cabeça de Scarlett balançava gentilmente, como se ela negasse tudo o que viu, tudo o que viveu.

Ela olhou para Silas e disse apenas:

— Quero ir para casa. Por favor?

Silas assentiu. Ele andou com a menina pelo caminho que, por fim, levaria os dois para fora do cemitério. Nin fitou Scarlett enquanto ela se afastava, na esperança de que ela se virasse e olhasse para trás, que ela sorrisse ou simplesmente o olhasse sem medo nos olhos. Mas Scarlett não se virou. Simplesmente foi embora.

Nin voltou ao mausoléu. Tinha o que fazer e começou a pegar os caixões caídos, retirar os destroços, recolocar a mixórdia de ossos caídos nos caixões, decepcionado ao descobrir que nenhum dos muitos Frobisher e Frobysher e Pettyfer se reuniram para assistir e averiguar que ossos pertenciam a que recipiente.

Um homem levou Scarlett para casa. Mais tarde, a mãe de Scarlett não conseguia se lembrar muito bem do que ele disse a ela, embora, de forma decepcionante, fosse informada de que o gentil Jay Frost fora irremediavelmente obrigado a sair da cidade.

Na cozinha, o homem conversou com elas sobre a vida e os sonhos das duas, e no final da conversa a mãe de Scarlett tinha, de certo modo, decidido que elas voltariam a Glasgow: Scarlett seria feliz perto do pai e veria os amigos de novo.

Silas deixou a menina e a mãe conversando na cozinha, discutindo os desafios de voltar para a Escócia, com Noona prometendo comprar um celular só para Scarlett. Elas mal se lembravam de que Silas estivera lá e era assim que ele queria.

Silas voltou ao cemitério e encontrou Nin sentado no anfiteatro perto do obelisco, de cara amarrada.

— Como está Scarlett?

— Eliminei suas lembranças – disse Silas. – Elas vão voltar para Glasgow. Ela tem amigos lá.

— Como pôde fazer com que ela me esquecesse?

Silas disse:

— As pessoas querem esquecer o impossível. Isso torna o mundo delas mais seguro.

— Eu gostava dela.

— Desculpe.

Nin tentou sorrir, mas não conseguiu encontrar um sorriso dentro de si.

— Os homens... eles falaram de problemas que tiveram na Cracóvia, em Melbourne e Vancouver. Era você, não era?

— Eu não estava só — disse Silas.

— A srta. Lupescu? — disse Nin, depois, vendo a expressão de seu guardião: — Ela está bem?

Silas sacudiu a cabeça, e por um momento foi terrível para Nin suportar sua expressão.

— Ela lutou corajosamente. Lutou por você, Nin.

Nin disse:

— O Executor pegou o homem chamado Jack. Outros três passaram pelo portal ghoul. Há um ferido, mas ainda está vivo, no fundo do túmulo de Carstairs.

Silas disse:

— Ele é o último dos Jacks. Terei de conversar com ele depois, antes de o sol nascer.

O vento que soprou pelo cemitério era frio, mas nem o homem nem o menino pareciam senti-lo.

Nin disse:

— Ela teve medo de mim.

— Sim.

— Mas por quê? Eu salvei a vida dela. Não sou mau. E sou igual a ela. Também estou vivo. — Depois ele disse: — Como a srta. Lupescu caiu?

— Com coragem — disse Silas. — Em batalha. Protegendo outros.

Os olhos de Nin estavam sombrios.

— Podia tê-la trazido de volta para cá. Enterrado aqui. Depois podíamos conversar com ela.

Silas disse:

– Esta alternativa não existia.

Nin sentiu os olhos arderem.

– Ela costumava me chamar de *Nimini*. Ninguém nunca me chamará assim de novo.

Silas disse:

– Devemos sair e comprar comida para você?

– *Nós?* Quer que eu vá com você? Sair do cemitério?

– Ninguém vai tentar matá-lo. Não agora. Há muitas coisas que eles não vão fazer por um bom tempo. Então, sim. O que gostaria de comer?

Nin pensou em dizer que não estava com fome, mas simplesmente não era verdade. Sentia-se meio enjoado, um pouco tonto e estava faminto.

– Pizza? – sugeriu ele.

Eles andaram pelo cemitério, até os portões. Enquanto andava, Nin viu os habitantes do cemitério, mas eles deixaram o menino e seu guardião passarem sem dizer nada. Só olharam.

Nin tentou agradecer a eles pela ajuda, expressar sua gratidão, mas os mortos nada disseram.

As luzes da pizzaria eram fortes, intensas demais para o conforto de Nin. Ele e Silas se sentaram perto dos fundos e Silas lhe mostrou como usar o cardápio, como pedir comida. (Silas pediu um copo de água e uma salada pequena para si, que ele empurrava pela tigela com o garfo, mas não colocou nos lábios nem uma vez.)

Nin comeu a pizza com os dedos e com entusiasmo. Não fez perguntas. Silas falaria em seu próprio tempo, ou não falaria.

Silas disse:

— Nós sabíamos deles... dos Jacks... há muito, muito tempo, mas só sabíamos das consequências de suas atividades. Desconfiávamos de que havia uma organização por trás, mas eles se escondiam muito bem. E depois vieram atrás de você e mataram sua família. E, aos poucos, eu pude seguir o rastro deles.

— Este *nós* significa você e a srta. Lupescu? — perguntou Nin.

— Nós e outros como nós.

— A Guarda de Honra — disse Nin.

— Como soube disso...? — disse Silas. Depois: — Não importa. *Matos têm olhos, paredes têm ouvidos*, como dizem. Sim. A Guarda de Honra. — Silas pegou o copo de água. Pôs o copo nos lábios, umedeceu-os, depois o baixou no tampo preto e polido.

A superfície do tampo era quase espelhada e, se alguém tivesse o cuidado de olhar, teria observado que o homem alto não tinha reflexo.

Nin disse:

— E então. Agora você terminou... acabou com tudo isso. Vai ficar?

— Eu dei a minha palavra — disse Silas. — Fico aqui até que seja adulto.

— Eu sou adulto — disse Nin.

— Não — disse Silas. — Quase. Ainda não.

Ele pôs uma nota de dez libras na mesa.

— Aquela menina — disse Nin. — Scarlett. Por que ela teve tanto medo de mim, Silas?

Mas Silas não disse nada e a pergunta ficou pairando no ar enquanto o homem e o jovem saíam da pizzaria e entravam na escuridão que os aguardava, e logo foram tragados pela noite.

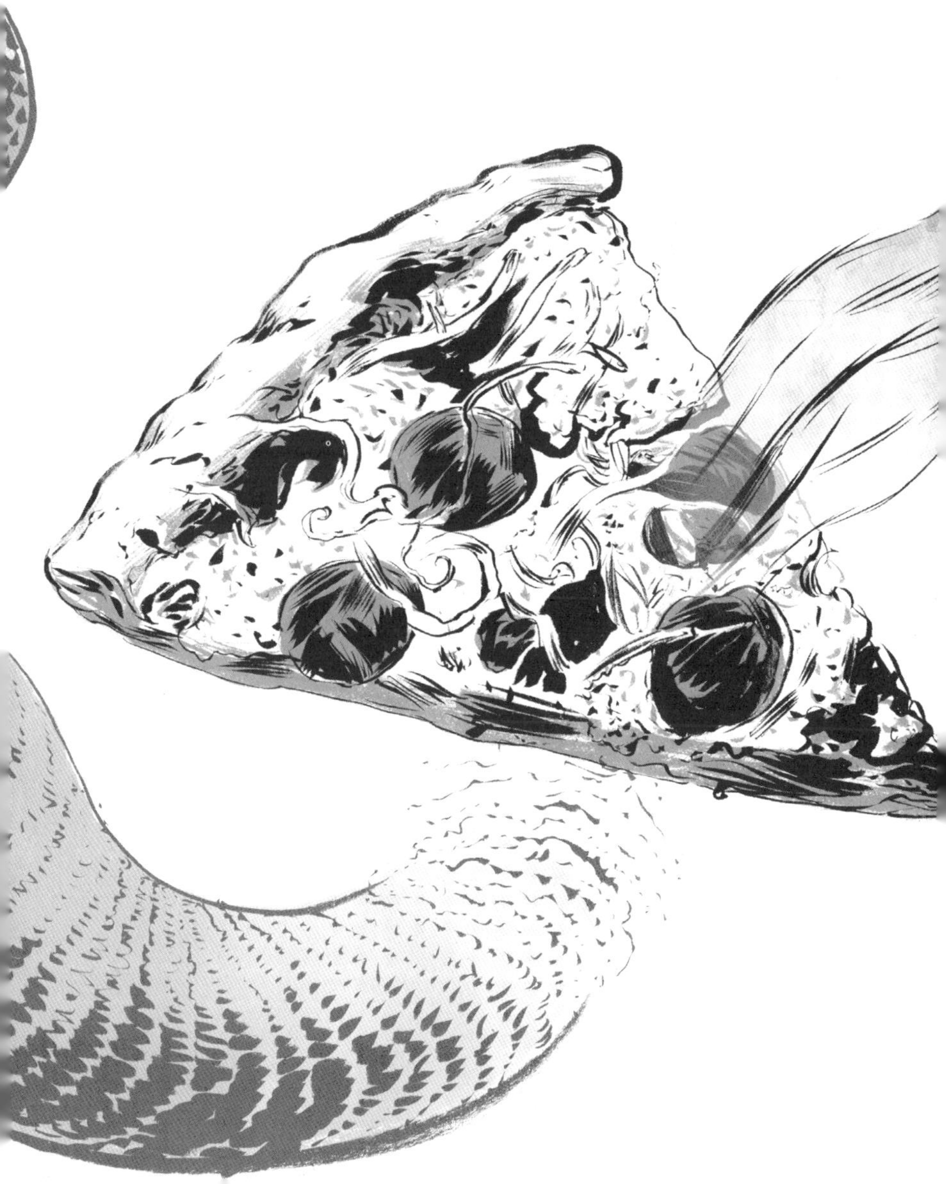

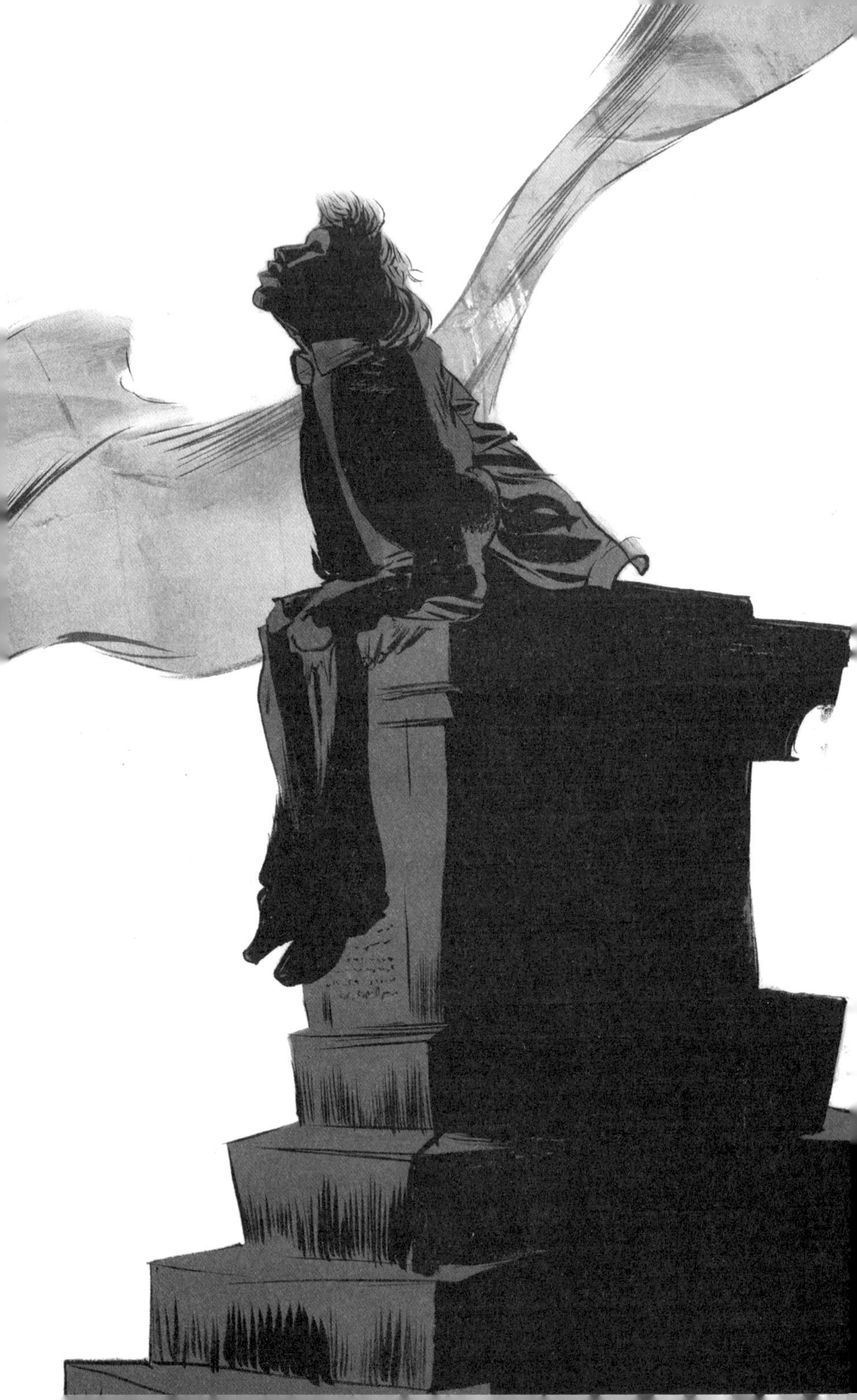

CAPÍTULO OITO

Partidas e despedidas

Às vezes ele não conseguia mais ver os mortos. Começara havia um mês ou dois, em abril ou maio. No início era só de vez em quando, mas agora parecia acontecer com mais frequência.

O mundo estava mudando.

Nin andou pela parte noroeste do cemitério, até o emaranhado de hera que pendia de um teixo e bloqueava parte do final do Passeio Egípcio. Viu uma raposa vermelha e um gato grande e preto, com o pescoço e as patas brancas, sentados e conversando no meio do caminho. Com a aproximação de Nin, eles ergueram a cabeça, sobressaltados, depois fugiram para o subsolo, como se tivessem sido flagrados conspirando.

"Que estranho", pensou Nin. Ele conhecia essa raposa desde que ela era filhote e o gato andava pelo cemitério desde que Nin se entendia por gente. Eles o conheciam. Quando estavam amistosos, até deixavam que ele os afagasse.

Nin começou a deslizar pela hera, mas achou seu caminho bloqueado. Ele se curvou, abriu caminho pelas trepadeiras e se espremeu por elas. Desceu a trilha com cuidado, evitando os buracos até chegar à impressionante lápide que marcava o lugar de descanso final de Alonso Tomás Garcia Jones (1837-1905, *Viajante, Baixe Teu Cajado*).

Nin vinha descendo aqui por vários meses: Alonso Jones andara pelo mundo todo e tinha muito prazer em contar a Nin histórias de suas viagens. Ele começava dizendo: "Nada de interessante aconteceu comigo", depois acrescentava, melancolicamente, "eu lhe contei todas as minhas histórias", depois seus olhos brilhavam e ele observava: "A não ser... já contei sobre...?" E quer as palavras seguintes fossem, "do tempo em que fugi de Moscou?", ou "do tempo em que perdi uma mina de ouro no Alasca, que valia uma fortuna?", ou "do estouro de boiada nos pampas?", Nin sempre sacudia a cabeça e olhava com expectativa, e logo sua cabeça estava nadando em histórias de coragem e aventuras, histórias de lindas donzelas beijadas, de malfeitores baleados com pistolas ou combatidos com espadas, de sacos de ouro, de diamantes grandes como a ponta de seu polegar, de cidades perdidas e montanhas vastas, de trens a vapor e veleiros, de pampas, mares, desertos, tundra.

Nin andou até a pedra pontuda – alta, entalhada com archotes de cabeça para baixo, e esperou, mas não viu ninguém. Chamou por Alonso Jones, até bateu na lateral da lápide, mas não houve resposta. Nin se curvou para colocar a cabeça no túmulo e chamar o amigo, mas em vez de passar pela matéria sólida como uma sombra por outra mais escura, sua cabeça encontrou o solo com um baque duro e doloroso. Ele chamou novamente, mas não viu nada nem ninguém e, com cuidado, voltou pelo nó de mato e lápides cinzentas até o caminho. Três corvos empoleirados em um espinheiro levantaram voo quando ele passou.

Ele não viu outra alma até chegar ao declive sudoeste do cemitério, onde a forma familiar de Mãe Abate podia ser vista, mínima com sua touca alta e seu manto, andando entre as lápides, de cabeça baixa, procurando flores silvestres.

– Vem cá, menino! – ela chamou. – Tem nastruz crescendo em toda parte por aqui. Por que não pega alguns para mim e os coloca na minha lápide?

Então Nin pegou os nastúrcios vermelhos e amarelos, levando-os até a lápide de Mãe Abate, tão rachada e gasta que só o que dizia agora era

BATE

o que confundia os historiadores locais há mais de cem anos. Ele baixou as flores diante da lápide, numa atitude respeitosa.

Mãe Abate sorriu para ele.

– Você é um bom sujeito. Não sei o que vamos fazer sem você.

– Obrigado – disse Nin. Depois: – Onde está todo mundo? Você é a primeira pessoa que vejo esta noite.

Mãe Abate olhou incisivamente para ele.

– O que você fez com a sua testa? – perguntou ela.

– Eu bati no túmulo do sr. Jones. Estava sólido. Eu...

Mas Mãe Abate franzia os lábios e tombava a cabeça de lado. Olhos velhos e brilhantes examinaram Nin por baixo da touca.

– Eu o chamei de *menino*, não foi? Mas o tempo passa num piscar de olhos e você agora é um jovem homem, não é? Que idade tem?

– Uns quinze anos, acho. Mas ainda me sinto o mesmo de sempre – disse Nin, mas Mãe Abate o interrompeu.

– E eu ainda me sinto como antigamente, quando eu era uma coisinha de nada, fazendo colares de margaridas no antigo pasto. Você é sempre você, isso não muda, mas estamos sempre mudando e não há nada que se possa fazer a respeito disso.

Ela se sentou na lápide quebrada e disse:

– Eu me lembro de você na noite em que apareceu aqui, menino. Eu disse: "Não podemos deixar o camaradinha ir embora", e sua mãe concordou, e todos eles começaram a discutir e sei lá o que até que a Dama de Cinza apareceu a cavalo. "Povo do Cemitério", ela disse, "ouça a Mãe Abate. Não têm caridade nos ossos?" E depois todos concordaram comigo. – Ela se interrompeu, sacudiu a cabeça pequena. – Não acontece muita coisa aqui para tornar um dia diferente do seguinte. As estações mudam. A hera cresce. Pedras caem.

Mas você veio para cá... bem, fico feliz que tenha vindo, é só isso.

Ela se levantou e puxou um pedaço de linho sujo da manga, cuspiu nele e estendeu o mais alto que conseguiu, limpando o sangue da testa de Nin.

– Pronto, isso deve deixar você apresentável – disse ela, severamente. – Não sei quando o verei novamente, de qualquer modo. Fique em segurança.

Sentindo-se desconcertado de uma forma que ele não se lembrava de sentir, Nin voltou à tumba dos Owens e ficou satisfeito ao ver os pais esperando por ele ao lado. À medida que se aproximava, seu prazer se transformou em preocupação: por que o sr. e a sra. Owens estavam parados daquele jeito, de cada lado da tumba, como personagens de um vitral? Ele não conseguia interpretar a expressão dos dois.

O pai deu um passo para frente e disse:

– Boa noite, Nin. Confio que esteja bem.

– Suportavelmente bem – disse Nin, que era o que o sr. Owens sempre dizia aos amigos que faziam a mesma pergunta.

O sr. Owens disse:

– A sra. Owens e eu passamos a vida desejando ter um filho. Não acredito que um dia pudéssemos ter tido um jovem melhor que você, Nin. – Olhou o filho com orgulho.

– Bom, sim, obrigado, mas... – Nin se virou para a mãe, certo de que podia conseguir que ela lhe dissesse o que estava acontecendo, mas ela não estava mais ali. – Para onde ela foi?

– Ah, sim. – O sr. Owens ficou pouco à vontade. – Ah, você conhece a Betsy. Às vezes tem umas coisas. Quando, bem, você não sabe o que dizer. Entende?

– Não – disse Nin.

– Espero que Silas esteja esperando por você – disse o pai, depois se foi.

Passava da meia-noite. Nin começou a andar na direção da antiga capela. A árvore que crescera na calha do pináculo tinha caído no outono passado, levando com ela parte das telhas pretas de ardósia.

Nin esperou no banco cinza de madeira, mas não havia sinal de Silas.

O vento soprava. Era o final de uma noite de verão, quando o crepúsculo dura para sempre, e estava quente, mas ainda assim Nin sentiu arrepios subindo pelos braços.

Uma voz em seu ouvido disse:

– Diga que vai sentir minha falta, seu bobo.

– Liza? – disse Nin. Ele não via nem ouvia a garota-bruxa há mais de um ano, desde a noite dos Jacks Fazem-Tudo. – Onde você esteve?

– Observando – disse ela. – Uma dama tem de contar tudo o que faz?

– Observando *a mim*? – perguntou Nin.

Perto de seu ouvido, a voz de Liza disse:

– Na verdade, a vida é desperdiçada na vida, Ninguém Owens. Pois um de nós é tolo demais para viver, e não sou eu. Diga que vai sentir a minha falta.

– Aonde você vai? – perguntou Nin. – É claro que vou sentir sua falta, para onde quer que vá...

– Idiota demais – sussurrou a voz de Liza Hempstock, e ele podia sentir o toque de sua mão na dele. – Idiota demais para viver. – O toque de seus lábios em seu pescoço, contra o canto de seus lábios. Ela o beijou delicadamente e ele ficou perplexo demais, completamente desnorteado, para saber o que fazer.

A voz dela disse:

– Vou sentir sua falta também. Sempre. – Um hálito de vento farfalhou o cabelo de Nin, ou talvez fosse o toque da mão de Liza. Depois ele estava, como sabia, sozinho no banco.

Ele se levantou.

Nin andou até a porta da capela, levantou a pedra ao lado do pórtico e pegou a chave extra, deixada ali por um sacristão que morrera havia muito tempo. Destrancou a grande porta de madeira sem nem testar para ver se podia passar por ela. Ela se abriu rangendo, protestando.

O interior da capela era escuro e Nin se viu semicerrando os olhos para tentar enxergar.

– Entre, Nin. – Era a voz de Silas.

— Não consigo enxergar nada – disse Nin. – Está escuro demais.

— Já? – disse Silas. Ele suspirou. Nin ouviu um farfalhar de veludo, depois um fósforo foi riscado e acendeu, e foi usado em duas velas imensas que estavam em grandes candelabros de madeira entalhada no fundo da sala. À luz de velas, Nin pôde ver seu guardião de pé ao lado de uma grande arca de couro, do tipo que chamam de baú – grande o suficiente para que um homem alto pudesse se enroscar e dormir dentro dela. Ao lado estava a valise de couro preta de Silas, que Nin vira antes, em algumas ocasiões, mas que ainda achava impressionante.

O baú era revestido de branco. Nin pôs a mão no baú vazio, tocou o revestimento de seda, tocou a terra seca.

— É aqui que você dorme? – perguntou ele.

— Quando estou longe de casa, sim – disse Silas.

Nin ficou pasmo: Silas estava aqui desde que ele se entendia por gente, e antes disso.

— *Esta* não é a sua casa?

Silas sacudiu a cabeça.

— Minha casa fica muito, muito longe daqui – disse Silas. – Isto é, se ainda for habitável. Tem havido problemas em minha terra natal e estou longe de saber o que encontrarei quando voltar.

— Você vai voltar? – perguntou Nin. Coisas que eram imutáveis estavam mudando. – Você está mesmo indo embora? Mas... você é meu guardião.

— Eu *era* seu guardião. Mas você já tem idade suficiente para se proteger sozinho. Tenho outras coisas para proteger.

Silas fechou a tampa do baú de couro marrom e começou a cerrar as tiras e fechos.

— Não posso ficar aqui? No cemitério?

— Você não deve – disse Silas, com mais delicadeza do que Nin podia se lembrar de ouvi-lo falar. – Todas as pessoas aqui tiveram sua vida, Nin, mesmo que tenham sido curtas. Agora é a sua vez. Você precisa viver.

— Posso ir com você?

Silas sacudiu a cabeça.

— Eu o verei novamente?

— Talvez. – Havia uma gentileza na voz de Silas, e algo mais. – E, quer me veja ou não, não tenha dúvidas de que eu verei você. – Ele pôs o baú de couro junto à parede, andando até a porta no canto mais distante. – Siga-me. – Nin partiu atrás de Silas, descendo pela pequena escada em espiral até a cripta. – Tomei a liberdade de preparar uma mala para você – explicou Silas, enquanto chegava ao fundo.

No alto da caixa de hinários mofados havia uma pequena mala de couro, uma gêmea em miniatura da valise de Silas.

— Todas as suas posses estão aqui – disse Silas.

Nin disse:

— Fale da Guarda de Honra, Silas. Você pertence a ela. A srta. Lupescu também. Quem mais? Vocês são muitos? O que vocês fazem?

— Não fazemos o bastante — disse Silas. — E principalmente guardamos as fronteiras. Protegemos as fronteiras das coisas.

— Que tipo de fronteiras?

Silas não disse nada.

— Quer dizer impedir o homem chamado Jack e o pessoal dele?

— Fazemos o que temos de fazer. — Silas parecia cansado.

— Mas você fez o que era certo. Quer dizer, impediu os Jacks. Eles eram terríveis. Eram monstros.

Silas deu um passo para mais perto de Nin, o que fez o jovem tombar a cabeça para trás a fim de olhar a cara branca do homem alto. Silas disse:

— Nem sempre fiz a coisa certa. Quando eu era mais novo... fiz coisas piores do que Jack. Piores do que qualquer um deles. Eu era o monstro na época, Nin, pior do que qualquer monstro.

Nem passou pela cabeça de Nin se perguntar se seu guardião estava mentindo ou brincando. Sabia que ouvia a verdade.

— Mas você não é mais assim, é?

— As pessoas podem mudar — disse Silas, e caiu em silêncio. Nin se perguntou se seu guardião, se Silas, estaria se recordando. Depois: – Foi uma honra ser seu guardião, meu jovem. – Sua mão desapareceu dentro do manto e reapareceu segurando uma carteira surrada. – Isto é para você. Pegue.

Nin pegou a carteira, mas não a abriu.

– Contém dinheiro. O bastante para lhe dar um começo no mundo, mas apenas isso.

Nin disse:

– Fui ver Alonso Jones hoje, mas ele não estava lá, ou se estava, não consegui vê-lo. Eu queria que ele me contasse sobre os lugares distantes que ele conheceu. Ilhas, botos, geleiras e montanhas. Lugares onde as pessoas se vestem e comem de formas estranhas. – Nin hesitou. Depois: – Aqueles lugares. Eles ainda existem. Quer dizer, há todo um mundo lá fora. Posso vê-lo? Posso ir para lá?

Silas assentiu.

– Há todo um mundo lá fora, sim. Você tem um passaporte no bolso interno da mala. Foi feito no nome de Ninguém Owens. E não foi fácil de obter.

Nin disse:

– Se eu mudar de ideia, posso voltar pra cá? – Depois ele respondeu à própria pergunta. – Se eu voltar, será um lugar, mas não será mais minha casa.

Silas disse:

– Gostaria que eu o acompanhasse até o portão?

Nin sacudiu a cabeça.

— É melhor fazer isso sozinho. Hummm. Silas. Se um dia tiver problemas, me procure. Eu vou ajudar.

— Eu — disse Silas — não me meto em problemas.

— Não. Eu não achei que se metesse. Mas ainda assim.

A cripta estava às escuras e cheirava a mofo, umidade e pedras antigas, e parecia, pela primeira vez, muito pequena.

Nin disse:

— Quero ver a vida. Quero segurá-la em minhas mãos. Quero deixar uma pegada na areia de uma ilha deserta. Quero jogar futebol com as pessoas. Eu quero — disse ele, e depois parou e pensou. — Eu quero *tudo*.

— Que bom — disse Silas. Depois ele ergueu a mão como se tirasse o cabelo dos olho, um gesto muito pouco característico. Ele disse: — Se um dia eu estiver com problemas, mandarei alguém procurar por você.

— Mesmo que você não se meta em problemas?

— Como você disse.

Houve alguma coisa na ponta dos lábios de Silas que pode ter sido um sorriso, e pode ter sido pesar, e pode ter sido simplesmente um truque das sombras.

— Adeus, então, Silas. — Nin estendeu a mão, como fazia quando era um garotinho, e Silas a apertou, com uma mão fria da cor de marfim antigo, sacudindo-a gravemente.

— Adeus, Ninguém Owens.

Nin pegou a malinha. Abriu a porta para sair da cripta, voltou pelo declive suave até o caminho sem olhar para trás.

Há horas os portões já haviam sido trancados. Ele se perguntou, enquanto os alcançava, se os portões ainda permitiriam que ele passasse através da grade, ou se teria de voltar à capela para pegar uma chave, mas quando chegou à entrada encontrou o pequeno portão de pedestres destrancado e escancarado, como se esperasse por ele, como se o próprio cemitério se despedisse dele.

Uma figura pálida e roliça aguardava na frente do portão aberto, sorrindo para Nin enquanto ele se aproximava, e havia lágrimas em seus olhos à luz da lua.

– Olá, mãe – disse Nin.

A sra. Owens esfregou os olhos com um nó dos dedos, depois os secou com o avental, sacudindo a cabeça.

– Sabe o que vai fazer agora? – perguntou ela.

– Ver o mundo – disse Nin. – Me meter em problemas. Sair dos problemas de novo. Visitar selvas e vulcões e desertos e ilhas. E pessoas. Quero conhecer um monte de gente.

A sra. Owens não respondeu de imediato. Levantou os olhos para ele, depois começou a cantar uma música que Nin lembrava, uma canção que ela cantava quando ele era uma coisinha de nada, uma música que ela costumava usar para niná-lo quando ele era pequeno.

Dorme meu nenenzinho
Dorme até acordar.
Quando crescer verá o mundo
Se eu não me enganar...

— Não se enganou — sussurrou Nin. — Eu irei.

Beije uma amada,
Dance uma melodia,
Encontre seu nome
E tesouros enterrados...

Depois os últimos versos da música voltaram à sra. Owens e ela os cantou para o filho.

Enfrente sua vida
Sua dor, seus prazeres,
Corra os caminhos de todos os seres.

— Correr todos os caminhos — repetiu Nin. — Um desafio difícil, mas farei o melhor que puder.

Ele tentou abraçar a mãe, então, como fazia quando era criança, embora estivesse tentando abraçar uma neblina, porque estava sozinho no caminho.

Nin avançou, passando pelo portão que o tirava do cemitério, e pensou ter ouvido uma voz: "Eu tenho tanto orgulho de você, meu filho"; mas ele podia, talvez, ter imaginado.

O céu de verão já começava a clarear a leste, e foi assim que Nin começou a descer a colina, na direção de gente viva, e da cidade, e do amanhecer.

Havia um passaporte em sua mala, dinheiro no bolso. Havia um sorriso em seus lábios, embora fosse um sorriso cauteloso, porque o mundo era um lugar maior que um pequeno cemitério numa colina; e nele haveria perigos e mistérios, novos amigos a fazer, velhos amigos a redescobrir, erros a cometer e muitos caminhos a percorrer antes que ele, finalmente, voltasse ao cemitério ou cavalgasse com a Dama de Cinza no dorso largo de seu garanhão tordilho.

Mas entre agora e então havia a Vida; e Nin caminhou para ela com os olhos e o coração bem abertos.

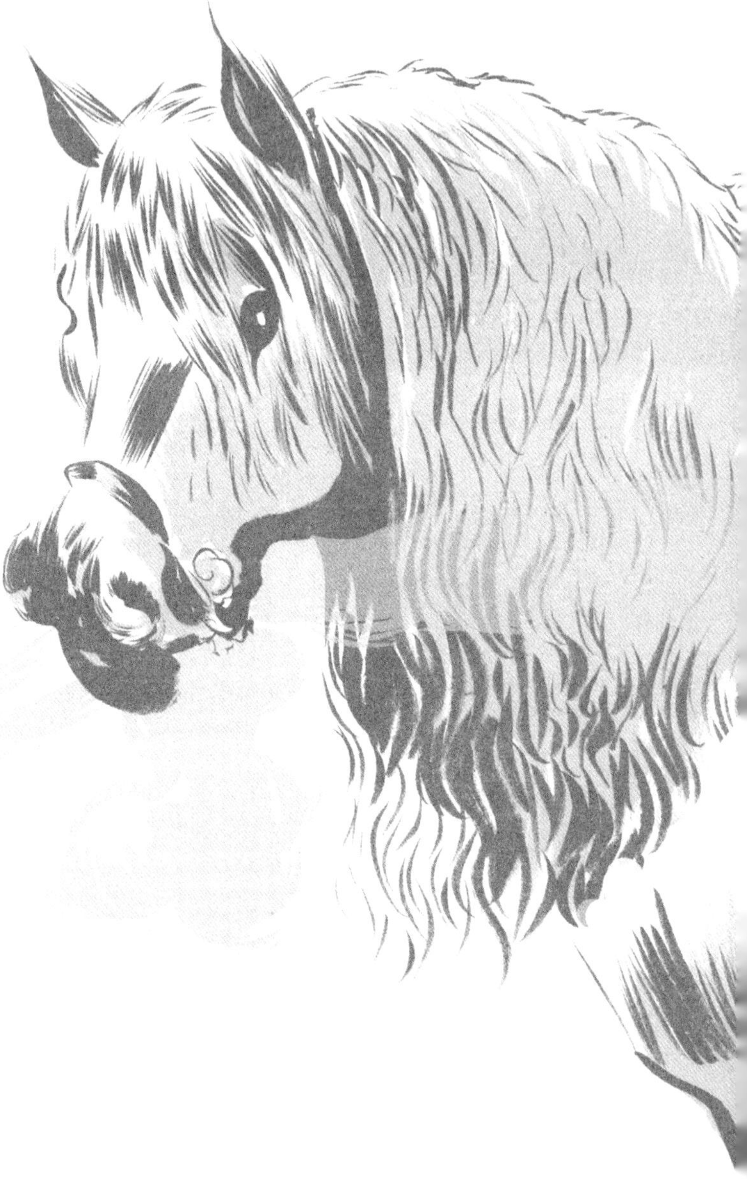

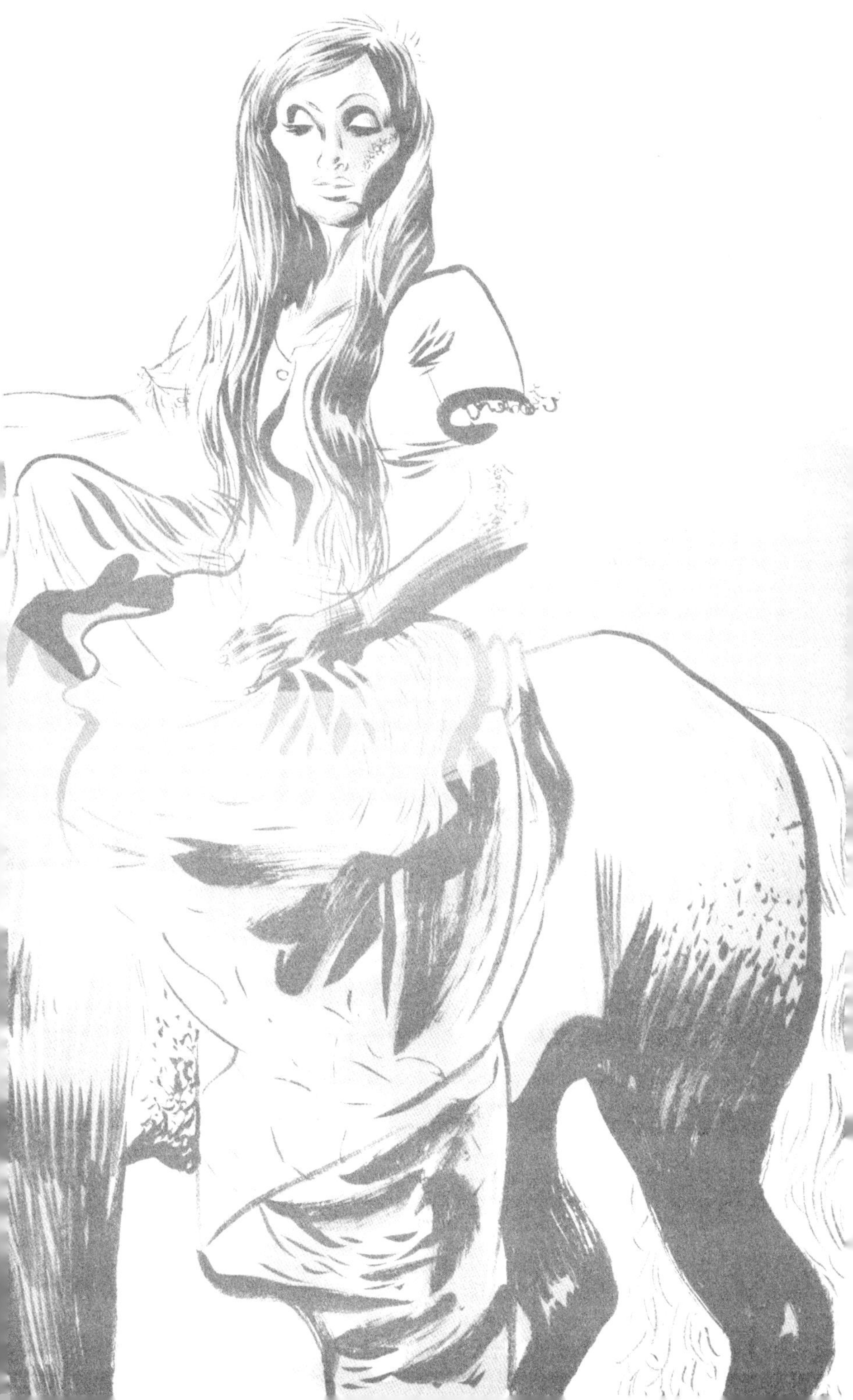

AGRADECIMENTOS

Primeiro, antes de tudo e sempre: tenho uma enorme dívida consciente e, sem dúvida, inconsciente, com Rudyard Kipling e os dois volumes de sua obra extraordinária *O livro da selva*. Eu os li quando criança, animado e impressionado, e li e reli muitas vezes desde então. Se você está apenas familiarizado com os desenhos animados da Disney, deve ler as histórias.

Meu filho Michael inspirou este livro. Ele tinha apenas dois anos, andando em seu pequeno triciclo entre lápides no verão, e eu tinha um livro em minha mente. Precisei de vinte e poucos anos para escrevê-lo.

Quando comecei a escrever este livro (comecei pelo capítulo quatro), foi o pedido insistente de minha filha Maddy para saber o que acontecia em seguida que me manteve escrevendo além das primeiras páginas.

Gardner Dozois e Jack Dann foram as primeiras pessoas a publicar "A lápide da bruxa". A professora Georgia Grilli falou sobre o que era este livro sem que o tivesse lido, e ouvi-la falar ajudou a colocar o tema em foco.

Kendra Stout estava presente quando vi o primeiro portal ghoul e foi gentil o bastante para percorrer vários cemitérios comigo. Ela foi o primeiro público para os primeiros capítulos, e seu amor por Silas era incrível.

A artista e escritora Audrey Niffenegger também é uma guia de cemitério e me mostrou a maravilha coberta de hera que é o Highgate Cemetery West. Muito do que ela me contou entrou nos capítulos seis e sete.

Muitos amigos leram este livro enquanto era escrito, e todos deram sugestões sensatas – Dan Johnson, Gary K. Wolfe, John Crowley, Moby, Farah Mendlesohn e Joe Sanders, entre outros. Eles localizaram coisas que eu precisava corrigir. Ainda assim, sinto falta de John M. Ford (1957-2006), porque era o melhor crítico de todos.

Isabel Ford, Elise Howard, Sarah Odedina e Clarissa Hutton foram as editoras do livro dos dois lados do Atlântico. Elas me tornaram apresentável. Michael Conroy dirigiu a versão em audiolivro em completa confiança. O sr. McKean e o sr. Riddell desenharam maravilhosamente, e de formas diferentes. Merrilee Heifetz é a melhor agente do mundo, e Dorie Simmonds o fez acontecer com excelência no Reino Unido.

Escrevi este livro em muitos lugares: entre outros, a casa de Jonathan e Jane na Flórida, um chalé na Cornualha, um quarto de hotel em Nova Orleans; e não consegui escrever na casa de Tori, na Irlanda, porque fiquei gripado lá. Mas ela ajudou e me inspirou, apesar de tudo.

Impressão e Acabamento:
EDITORA JPA LTDA.

E enquanto concluo estes agradecimentos, a única coisa de que tenho certeza é que me esqueci não só de uma pessoa muito importante, mas de dezenas delas. Desculpem-me. Mas agradeço a todos de qualquer forma.

— Neil Gaiman

> I said
> she's gone
> but I'm alive, I'm alive
> I'm coming in the graveyard
> to sing you to sleep now
> *— Tori Amos*, "GRAVEYARD"